One Night Wonder

W0063790

Kira Licht

One Night Wonder

Roman

INHALT

1. Kapitel

Irgendwann ist auch
ein Traum zu lange her

Jede richtige Entscheidung ist auch ein bisschen falsch, und jede falsche Entscheidung ist auch ein bisschen richtig!«

Was soll ich darauf erwidern? »Wo hast du das denn her? Weisheiten für den Tag per SMS?«

Jule neben mir grinst von einem Ohr zum anderen: »Nein, meine ganz eigene Theorie.«

Seit dem von Papi gesponserten professionellen Bleaching haben ihre Zähne einen bläulich phosphoreszierenden Schimmer, fast wie Mondstein. Doch sie kann nichts entstellen.

Jule, die eigentlich Julia heißt, und ich kennen uns schon seit dem Gymnasium. Ich war damals mit meinen Eltern aus Gummersbach ins schicke Düsseldorf gezogen, stand auf dem Pausenhof und wurde gehänselt wegen meiner »komischen Hose«, wie meine Mitschüler aus der fünften Klasse sich damals ungnädig ausdrückten. Fakt war, ich hatte mich in einem vorangegangenen Amerikaurlaub in das Teil verliebt und fand es nicht nur cool, sondern auch ziemlich gangstermäßig. Sie war mehr als baggy, dunkelblau und hatte eine gestickte Blümchenranke um den Bund.

»Ich mag deine Hose«, piepste Jule, damals noch einen Kopf kleiner als ich und mit überdimensionaler Zahnspange. Seit diesem Tag sind wir Freundinnen, und ich will mir gar nicht vorstellen, dass es irgendwann anders sein könnte. Trotzdem blinzle ich gerade leicht geblendet.

»Was ist?«

»Deine Strahlezähnchen …«

»Sie leuchten im Dunkeln.« Jule macht ein todernstes Gesicht, und dann muss ich doch lächeln.

»Ah, sie kann ja doch freundlich gucken!«

»Tss …«

»Na komm!« Jule legt einen Arm um mich und zieht mich an sich. Ich lehne mich an ihre schmale Schulter und bin in diesem Moment mal wieder endlos froh, dass sie meine beste Freundin ist.

»Was meintest du jetzt eigentlich mit deinem weisen Spruch?«, frage ich leise.

Jule streichelt über meine Haare. »Na ja, dass es ganz normal ist, wenn man manchmal zweifelt.«

»Ich zweifle gar nicht. Es war richtig, Schluss zu machen.«

»Ja, aber du warst drei Jahre mit Mark zusammen, so was schüttelt man doch nicht so einfach ab.«

»Ich hatte jetzt fast eineinhalb Jahre Zeit dazu, das ist es nicht.«

»Was ist es dann?«

»Ich weiß nicht genau. Und er hat immer noch Sachen bei mir, das nervt mich.«

»Schick ihm doch eine E-Mail oder schreib ihm über MySpace, dass er sein Zeug abholen soll.«

»Habe ich alles schon.«

»Dann will er vielleicht seinen Kram gar nicht wiederhaben.«

»Wenn er sich diese Woche nicht endlich meldet, bekommt er das ganze Zeug per Post, und dann war es das für mich.«

Jule seufzt zustimmend. »Gute Idee.«

Um uns herum werden die Kommilitonen plötzlich auffallend still. Aha, die Dozentin ist eingetroffen. Ich verbiege meinen Rücken, der bereits wieder schmerzt, und ziehe ein entsprechendes Gesicht dazu. An diese komischen Klappstühle in den Hörsälen habe ich mich auch nach dem dritten Semester noch nicht gewöhnt. Kein Mensch kann darauf wirklich bequem sitzen, aber das ist wohl auch nicht beabsichtigt. Jule bringt meinen leidenden Gesichtsausdruck mit Mark in Verbindung.

»Er meldet sich bestimmt diese Woche.«

»Na klar. Und Wale können fliegen«, ächze ich, krame meine Unterlagen hervor und klappe das ziemlich mitgenommene Holzpult herunter. Mit Edding ist groß darauf geschrieben: »Prof.: An« und darunter »Prof.: Aus«. Daneben sind jeweils zwei große Buttons gemalt. Auf was für Ideen manche Leute kommen!

Dann geht es los. Die Vorlesung trägt den schönen Titel »Architekturgeschichte«, und wir haben vor zwei Wochen mit den Bauwerken der frühchristlichen Epoche begonnen. Jede Stunde versinken wir in den Grundrissen mehrschiffiger Basiliken oder anderer Sakralbauten. Jule und ich sind völlig fasziniert davon und haben uns mit kindlicher Begeisterung für die Fachtermini kleine Vokabelheftchen angelegt.

»Atrium mit Narthex oder nur Narthex?«, raunt Jule mir gerade zu. Ich betrachte den an die Leinwand geworfenen Grundriss.

»Beides, glaube ich«, flüstere ich zurück.

Als könne die Dozentin Gedanken lesen, erläutert sie, dass es sich hierbei um ein Atrium mit Umgang und anschließendem Narthex handelt. Wir schreiben beide eifrig mit.

Jule und ich haben während der gesamten Oberstufe überlegt, was wir werden sollten. Für mich war eine Kombination von Naturwissenschaften und Geisteswissenschaften am wichtigsten. Auf keinen Fall wollte ich etwas studieren, das ohne eindeutige Berufsbezeichnung abschließt. Jule ist eher der Schöngeist von uns beiden und hat zunächst zur Kunstgeschichte tendiert. Aber als sie bei einer Studienberatung erfuhr, dass die Architektur einen Großteil der Kunstgeschichte ausmacht, hat sie sich mir kurzerhand angeschlossen. Man kann sich vorstellen, dass unsere Eltern zunächst skeptisch waren. Beste Freundinnen, die dasselbe studieren ... ob dabei etwas Vernünftiges herauskommt? Doch mittlerweile haben die skeptischen Fragen aufgehört. Als zukünftige Architektinnen schlagen wir uns ganz erfolgreich durch den Universitätsdschungel. Auch wenn wir vermutlich nebeneinander ein wenig seltsam erscheinen: Jule wirkt wie ein wohlgeratenes Mädchen aus gutem Düsseldorfer Hause, was sie auch ist. Ich trage nur Schwarz und leuchtend magentarote Haare, habe also einen leicht exzentrischen Touch. Doch diese Äußerlichkeiten ändern nichts an unserer Zuneigung, die meisten hier wissen ja gar nicht, dass Jule auch mal eine Schwarz-Phase hatte. Sie trug damals sogar rosafarbene Haare! Mittlerweile ist sie aber auf den Pfad der Tugend zurückgekehrt.

Das Ende der Vorlesung bedeutet auch das Ende des Uni-Tages. Für heute haben wir frei. Beim Verlassen des Hörsaals drückt Jule noch mal aufmunternd meinen Arm.

»Wenn dir danach ist, ruf ihn an. Ansonsten verstaue das Zeug einfach im Keller.«

Ich nicke dankbar.

»Wir sehen uns morgen, Süße.« Sie küsst mich herzhaft auf die Wange, dann verschwindet sie Richtung Parkplätze. Eigentlich könnte Madame auch nach Hause laufen oder eine Station mit der Straßenbahn fahren, so nah ist das elterliche Haus an der Uni, aber Jule reist rigoros mit ihrem kleinen Flitzer an. Wenn man sie damit aufzieht, wird sie zickig. Sie sagt, sie hat eine Allergie gegen öffentliche Verkehrsmittel. Was sie allerdings davon abhält, die zehn Minuten zu laufen, hat sich mir bei dieser These noch nicht erschlossen.

Ich selbst besitze eine eigene Wohnung in einem kleinen Ort zwischen Düsseldorf und Köln, da mich die innerstädtischen Mieten entweder in ein abstellkammergroßes Apartment oder in den finanziellen Ruin getrieben hätten. Ich bekomme Geld von meinen Eltern, und sie bezahlen auch die Versicherung für mein altes Auto, das ich von Oma und Opa zum Bestehen des Führerscheins geschenkt bekommen habe. Und zwei- oder dreimal in der Woche arbeite ich als Aushilfe in einer Modeboutique. Zusammen reicht das Geld für die anfallenden Kosten und ein wenig Schnickschnack, ohne den Frauen nicht leben können, auch wenn dann am Ende des Monats meist nichts übrig ist.

Ich erspare mir den Nervenkrieg, an der Düsseldorfer Universität einen Parkplatz zu suchen, und fahre lieber mit meinem Studi-Ticket eine halbe Stunde Zug. Die Reise nach Hause verläuft ereignislos, in Gedanken bin ich immer noch bei den Grundrissen von St. Peter. Von der Haltestelle des Regionalexpresses aus muss ich nur noch zwei Straßen überqueren, und schon bin ich zu Hause. Das Sieben-Parteien-Haus liegt in einer Einbahnstraße, die zusätzlich noch verkehrsberuhigt ist. Hier spielen Kinder auf der Fahrbahn, Spielzeug liegt in den Vorgärten, und die Gehwege sind mit bunter Kreide bemalt. Ich mag Kinder, deswegen macht es mir auch nichts aus, dass von morgens bis abends gelacht, gekreischt und lautstark gespielt wird.

Mein eigenes Reich besteht aus gut geschnittenen zweieinhalb Zimmern mit Balkon auf circa fünfzig Quadratmetern Wohnfläche. Ich habe soeben die Tür aufgeschlossen, da vibriert mein Handy. Sofort denke ich an Mark. Doch er ist es nicht. Das Display signalisiert »Trudi Handy«.

»Hallo, Trudi!«, zwitschere ich und lasse meine schwere Tasche vom Arm auf den Fußboden aus hellem Laminat gleiten.

»Lilly!« Trudi hört sich immer abgehetzt an, egal, ob sie Dauerlauf macht oder gerade entspannt aus der Sauna kommt. »Sag mal, hast du die Aufgaben für morgen schon gemacht?«

»Du meinst Bauphysik?«

»Ja!« Jetzt klingt Trudi noch gehetzter.

»Nö, wollte ich gleich.«

»Oh okay, so ein Mist. Ich hab den Zettel verloren!«

»Den mit den Aufgaben?«

»Ja!« Mittlerweile überschlägt sich ihre Stimme.

Ich überlege kurz. »Ich kann sie dir abschreiben und per Mail schicken.«

»Oh, das wäre super!«

»Kein Problem.«

»Danke!«

Ich lege kopfschüttelnd das Handy auf einen kleinen Beistelltisch im Flur und ziehe mir Jacke und Schuhe aus. Trudi heißt mit vollständigem Namen Gertrud, was sie nicht nur als Strafe, sondern auch als persönliche Beleidigung empfindet. So hieß die Großmutter ihres Vaters, die dieser wohl sehr verehrt haben muss. Anders konnte sich bis jetzt noch niemand erklären, warum man einem Neugeborenen im 20. Jahrhundert so einen Namen verpassen sollte. Bei uns heißt sie aber nur Trudi, seit sie sich in der ersten Oktoberwoche vor zwei Jahren bei Jule und mir so vorgestellt hat. Sie ist zwar etwas verpeilt und ziemlich hektisch, aber dafür schrecklich schlau und ein super Kumpel.

Doch jetzt brauche ich erst mal einen Kaffee. An der Uni hat man die Wahl zwischen trübem Automatengebräu und dem Frischgekochten aus der Cafeteria, der einem ziemliches Herzrasen beschert. Mit einem großen Becher frisch zubereiteten Cappuccinos spaziere ich ins Wohnzimmer.

Ich bin nicht besonders ausgesucht eingerichtet, bei mir regiert die Gemütlichkeit. Die große Couch ist voller bunter Kissen, die meisten Möbel sind secondhand oder Schätze vom Sperrmüll. Lampen, Spiegel und Geschirr stammen von Flohmärkten. Ich mag Gebrauchsgegenstände mit Geschichte. Und ich liebe meine Bücher! Leute halten mich für einen Freak, weil ich Theaterstücke lese. Ich lese natürlich auch normale Sachen, aber Theaterstücke sind für mich etwas Besonderes. Und schaut man sich dann eine Inszenierung an, ist es um ein Vielfaches interessanter, als wenn man sich einfach nur vom Bühnenbild und den Schauspielern einwickeln lässt. Zuletzt habe ich die gesammelten Werke von Sarah Kane gelesen. Das schmale, ganz in Orange und Rot gehaltene Buch macht einen eher harmlosen Eindruck, ganz im Unterschied zu seinem Inhalt. Ich hatte schon von ihr gehört, aber die Brutalität in ihrem ganzen hässlichen Ausmaß schockierte mich dann doch. Trotzdem konnte ich nicht aufhören zu lesen. Dass sie sich 1999 erhängt hat, nachdem sie vorher mit Preisen überhäuft worden war, lässt mich vermuten, dass vieles, was sie so radikal verarbeitet hat, tatsächlich ihr Blick auf die Welt war. Und das macht eher traurig.

Mein Blick fällt auf die Konzertkarte auf meiner Schreibtischunterlage. Sofort bekomme ich Herzklopfen. Vor Vorfreude, aber auch aus Angst. Ich weiß noch nicht, ob ich das packe. Konzerte sind eine wahre Herausforderung für mich, denn ich habe ein bisschen Platzangst. Aber ich muss da hin! Die Jungs sind Newcomer und ein Geheimtipp. Und ihr Drummer ist zum Sterben schön. Auf den wenigen Fotos, die im Internet kursieren, hat er den ultimativen Schlafzimmerblick, und ich finde ihn ziemlich heiß. Entdeckt habe ich ihn und die Band eher durch Zufall. Ich hatte mich »versurft«. So nenne ich es, wenn ich im Internet etwas suche, was ich natürlich nicht finde, dafür aber tausend Dinge entdecke, von denen ich gar nicht wusste, dass es sie gibt. So auch diese Jungs. Sie haben sich bereits ganz erfolgreich durch diverse Uni-Clubs gespielt und äußerst wohlwollende Kritiken erhalten und demnächst spielen sie auch hier in der Stadt. Die Musik finde ich ganz gut, aber das Geld für die Karte habe ich ausgegeben, um den Schlagzeuger zu sehen. Und vielleicht abzuschleppen.

Das mache ich jetzt schon seit einem halben Jahr so. Das Wort »abschleppen« mag ich eigentlich nicht, es klingt so abwertend. Es ist nicht so, dass ich seit Mark alle Männer hassen würde. Oder sie für Marks Fehler büßen ließe. Die Wahrheit ist viel egoistischer: Ich bin jetzt seit eineinhalb Jahren Single. Klar, lerne ich Männer kennen. Viele sind nett, viele sind süß und die meisten gar nicht so übel. Ich bin neugierig, ich möchte Spaß haben. Und ich möchte mich nicht festlegen. Ja, einerseits bin ich rastlos und anderseits unsicher. Etwas in mir sorgt dafür, dass keiner der Männer ein Hoheitsgebiet betritt, von dem ich gar nicht wusste, dass es existiert. Ich lasse sie neben mir laufen, doch kommt die nächste Kurve, habe ich sie schon vergessen.

*

Mark war mein erster fester Freund, und wir waren fast drei Jahre zusammen. Leider haben wir uns »auseinanderentwickelt«, diplomatisch ausgedrückt. Die Wahrheit ist, Mark hat erst sich und dann unsere Beziehung aufgegeben. Das trifft es wohl am besten. Wenn er wüsste, was ich zurzeit so treibe, würde er vermutlich samt Gitarre fassungslos von seinem Lieblingssessel kippen. Denn ich habe seit Mark mit so einigen Männern geschlafen.

Ein Jahr nach der Trennung hatte ich zum ersten Mal wieder Lust auf einen Mann und musste mir eingestehen, dass ich nur wenig Plan hatte, wie man an einen herankommt. Vor allem wenn man nur das Eine will. Also nur einen attraktiven nackten Körper, der danach wieder nach Hause geht, und keine neue Beziehung. Ich wusste nicht, wie man das seinem Gegenüber klarmachen sollte.

Meine ersten Versuche sind so katastrophal verlaufen, dass ich mich bemühe, sie zu verdrängen. Stottern ist ja nun wirklich nicht sexy. Mein »Opfer« war da wohl der gleichen Meinung. Extreme Körperbehaarung allerdings auch nicht. Was zu dem Fazit führt, dass man Männern zwar ins Gesicht sehen kann, selten aber in die buschig behaarten Achselhöhlen, die sich mit einem Langarmshirt gut verstecken lassen. Ich finde das weder exotisch noch retro, sondern einfach nur eklig. Und wer jemals behauptet hat, Sex im Auto wäre kein Problem, hat noch nie in einem Mini gehangen. Mit verknoteter Strumpfhose um die Beine und einem schwitzenden Musikstudenten, der noch in Oberhemd und Pullunder steckt, auf einem drauf! Na ja, man lernt dazu. Ich jedenfalls. Wenn man aber so tut, als wäre das Ansprechen das Normalste der Welt, hat es schon den größten Teil seines Schreckens verloren. Stimmt die Chemie, könnte man auch Aktienkurse zitieren.

Ich schlafe mit den Jungs, mehr aber nicht. Keine Telefonnummern, kein zweites Mal, das ist der Plan. Hinterher muss ich Jule immer Bericht erstatten. Am Anfang fand sie es sehr beunruhigend und hielt mein Vorgehen für eine verrückte Idee, um von Mark loszukommen. Ich habe ihr erklärt, dass ich kein Mark-Trauma habe, sondern mich einfach nur langweile, aber keine neue Beziehung will. Und dass ich auch kein Beziehungstrauma habe, sondern eher das Gefühl, mich nicht wieder direkt auf jemanden so intensiv einlassen zu können. Ich lasse mich treiben, weil ich es nicht eilig habe. Und ich halte erst mal an meinem Plan fest, auch wenn das heißt, dass lediglich die Couch mit mir kuschelt.

Ich glaube, Jule findet es immer noch komisch, aber sie hat wenigstens aufgegeben, es mir ausreden zu wollen. Sie macht sich viel zu viele Sorgen. »Was ist denn, wenn dich jemand entführt oder in seinem Keller einsperrt oder dich sogar umbringt?«, gibt sie zu bedenken. Als würde die ganze Welt nur aus Meuchelmördern bestehen, wenn man als Frau alleine unterwegs ist.

*

Gedankenverloren schiebe ich die Konzertkarte auf dem Schreibtisch hin und her. Lukas heißt er, der Drummer. Im Internet gibt es ein einziges Video von der Band – in schrecklicher Live-Qualität.

Ich habe mit zusammengekniffenen Augen vor dem PC-Bildschirm geklebt und versucht, ihn in all dem Pixelsalat herauszufinden. Es war nicht wirklich zufriedenstellend. Zum Glück sind die Fotos von ihnen etwas besser. Eins davon habe ich als Hintergrundbild auf meinem PC gespeichert. Zuerst war ich mir selber peinlich und habe es wieder gelöscht, doch dann habe ich mir gedacht: Warum denn nicht? Seitdem schmückt der Drummer meinen Bildschirm. Er sieht einfach nur gut aus. Ob er überhaupt mit mir reden wird? Entschlossen schiebe ich die Karte unter meinen Timer.

Es wird Zeit für etwas mehr Produktivität! Zu viel an diesen Lukas zu denken ist sowieso nicht gut. Wenn es nicht klappt, bin ich bodenlos enttäuscht. In dem Papierstapel zu meiner Linken suche ich nach dem Zettel mit den Physik-Hausaufgaben. Wie versprochen, schicke ich Trudi die Aufgaben, dann rutsche ich ein wenig unschlüssig auf meinem Schreibtischstuhl herum.

An meinem Fenster wirbeln bunte Blätter vorbei, was mich auf eine fabelhafte Idee bringt: Ich sollte spazieren gehen! Dabei kann man wunderbar seine Gedanken sortieren, und außerdem tut frische Luft ja bekanntlich generell gut. Also, schnell den Parka und die Docs an und raus. Nicht weit weg von meiner Wohnung gibt es einen kleinen Park, der von der Stadtverwaltung anscheinend vergessen worden ist. Das Gras steht gut einen halben Meter hoch, die alten Bäume mit ihren verwitterten Rinden biegen sich unter dem Laub ihrer Herbstblätter, und die ehemals dunkelroten Aschenwege sind kaum noch als solche zu erkennen. Kinder haben Laub gesammelt und zu hohen Bergen aufgetürmt, in die sie nun hineinspringen.

Meine Füße gehen durch ein buntes Potpourri aus Blättern, Matsch und Abfall. Wer noch weiß, wo sich die Wege befinden, ist klar im Vorteil. Grade als ich auf halber Strecke angekommen bin, fängt es an zu regnen. Das scheint übrigens ein Wettergesetz zu sein: Immer wenn es anfängt zu regnen, ist man gerade am weitesten vom trockenen Heim entfernt. Zum Glück bin ich nicht aus Zucker.

Ich will endlich mit dem Thema Mark abschließen! Von seiner Seite ist sowieso keine Reaktion zu erwarten. Ich werde ihm noch ein letztes Mal simsen und ihm dann seinen Kram kommentarlos zuschicken. Immer mal wieder hatte ich versucht zu rekapitulieren, was in unserer Beziehung eigentlich passiert war, kam aber stets zu demselben Schluss: gar nichts. Rein gar nichts. Na ja, eigentlich war nur mit ihm gar nichts passiert. Seit dem Abitur hatte er sich in einen Kokon der Stagnation verpuppt, an dessen undurchdringlicher Schale ich kontinuierlich abprallte.

Sechs Wochen lang hatte er es an der Uni ausgehalten. Dann wurden die ersten Referats-Themen verteilt, und Mark hatte plötzlich keine Lust mehr. Er fand es dort genau wie in der Schule. Offenbar hatte er ein Diplom fürs Nichtstun erwartet. Nach einem Semester war also Schluss mit seinen Studien. Er brauchte ein weiteres Semester und die Drohungen seiner Eltern, um sich einen Job zu suchen. Schichtdienst an der Tankstelle war ihm nach einem Monat zu anstrengend, kellnern war ihm zu stressig und eine Lehre unter seinem Niveau. Am liebsten hätte er Musik studiert, konnte aber leider keine Noten. Die Bedingungen für die Aufnahmeprüfung ließen ihn blass aussehen, er schimpfte vor sich hin und murmelte etwas von künstlerischer Entwicklung, und die Bewerbungsunterlagen wanderten ins Altpapier. Stattdessen klampfte er lieber ziel- und planlos auf seiner Gitarre herum.

Lange Zeit hat er mir den verkannten Künstler sehr erfolgreich verkauft. Ich fand sein schnoddriges Gehabe niedlich, seine Anti-Einstellung sehr lange ziemlich cool, und dass er gut aussah, war sowieso keine Frage. Vielleicht war er einfach nicht der Typ für eine klassische Karriere. Dass ich Noten lesen konnte und es ihm beibringen wollte, brachte mir übrigens nur ein herablassendes Naserümpfen ein. Mit seinem »absoluten Gehör« könne er eh alles ohne Noten nachspielen. Ich tat mich schwer, die fabrizierten Melodien zu erraten.

Trotzdem hielt ich an ihm fest, vielleicht auch, weil ich glaubte, dass nicht jeder sofort wissen kann, was ihn wirklich interessiert. Ich wollte schließlich auch keine überhebliche Zicke sein, die ihm Vorhaltungen machte. Außerdem vertrat ich die Meinung, dass es Leute gab, die mehr schafften als andere und denen auch alles leichter fiel. Die mehr im »real life« zu Hause waren als die Künstler unter uns.

Manchmal bewunderte ich Mark sogar für seine Gelassenheit. Er machte sich nie Stress! Er war witzig, unterhaltsam, und man konnte wunderbar mit ihm abhängen. Mit meinem Versuch, mich daran zu erinnern, wann diese Metamorphose einsetzte, komme ich zu keinem Ergebnis.

Am schlimmsten wurde es im letzten halben Jahr: Da blieb selbst seine Körperpflege ganz schleichend auf der Strecke. Ich glaube, er dachte, mir würde das gar nicht auffallen. Doch das tat es natürlich. Aber was hätte ich sagen können? »Schatz, du stinkst«, und dabei milde lächeln? Manchmal wusch er sich ein ganzes Wochenende lang nicht, sodass ich seine Haare aus zwei Meter Entfernung roch.

Ich wusste mir nicht anders zu helfen, als mit ihm zusammen zu duschen. Das führte dann allerdings dazu, dass er es als eindeutige Aufforderung ansah. Und anstatt sich zu waschen, ließ er nur das warme Wasser an seinem Körper entlanglaufen. Also schäumte ich ihn ein, was er wiederum noch stärker als Aufforderung auffasste. Ich war ein wenig frustriert.

Wenig später stellte er auch das Rasieren ein. Von diesem Zeitpunkt an befand er sich eindeutig an der Startlinie des berühmten Anfangs vom Ende. Und dann – an einem warmen Sonntagmorgen – war er plötzlich da, der Tag, an dem ich meinen Traum von einer Beziehung mit Mark endgültig aufgab. Es war wie so oft: er auf mir drauf, ich unter ihm drunter, ganz klassisch. Angetörnt war ich eher mäßig, außerdem war Marks Rumgehopse auf mir eher hinderlich als stimulierend. Ich versuchte, mich auf mich selbst zu konzentrieren. Er stöhnte und schwitzte. An sich war das nicht weiter schlimm, aber wenn man selbst nicht so richtig bei der Sache ist, kann das schon ein wenig nervig sein.

»Oh, ich komm gleich«, stöhnte Mark.

»Nein«, sagte ich energisch.

»Was?« Sein glasiger Blick deutete an, dass diese verbale Rückmeldung eher Reflex als bewusste Nachfrage war.

»Nein, jetzt noch nicht!«

»Was nicht?«

»Jetzt noch nicht!«

»Aber ich kann nicht mehr!«

»Reiß dich doch einmal zusammen!«

»Was?«

»Denk an was anderes!«

»Was?«

Man sollte wohl doch vermeiden, Männer beim Sex anzusprechen.

»Geh runter.«

»Was?«

»Runter!«

Mark schien plötzlich wieder klarer im Kopf zu werden. »Sag mal, was hast du denn plötzlich?«

»Ich will nicht mehr.«

»Dann sag das doch vorher!«

»Du hast mich doch nicht mal gefragt!«

»Kriegst du deine Tage?«

»Runter, verdammt!«

Unwillig ließ er sich von mir hinunterrollen. Ich schaute in sein gerötetes Gesicht, ich sah seine verschwitzten Haare, die geröteten Augen und seine offensichtliche Wut, und plötzlich war da nichts mehr. Keine Zuneigung, keine Freundschaft, nicht mal mehr wohlwollende Nachsicht. Meine Geduld war am Ende. In diesem Moment aufgestauten Frusts sagte ich den einen berühmten Satz: »Ich will nicht mehr.«

»Wieso, wir haben doch schon aufgehört«, erwiderte er bissig. Noch hatte er nicht kapiert, was ich meinte.

»Ich will gar nicht mehr.«

»Wie, gar nicht mehr?«

»Ich beende unsere Beziehung.«

Erst jetzt verstand er. »Du bist doch jetzt bloß sauer. Ich geb mir mehr Mühe, okay?«

Nein, darauf würde ich mich nicht mehr einlassen. Das hatte er mir schon zu oft versprochen. Wir hatten Bücher gekauft, Ratgeber für ein befriedigendes Sexleben, für mehr Spaß und Abwechslung im Bett. Doch Mark machte sich nicht die Mühe, sie zu lesen. Ich bot ihm an, ihm selbst ein wenig Nachhilfe zu erteilen. Keine Chance. Mark zeigte an der Gemeinsamkeit des Aktes so viel Begeisterung wie an den Wollmäusen unter seinem Bett. Er quetschte ein wenig an mir herum, und dann hatte es loszugehen. Ohne es abwertend zu meinen: Mark hatte an einem Frauenkörper an sich keinerlei pfadfinderisches Interesse. Und das schon seit dem Beginn unserer Beziehung. Ich würde die Hand dafür ins Feuer legen, dass er nie fremdgegangen ist, mit der einfachen Begründung, dass es ihm schlicht und einfach zu anstrengend gewesen wäre. Mark war sicherlich liebenswert, chaotisch und harmlos, aber ich wollte einfach nicht mehr.

»Nein, brauchst du nicht«, erwiderte ich also.

»Aber ...«, schnaufte er, »das kannst du nicht machen!«

»Und warum nicht?«

»Wir sind doch schon so lange zusammen!«

»So lange ist es nun auch wieder nicht.«

»Du wirfst mich also weg, ja? Wie Abfall?« Seine Stimme überschlug sich.

»Nein, natürlich nicht.« Fast hätte ich doch wieder eingelenkt, weil ich ihm nicht wehtun wollte. Er war nun mal einfach so, wie er war. Sofort nach meiner hektischen Äußerung sah ich, wie er wieder Boden unter den Füßen gewann. Er schaute mich böse an. Ich musste mich jetzt wirklich zwingen, ihm den verbalen Todesstoß zu verpassen.

»Bitte geh jetzt.«

»Was?« Mark schmiss wütend die Decke von sich, er war nur im Unterhemd, ohne Hose.

»Mark, zieh dir was an, nimm deinen Kram und dann geh bitte! Es ist vorbei.«

Mit einem Satz sprang er auf und stand kerzengrade neben dem Bett. »Du spinnst ja!« Dann begann er sich anzuziehen.

Ich antwortete nicht. Als er vollständig bekleidet war, fühlte er sich bereit für einen zweiten Angriff.

»Hast bestimmt 'nen Neuen, ja? Ist er was Tolles? Ist er berühmt? Oder hat er wenigstens viel Geld? Und jetzt mal eben schnell den aktuellen Freund entsorgen.«

Er hatte das langsame und qualvolle Sterben unserer Beziehung nicht bemerkt. Für ihn war bis dato alles okay gewesen. Einerseits schockierte mich so viel Ignoranz, andererseits tat er mir doch auch leid. Und ich musste mich wieder einmal daran erinnern, dass man nicht aus Mitleid mit jemandem zusammen sein sollte.

»Mark, bei uns stimmt doch schon lange nicht mehr viel.«

»Wieso?« Ein ratloser Blick.

»Wir haben doch schon über so vieles geredet …«

»Ja und? Gehört das nicht dazu?«

»Ja, natürlich! Aber es gehört auch dazu, dass man vielleicht irgendwann mal Sachen ändert, die den anderen so sehr stören. Oder sie zumindest so macht, wie man sie am Anfang gemacht hat!« Ich konnte ihm jetzt unmöglich die Geschichte mit der fehlenden Hygiene um die Ohren hauen. Es war fast wie Fremdschämen, es war mir unangenehm. Und er würde vermutlich vollends ausrasten.

»Sachen ändern?«, hakte er nach.

»Na ja, zum Beispiel ...« Okay, das Thema Bartwuchs konnte ich ansprechen, darüber hatten wir auch schon öfter geredet.

»Zum Beispiel das Thema Bartwuchs.«

»Was hast du gegen meinen Bart?«

Herrje, das, was in seinem Gesicht wuchs, konnte man doch nicht Bart nennen! Würde es sich nach drei Tagen in ein homogenes Erscheinungsbild fügen, wäre es ja kein Thema für mich. Aber er hatte geschätzte 15 Stoppeln pro Wange, die nach vier Tagen einfach nur unkoordiniert abstanden. Er sah aus wie ein gerupftes Huhn. So etwas ist kein Bart!

»Das ist mein Dreitagebart«, fügte er noch hinzu.

Na klar, und warum rasierte er auch die anderen Stellen nicht mehr? Gab es so was wie eine Dreißig-Tage-Achsel? Ich wollte es lieber nicht wissen. Ich hatte einfach genug. Und jetzt war ich genervt.

»Okay, Bart oder nicht Bart, es ist aus.«

Er sah mir mit einer Mischung aus Abscheu und Herablassung ins Gesicht.

»Du bist eine arrogante kleine Zicke, die sich schon immer für was Besseres gehalten hat. Ich hoffe, du fällst noch mal so richtig auf die Schnauze damit.«

»Dann wünsch mir Glück«, sagte ich kalt. »Und jetzt hau endlich ab.«

Er raffte seine Sachen zusammen, warf sich den Rucksack über die Schulter und verschwand aus dem Schlafzimmer. Kurz darauf knallte die Haustür zu, und im selben Moment fing ich an zu heulen. Drei Jahre, und dann so ein Ende. Und es war alles meine Schuld! Ich hatte ihn noch nie mit so einem hässlichen Gesichtsausdruck gesehen wie gerade, als er mir die Beleidigungen an den Kopf geworfen hatte. Immer noch heulend krabbelte ich aus dem Bett, verfing mich mit den Füßen in dem Saum meines langen Nachthemds und taumelte wie blind ins Wohnzimmer Richtung Telefon. Jule ahnte sofort, was passiert war. Sie übernachtete die nächsten drei Tage bei mir, weil ich nicht alleine schlafen konnte.

Eine Woche später bekam ich eine SMS von Mark, in der er sich für seine bösen Worte entschuldigte. Wir beschlossen, uns zu treffen, weil er auch noch meinen Wohnungsschlüssel hatte. Als ich ihn wiedersah, stellte ich fest, wie erleichtert er wirkte. Er sah zwar noch verwahrloster aus, aber er wirkte zufrieden. Ein halbes Jahr lang hatte ich keinerlei Interesse an männlichen Bekanntschaften. Wahrscheinlich traf mich die Welle der aufkeimenden Neugier deshalb so heftig, dass sie mich einfach mit sich riss.

*

Ein bedrohliches Grollen beendet meinen gedanklichen Ausflug zu Mark. Es blitzt, und dann öffnet der Himmel seine Schleusen. Das harmlose Tröpfeln verwandelt sich in einen apokalyptischen Sturzbach, das Firmament wird zunehmend schwärzer, graue Wolkenfetzen rasen vorbei. Das hat man vom Träumen! Innerhalb weniger Sekunden ist mein Parka durchnässt, meine Haare tropfen, und die Jeans klebt an meinen Beinen. Ich renne los.

2. Kapitel

Gib mir Ringel, Baby

Party, Party, lalalala ...«

»Ich kann's nicht mehr hören.«

»Pahahaharty, lalalala ...«

»Lass es.«

»Party!«, lacht Jule und pustet den Qualm ihrer Zigarette den Leuten am Nebentisch um die Ohren. Und das trotz des nicht zu übersehenden Rauchverbots in der Cafeteria.

»Jule, hör endlich auf!«

»Sag, dass du hinkommst!«

»Ich weiß noch nicht, mir tut mein Hals weh.« Meine unfreiwillige Outdoor-Dusche vor zwei Tagen zeigt noch nicht hundertprozentig klar abzuschätzende Nachwirkungen. Das Letzte, was ich jetzt gebrauchen kann, ist eine Erkältung.

»Party, Party, Party, Party ...«

»Okay, hör auf!«, flehe ich sie an. »Ich komme mit, ich will nur nie wieder dieses Wort hören müssen. Zumindest heute nicht.«

»Okay.« Jule guckt wie eine zufriedene Katze. Ich ziehe einen Schmollmund.

»Es kommen bestimmt auch Männer«, tröstet sie mich.

»Noch mehr außer Schatz?«, spiele ich ihr Spiel mit. Jetzt zieht Jule einen Flunsch. Schatz heißt eigentlich Tobias und ist Jules Freund. Beide haben die Benutzung ihrer Vornamen zugunsten von Koseworten aufgegeben. Und weil Schatz Wirtschaftswissenschaften studiert und die Party morgen eine Semester-Opening-Party der Wiwis ist, will er da hin und Jule dann natürlich auch. Und ich muss wohl automatisch mit. Logischer Dreisatz, jedenfalls nach Jules Meinung. Na gut, habe ich mich also überreden lassen. Außerdem ist es ja nicht so, dass ich nicht gerne Zeit mit Jule verbringe. Ich mag auch Tobias. Aber Donnerstagspartys, wenn man freitags Uni hat, sind blöd, weil man sich vornimmt, nichts zu trinken, und dann tut man es doch und hat am nächsten Tag keine Lust zum Aufstehen.

Wobei sich Trinken bei mir auf einen Cocktail oder zwei Sekt beschränkt, ich vertrage nämlich nicht viel. Vielleicht hatte Mark doch recht, und ich bin ein Streber. Andere Leute würden da gar nicht drüber nachdenken!

Vier Stunden später kämme ich meine Haare vor dem Badezimmerspiegel, während ich mich in einem inneren Dialog mit meinen Mandeln befinde: Krank oder nicht krank? Ich entscheide mich für Variante zwei. Wer auf die Couch aufzupassen einer lustigen Studentensause vorzieht, ist entweder über sechzig oder nicht ganz normal im Kopf. Oder krank, aber das bin ich ja nicht.

*

Auf dem Vorplatz des Fakultätsgebäudes ist es brechend voll, und es ist noch nicht ganz 22 Uhr. Schatz und Jule warten auf mich neben dem Eingang.

»Lilly!«, kreischt Jule und hängt sich mir an den Hals wie ein Klammeräffchen.

»Jule!«, sage ich. »Lange nicht gesehen, Süße!«

Jule kichert hysterisch und lässt mich einfach nicht los.

»Was hast du ihr gegeben?«, frage ich Schatz.

»Ich muss fahren«, brummt Tobias, als wenn das alles erklären würde. Jule verträgt auch nichts, wahrscheinlich hat sie vor der Abfahrt mal an einem Piccolo genippt. Ich löse ihre Arme von meinem Hals und nehme stattdessen ihre Hand.

»Party, Party, Party!«, singt Jule und hüpft trotz ihrer Stöckel-schuhe auf und ab.

Nachdem wir jeder drei Euro für den Eintritt blechen mussten, stehen wir auf einer Balustrade, weil wir dort den besten Ausblick haben. Es sind erstaunlich viele gut aussehende Typen zugegen. Ich lasse meinen Blick genießerisch über die Menge schweifen. Vielleicht wird die Nacht ja doch ganz nett.

Jule hat Schatz losgeschickt zum Getränkeholen. Sie ist echt schon ein wenig angetrunken, wie sie so neben mir steht, mit ihrem kleinen Hintern wippt und konsequent jedes Lied mitsingt. Ihre dunkelblonden Haare, einstmals zu einem Pferdeschwanz hochgebunden, fallen in langen Strähnen um ihren Kopf. Sie ist auf natürliche Art so liebreizend, dass ich manchmal ein bisschen neidisch bin. Wenn sie sich schminkt, sieht sie zwar noch besser aus, aber nötig hätte sie es eigentlich nicht.

Dann ist Tobias mit den Drinks zurück. Er hat sich ein Bier mitgebracht, Jule bekommt einen Sekt auf Eis, ich fange ganz harmlos mit einem Wasser an. Gemeinsam schauen wir auf die Tanzfläche eine Etage unter uns.

»Wenn man dich im Dunkeln von hinten sieht, könnte man denken, da laufen nur rote Haare herum«, sagt Jule und kichert über ihren eigenen Witz.

Na, danke schön!

Tobias verdreht die Augen und wirft mir über Jules Kopf hin-weg einen genervten Blick zu. Ich grinse gerade noch zurück, als Julia mir auf einmal »Da!« ins Ohr schreit. Dann zerrt sie an meinem Arm, als wolle sie mich wachrütteln.

»Mensch Jule, jetzt reiß dich mal zusammen!« Ich reibe mir das schmerzende Ohr.

»Guck mal, wer da ist«, sagt sie betont leise und zeigt mit Sektglas in der Hand Richtung Tanzfläche. Wir drei starren run-ter auf die vom Kunstnebel eingehüllte wogende Menge. Zuerst sehe ich gar nichts. Ein Pudding aus schwitzenden Körpern. Doch dann: Die Beleuchtung verändert sich, ein neues Lied, der Nebel hebt sich. Oho! Wenn er der ist, für den ich ihn halte, könnte der Abend tatsächlich noch deutlich interessanter werden, als zunächst angenommen.

»Ist das Timo?«

»Ja!«, kichert Jule. Schatz guckt, als wüsste er unsere plötzliche Begeisterung nicht ganz einzuordnen.

Ich werfe einen weiteren Blick übers Geländer. Oh, er sieht gut aus! Und dann dieses ärmellose Ringelshirt! Erwähnte ich bereits, dass ich für Ringel sterbe? Der Typ ist einfach ein verdammt ansehnliches Gesamtpaket. Er ist in unserem Semester, und seit Beginn unseres Studiums hat er bestimmt schon eine Menge Mädels nervös gemacht. Außerdem kommt er immer mit dem Fahrrad. Seine halsbrecherische Fahrweise ist quasi sein Markenzeichen. 190 cm Körpergröße, dunkelblonde Haare, breite Schwimmerschultern und entzückend stramme Waden runden den Augenschmaus ab. Er ist ein wenig exaltiert, kommt auch schon mal barfuß oder mit Kopftuch zur Uni. Rhetorisch ist er wohl nicht der Allergrößte, was im krassen Gegensatz zu seinen akademischen Leistungen steht. Seine Klausuren sind immer unter den besten. Mich betrachtet er mit einer Art distanzierter Neugier, was wohl an den roten Haaren und den ewig schwarzen Klamotten liegt. Ansonsten meidet er mich weitestgehend, freundlich ausgedrückt. Da er allerdings auch kein Interesse an anderen Mädels zeigte, hatten Jule und ich zunächst auf »feste Freundin« getippt. Doch Fehlanzeige, wie Jule dank gezielter Recherche herausfand.

Unter einem Vorwand sprach ich ihn letztes Semester in einem Seminar an. Er wurde knallrot. Das sah ein bisschen blöd aus bei so einem Bild von Kerl. Zum Dank fuhr er mich am nächsten Morgen mit seinem Fahrrad fast um.

Wieder löst sich die Nebelwolke langsam auf. Mein Blick klebt an seinem durchtrainierten Rücken und wandert dann tiefer. Diese leicht gebräunte Haut, diese coole schwarze Röhre, dieser süße Knackarsch, diese Wodkaflasche in seiner Hand! Moment mal: Wodka? Er trinkt? Und wenn überhaupt, hätte ich auf Rotwein getippt. Allerhöchstens. Aber Wodka? So, so. Vielleicht ist er ja zugänglicher, wenn er ein bisschen angeschickert ist. Und heute – dass er hier war, dass ich hier war, das ist kein Zufall. Das ist Schicksal, jawohl. Heute würde ich versuchen, ihn abzuschleppen, ob er mich nun mochte oder nicht. Für das, was ich von ihm wollte, musste er noch nicht mal reden. Er musste einfach nur gut aussehen und sich nicht allzu dämlich anstellen.

»Ich bin mal unten, Mädels«, sage ich und behalte ihn fest im Blick. Julia kichert schon wieder, Tobias fällt so schnell keine Antwort ein, und ich bahne mir meinen Weg durch die klebenden Massen in Richtung Tanzfläche. Wie ein Haifisch nähere ich mich ihm von hinten. Ich höre ihn lachen. Ein dunkles Männerlachen. Dann nimmt er einen Schluck aus der Flasche. Jetzt bin ich unmittelbar hinter ihm. In einer seiner Potaschen steckt ein ziemlich mitgenommenes Reclam-Heftchen. Klar, ich nehme doch auch immer ein Buch mit zu einer Party! Ich atme seinen Duft ein: eine Mischung aus frisch geduscht, einem Hauch Parfum und Mann. Oh, lecker!

Aber der Zeitpunkt ist ungünstig. In Gesellschaft seiner Kumpels ist er zu unberechenbar. Männer separiert man besser von der Herde und lauert ihnen auf, wenn sie allein sind. Meine Chance kommt, als er sich wortreich Richtung Toiletten verabschiedet. Ich tauche gekonnt in der Menge unter und nehme die Verfolgung auf. Als er wieder herauskommt, bin ich plötzlich vor ihm.

»Oh, hi«, sage ich und schenke ihm ein möglichst überraschtes Lächeln. Er erwidert erst mal gar nichts.

Sein Blick sagt: »Du bist ein Dämon, und du hast mir aufgelauert.« Oder meine Fantasie geht gerade mit mir durch. Zur Ablenkung schaue ich auf die Wodkaflasche. Wortlos hält er sie mir hin. Ich nehme einen Schluck. Bah, das mag ich doch gar nicht! Danach setzt er die Flasche an die Lippen. Mit Blick auf seinen hüpfenden Adamsapfel zähle ich vier Schlucke.

»Hallo«, sagt er schließlich.

Also, irgendwie cool ist er ja schon, aber nur, wenn man so ein bisschen auf diesen Psycho-Einschlag steht wie ich.

Und dann: »So weit weg vom Geschehen?« In diesem Moment wird mir klar, dass er mich durchschaut haben muss. Auf dieser Seite gibt es nur die Herrentoiletten, die Damentoiletten liegen gegenüber auf der anderen Seite der Halle. Jeder, der hier studiert, weiß das. An diesem Ort gibt es auch keine Sitzmöglichkeiten. Nix. Keinen Grund, als »Nicht-Kerl« hier herumzulaufen.

Zum Glück bin ich ja nicht auf den Mund gefallen: »Ich spaziere ein wenig durch die Gegend.«

»Hm«, brummt er nur.

Ich bewahre tapfer Haltung. »Und wie findest du es so?«

»Bin gerade erst angekommen.«

»Ach so.«

Ich merke, dass er überlegt. Ein Vermögen für seine Gedanken! Er nimmt noch mal einen Schluck aus der Flasche. So kommen wir nicht weiter.

»Na gut, ich gehe mal wieder zu meinen Leuten, man sieht sich sicher noch.« Ein letztes Lächeln, dann lasse ich ihn stehen. Toll, das war ja mal gar nichts.

»Dämon, Dämon«, flüstert es hinter mir her. Ich bekomme einen Schluckauf. Verdammter Wodka.

Julia erkennt schon an meinem Gesichtsausdruck den temporären Misserfolg.

»Vergiss es einfach, er ist ein Spinner«, sagt sie, wieder einigermaßen ernüchtert.

»Tanzen!«, knurre ich. Sie nickt mitfühlend, klatscht Tobias ihre Handtasche an den Arm und drückt ihm ihr Glas in die Hand. »Wir gehen tanzen, Schatz.«

Schatz sagt wieder nix, er macht lediglich eine Kopfbewegung und lässt die Schultern hängen.

Vorher hole ich mir allerdings noch einen Cocktail. Das Special-Feature der geschäftstüchtigen Wiwi-Fachschaft ist dieses Mal eine Cocktail-Bar. Ich liebe Zucker mit Alkohol und Fruchtsaft. Der Barkeeper meint es gut mit mir, das Ding besteht hauptsächlich aus weißem Rum. My Goodness.

Nach zwei Schlucken stören mich auch die verschwitzten Leute nicht mehr. Der DJ ist der Held des Abends, jedes Lied ist super. Jule und ich verausgaben uns völlig. Nach circa zehn Liedern löst sich meine Frisur auf, ich stopfe die Spangen in meine Tasche und lasse die Haare offen über den Rücken fallen. Mittlerweile schwitze ich genauso wie die anderen. Mein Glas ist noch halb voll, es ist herrlich!

Dann spüre ich Blicke in meinem Rücken. Man kann ja angeheitert sein, wie man will, so etwas merkt man immer. Mit einem Schwung drehe ich mich um. Irgendwo am Rande der Tanzfläche steht Timo mit seinen Leuten. Alle labern, er starrt mich an. Ich drehe mich wieder zu Jule zurück und schwinge Haare und Hüften. Er kann mich mal.

Dann, nach fünf weiteren Liedern, bin ich diejenige, die mal für kleine Königspinguine muss. Jule ist das ganz recht, sie will Schatz mal aus seinem Salzsäulenstatus erlösen. Auf der Damentoilette erschrecke ich mich vor meinem eigenen Spiegelbild. Verschwitzt und glänzend, Make-up war einmal, und meine Haare hängen einfach so herunter. Ich bin dank Neonbeleuchtung noch blasser als sowieso schon. Der schwarze Kajal lässt meine Augen

30

wie dunkel gerahmte Höhlen erscheinen, und das magentarote Haar umgibt meinen Kopf wie ein Kranz aus flüssigem Magma. Ich sehe wirklich aus wie ein Dämon!

Entschlossen, mein höllisches Aussehen zu ignorieren, stiefle ich wieder hinaus. Dann von rechts auf einmal ein Schatten. Eine große Gestalt löst sich aus der Dunkelheit.

»Wir haben wohl beide keinen Orientierungssinn«, sage ich, als ich erkenne, um wen es sich handelt.

Er gibt mir keine Antwort. Ich sage nichts, er wartet. Ich sage immer noch nichts, er bleibt stumm. Sturkopf! Zur Überbrückung der zähen Stille trinke ich einen weiteren Schluck von meinem weißen Rum.

»Und was trinkst du da?«, bricht er endlich das Schweigen. Haha, gewonnen. Zweiter Punkt für mich.

»Es sollte ein Caipi werden. Der Barkeeper hat allerdings die Zutaten vergessen, abgesehen vom Rum.«

Seine Wodkaflasche ist er inzwischen losgeworden, er wirkt jedoch nicht im Mindesten angetrunken. Ganz im Gegensatz zu mir, die sich leicht schwebend fühlt. Er lächelt nicht, er zeigt mehr die Zähne. »Und wo sind deine Leute?« Er betont das Wort »Leute«.

»Keine Ahnung«, gebe ich betont lahm zurück. Er verteilt echt Retourkutschen für alles, wie ein Spiegel.

»Lass uns rausgehen.« Mit diesem Satz habe ich wieder die Oberhand. Ich merke, wie er wieder unsicherer wird. Irgendwie finde ich das süß, obwohl mich diese Unentschlossenheit auch nervt. Ich mache einen kleinen Schritt auf ihn zu, er zuckt leicht zurück, bewegt sich aber keinen Zentimeter.

»Dann lass uns tanzen gehen«, schlage ich als Alternative vor.

Er guckt zwar immer noch, als wolle ich ihn beißen, aber er nickt. Auf dem Weg zur Tanzfläche geht er hinter und nicht neben mir, seltsam. Wir bleiben etwas mehr am Rand, in der Mitte ist es einfach zu voll. Ich stelle mich ganz nah an ihn heran und beginne, mich im Takt der Musik zu bewegen. Ob er schon ahnt, was ich mit ihm vorhabe? Ich kann mich einfach nicht mehr beherrschen und muss ihn anfassen. Mit meiner linken Hand streiche ich langsam seinen nackten Arm hoch. Er bekommt eine Gänsehaut. Dann greift er sich meinen Cocktail und schüttet den ganzen Rest in sich hinein. Ich bin fast ein wenig beleidigt. Doch trotzdem drücke ich mich enger an ihn ran. Sein Kopf beugt sich zu mir herüber, und fast hätte ich gedacht, er würde mich küssen. Doch er legt nur seine Wange an meine. Sein ganzer Körper besteht nur aus sehnigen Muskeln, ich kann es bei jeder Bewegung spüren. Wir tanzen eine Weile eng aneinandergedrückt, ohne uns anzufassen. Seine linke Hand hält mein leeres Cocktailglas, sein Mund ist nah an meinem Ohr.

Ich drücke meine Wange näher an sein Gesicht und schließe die Augen. Endlich, ich hatte schon gedacht, es würde gar nicht mehr klappen. Und er riecht so verdammt gut, da ist es auch egal, dass er für meinen Geschmack arg kurze Haare hat. Ich schiebe beide Hände unter sein Shirt. Seine Haut ist glatt und makellos. Meine Fingerspitzen gleiten von den Schulterblättern Richtung Steiß, meine Nägel kratzen dabei leicht die Haut. Er bekommt schon wieder eine Gänsehaut, aber er fasst mich nicht an. Ich wiederhole die Prozedur. Jetzt stöhnt er leise, und ich bin entzückt. Ich will, dass er mich auch anfasst, aber er macht keinerlei Anstalten. Ich greife nach dem leeren Glas in seiner Hand und stelle es achtlos auf den Boden zwischen uns. Dann drücke ich mich wieder nah an ihn. Doch es passiert nichts.

»Fass mich an«, flüstere ich schließlich.

Sofort liegen seine beiden Pranken auf meinem Po. Ein vorsichtiges Streicheln. Hm. Er scheint die Leidenschaft nicht unbedingt gepachtet zu haben. Meine Finger sind immer noch unter seinem Shirt, er schiebt ein Bein zwischen meine Schenkel.

Ich kratze weiter leicht über seine Haut, weil es ihm zu gefallen scheint. Sehr sogar, denn sein Atem wird immer schneller, und er kommt von der ewigen Gänsehaut auch nicht mehr los. Also kratze ich erneut, diesmal etwas fester. Er wehrt sich nicht, stattdessen drängt er sich noch näher an mich, was kaum noch möglich ist. Zuerst habe ich Skrupel bei dem Gedanken an seinen perfekten Rücken, doch dann spüre ich seine Erektion an meinem Oberschenkel. Gut, kratze ich ihn eben noch mal, und zwar energischer. Er stöhnt auf, seine Lippen berühren meine Ohrmuschel. Auf eine ziemlich verdrehte Art finde ich ihn trotzdem scharf. Dass man aufs Gekratztwerden so abgehen kann, war mir bis dato zwar unbekannt, aber von mir aus. Ich kratze aus lauter Übermut noch mal. Ich glaube, dieses Mal hat er Spuren davongetragen. Unsere Körper pressen sich aneinander, sein Atem riecht nach Alkohol, was vermuten lässt, dass er doch mehr intus hat, als es den Anschein hat. Er wiegt sich perfekt im Takt, ohne einen Millimeter von mir zu weichen. Auf seinem Rücken spüre ich die Spuren meiner Nägel. Ich streiche darüber, weil es mir leid tut, doch er stöhnt leise an meinem Ohr und drängt sich mir noch mehr entgegen.

»Benutz mich«, murmelt er plötzlich.

Was?

Ich kann mich unmöglich verhört haben, dafür war er viel zu nah. Abrupt lasse ich von ihm ab. Er steht vor mir und zittert am ganzen Körper.

»Ich hab ein Zimmer, hier direkt im Wohnheim«, sagt er. Ich schaue ihn an und versuche zu erkennen, ob er mich verarscht. Doch sein Blick ist ernst.

Das ist es also, was ihn anmacht. Er will benutzt werden. Wahrscheinlich ist es sein großes, streng gehütetes Geheimnis. Ich brauche einen Moment, um mit der Erkenntnis klarzukommen. Meint er jetzt, dass ich ihn auspeitschen soll oder so was?

Werde ich ihn die ganze Zeit kratzen müssen, damit er das Interesse nicht verliert? Und ich glaube, mit einem Seil würde ich mich eher selbst verheddern, als irgendjemanden irgendwie fixiert zu kriegen. Obwohl: Ich will ihn, weil er schnuckelig aussieht. Theoretisch könnte das auch unter schlichtes »Benutzen« fallen. Wenn es nicht so endet, dass ich ihn beschimpfen, fesseln und auspeitschen muss, könnte es zumindest interessant werden.

»Das Wohnheim hier an der Mensa?«, frage ich nach.

Er nickt.

»Okay, dann lass uns losgehen.«

Wieder ein Nicken. Ich bin ein klein wenig nervös. Wer weiß, was für seltsame Vorlieben er noch offenbart. Wortlos erreichen wir das Wohnheim. Meine Hand liegt unter seinem Shirt, er hat die Linke auf meinem Hintern abgelegt. Als er die Tür zu seinem Zimmer hinter sich schließt und dann das Mondlicht so sanft auf seiner Haut liegt, muss ich mir erneut bestätigen, wie unglaublich attraktiv ich ihn finde.

»Zieh dich aus«, flüstere ich. Endlich würde ich ihn richtig anfassen dürfen. Er zerrt sich das Unterhemd über den Kopf. Du meine Güte, sein Körper ist wie gemeißelt. Die Hose fällt auf seine Füße. Zusammen mit den Sneakers landet sie in einer Ecke. Dann rollt er seine Shorts herunter. Sein Schwanz steht fast senkrecht nach oben. Durchschnitt, würde ich sagen, und in Sportlermanier komplett rasiert.

»Dreh dich bitte mal um.« Das schlechte Gewissen meldet sich, ich muss sehen, was ich mit seinem armen Rücken angestellt habe. Während er sich umdreht, halte ich die Luft an. Oh, sieht schlimm aus. Acht rote Kratzspuren von der Schulter bis zum Steiß. Sie müssen ordentlich wehtun. Ich stelle mich hinter ihn und küsse zart auf die Wunden. Er zittert schon wieder. Von hinten umfasse ich seinen Schwanz. Er atmet scharf ein. Mit der anderen, freien Hand kratze ich vorsichtig über seine Brust und

34

knabbere mit meinen Zähnen an seinem Rücken. Er windet sich unter meinen Berührungen, er seufzt, er stöhnt, er wirft den Kopf zurück. Das Einzige, was mich ein wenig stört, ist, dass er mich überhaupt nicht anfasst. Außerdem glaube ich, dass er nur auf die Kratzereien steht. Was soll ich jetzt machen? Wenn ich will, dass es weitergeht, muss ich mir was einfallen lassen! Ich lasse seinen Schwanz los und drehe seinen Körper zu mir. Seine Brust ist gerötet, sein Atem geht stoßweise, er kann vor Lust kaum noch geradeaus gucken. Aber er rührt sich nicht. Bliebe zu erwähnen, dass ich immer noch vollständig bekleidet bin. Ich versuche, ihm diesen Umstand telepathisch deutlich zu machen, als ich merke, dass das vergebens ist.

Also beginne ich, mich selbst auszuziehen. Ein wenig seltsam komme ich mir schon dabei vor, aber er scheint es nicht komisch zu finden. Schließlich mache ich meinen BH auf und schüttle mir den String vom Körper. Er zögert eine Sekunde, dann senkt er den Kopf und beginnt zart meine linke Brust zu küssen. Oh, super, er kann sich ja doch ohne Kommando rühren! Er nimmt die Warze in den Mund und leckt um den Hof. Die andere Brust knetet er vorsichtig mit der Hand. Dann wandert er tiefer, während er sich vor mich hinkniet. Er leckt über meinen Bauch, seine Hände streicheln meinen Rücken hinunter und umgreifen meinen Po. Er knabbert liebevoll an meinem Hüftknochen. Wieder wandert er tiefer, während ich leicht die Beine spreize.

Ich kann nicht leugnen, dass mir das bisher sehr gut gefällt. Seine Zunge leckt über die Innenseite meiner Oberschenkel, die er nun mit beiden Händen zu streicheln beginnt. Ich schließe die Augen, mein Bauch kribbelt. Dann ist auf einmal seine Zunge an meiner Klitoris. Er zieht sich rhythmisch zurück, nur um im nächsten Moment wieder darüber zu lecken. Es ist so schön warm und weich, und ich fange fast an zu schnurren. Das könnte ich ewig so mit mir machen lassen. Und trotzdem will ich mehr.

»Leg dich doch hin«, flüstere ich. Sofort lässt er von mir ab und krabbelt aufs Bett.

Ja, er krabbelt.

Über den Fußboden.

Auf dem Bett angekommen, dreht er sich auf den Rücken.

»Hast du Kondome?«, frage ich. Er reagiert, indem er sich Richtung Nachttisch rollt, eins herausholt und es sich sofort überstreift. Das nenne ich vorbildlich. Sein Schwanz steht immer noch. Schließlich gehe ich zum Bett hinüber und schwinge mein Bein über ihn drüber. Rittlings sitze ich auf seinen Oberschenkeln. Er sieht zu mir hoch, sein Schwanz hüpft auf und ab. Ich kneife mit beiden Händen vorsichtig in seine Brustwarzen und lächle dabei. Er biegt den Rücken durch und drückt den Kopf zurück in die Kissen. Wieder ein Stöhnen. Seine Bauchmuskeln sehen aus wie aus dem Lehrbuch, er ist fast zu schön zum Vögeln.

Langsam rutsche ich vorwärts, drücke seinen Schwanz mit meinem Gewicht gegen seinen Bauch. Ich kralle meine Hände in das feste Fleisch seiner Brust und setze mich ein wenig auf. Wenn er so auf Schmerzen steht, kann ich mich auch an ihm festhalten. Außerdem wehrt er sich nicht, also ist es wohl okay. Mit kreisenden Bewegungen ertaste ich die Spitze des Kondoms. Sein Schwanz ist warm und schön hart. Langsam lasse ich mich auf ihn gleiten. Er hat eine gute Länge, es tut nicht weh, wenn ich auf ihm sitze. Jetzt ist er ganz in mir. Ich lasse die Hüften kreisen. Seine angespannten Bauchmuskeln sind wie ein Reibeisen, auf dem ich auf und ab gleiten kann. Die Stimulation ist nicht unübel.

Ich kralle meine Nägel noch fester in seine Brustmuskeln. Ich möchte es nicht tun müssen, aber ich will, dass es ihm auch gefällt, also schließe ich die Augen und drücke weiter zu. Ich spüre, wie sich meine Nägel immer tiefer in seine Haut bohren. Er stöhnt so lustvoll, dass ich sicher bin, die ganze Etage muss es hören. Als ich es nicht mehr mit mir vereinbaren kann, löse ich meine Hände von ihm und sehe auf ihn hinunter. Auf der Haut leuchten je fünf violettfarbene Fingernagel-Male. Ich tue Menschen nicht gerne weh, und mir wird ein bisschen flau von dem Anblick. Meine Lustkurve fällt massiv, und ich werde noch ein Weilchen brauchen, um wieder zurück im Spiel zu sein. Manno, und ich hatte es mir mit ihm so gut vorgestellt!

»Kannst du noch ein bisschen?«, flüstere ich und versuche, nicht mehr auf seine Brust zu gucken.

Er brummt zustimmend mit geschlossenen Augen aus dem Kissen hoch. Also reibe ich mich weiter an ihm. Wie gesagt, bei dieser Stellung ist die Stimulation so intensiv, da dauert es nicht lange, bis ich wieder ziemlich angetörnt bin. Und dann ist es so weit. Keine Ahnung, wie es um ihn bestellt ist, jetzt geht es um mich. Ich seufze zufrieden, als die Wellen des Höhepunkts über mir zusammenschlagen. Als ich kurz darauf hinuntergucke, treffen sich unsere Blicke. Ich gleite von ihm herunter, und dann setze ich mich neben ihn. Laut Kondom ist er nicht gekommen.

Was nun? Normalerweise befinden sich doch Männer in so einer Situation wie ich jetzt. Ich überlege noch, ob er jetzt von mir erwartet, dass ich ihn weiter quäle, da umgreift er zaghaft sein bestes Stück, allerdings nur mit zwei Fingern. Sieht interessant aus, so habe ich es noch nie gesehen. Er macht es sich selbst, und ich überwinde mich und kneife ihm dabei in die linke Brustwarze. Ich drücke ein paar Mal kräftig zu, gucke aber lieber nicht hin, und er kommt plötzlich ganz gewaltig. Sein Körper bebt, und er hat den Kopf von mir abgewandt. Einen Moment lang noch genieße ich den Anblick seines schönen Körpers und seiner verletzlichen Nacktheit. Er schnauft in die Kissen. Geschwitzt hat er fast gar nicht.

Zeit zu gehen. Ich lasse ihn schwer atmend auf dem Bett zurück. Er bleibt völlig reglos und scheint erst langsam wieder klar denken zu können. Eine heiße Woge aus Schamgefühl schwappt zu mir herüber. Oh nein, jetzt bitte keine »Was habe ich nur getan?«-Monologe. Ich versuche, uns beiden weitere Peinlichkeiten zu ersparen, und ziehe mich in Rekordtempo an. Dann greife ich nach meiner Handtasche.

»Man sieht sich«, sage ich und wende mich Richtung Tür. Er dreht nicht mal den Kopf in meine Richtung. Schnell ziehe ich die Tür hinter mir zu. Noch im Hausflur drücke ich Jules Kurzwahl. Sie wird wohl wissen wollen, wo ich so plötzlich abgeblieben bin.

»Wo bist du?«, kreischt sie in ihr Handy. Ich bin schon wieder halb taub.

»Wo seid ihr?«, frage ich.

»Auf der Party vielleicht? Wo bist du?«

»Auch gleich wieder da.«

»Wo hast du gesteckt?«

»Seid ihr immer noch oben auf der Balustrade?«

»Ja.«

»Okay, bis gleich.«

Nachdem ich am Eingang brav meinen gestempelten Handrücken vorgezeigt habe, suche ich die beiden. Es scheinen noch mehr Menschen geworden zu sein. Jule empfängt mich mit einem strafenden Blick: »Wir haben uns Sorgen gemacht!«

»Ich war beschäftigt.«

»Oh«, Jule reißt die Augen auf, »doch nicht etwa mit Timo?«

»Doch.«

»Wie hast du das denn geschafft?«

Tobias kriegt große Ohren.

»Ach, frag lieber nicht ...« Ich denke an die kratzigen Zuwendungen.

»Erzähl mir morgen alles!«, sagt Jule. Tobias guckt enttäuscht.

»Okay.« Wir grinsen verschwörerisch.

Der Rest des Abends verläuft relativ ereignislos, und einige Zeit später fährt der Regionalexpress mich nach Hause. Timo ist nicht wieder aufgetaucht. Ich sitze auf dem abgeschabten Sitz, und der Zug rattert durch die schwarze Nacht. Hier wird es nie richtig dunkel, dafür ist das Gebiet viel zu dicht bebaut. Es ist schon nach vier und trotzdem, richtig Nacht ist es nicht. Überall Reklametafeln, Neonröhren oder beleuchtete Autobahnen. Ich denke über Timo nach. Ich verstehe das nicht ganz. Er hat so getan, als würde er mich bestimmen lassen, doch im Endeffekt hat er mir seinen Fahrplan aufgedrängt. Er hat mir suggeriert, dass er gekratzt werden will. Warum habe ich ihm nicht suggeriert, dass es mir keinen Spaß macht?

*

Am nächsten Morgen weckt mich das Festnetztelefon, das direkt neben meinem Kopfkissen liegt. Ich schiele auf den Wecker. Mist, schon neun Uhr! Wo ist die Nacht geblieben?

»Hmja?«, nuschel ich.

»Schläfst du etwa noch?«

Oh, es ist Mama. Sie hat den sechsten Sinn für so was. »Hast du heute frei?«

»Nein. Und ich war auch schon wach.« Ich versuche vergeblich, möglichst frisch zu klingen.

»Ah ja«, sagt sie und meint eigentlich: »Vergiss es, du kannst einfach zu schlecht lügen.«

»Was gibt's denn?«, frage ich.

»Nichts! Ich wollte mal hören, wie es dir geht.«

»Gut.«

»Das merke ich. Wer um die Zeit noch im Bett liegt ...«

»Mama, ich war schon wach!«

»Jaja. Dann wünsche ich noch einen erfolgreichen Tag. Kommst du am Wochenende mal in deinem Elternhaus vorbei?«

»Weiß ich noch nicht.« Ich kann ohne Kaffee nicht denken.

»Melde dich einfach.«

»Okay.«

»Okay.«

»Tschüss.«

»Ja, tschüss.«

Na gut, wenn ich schon mal wach bin, kann ich auch an Jule simsen. Wir beschließen, uns um elf Uhr an der Uni zu treffen. Dann haben wir noch eine Stunde, bevor die nächsten Veranstaltungen beginnen. Jule kommt eine Viertelstunde zu spät, ich bin immer noch nicht ganz wach.

»Und wie war's? Habt ihr …?«, will sie sofort wissen.

Ich nicke.

»Krass. Wieso hat er plötzlich doch angebissen?«

»Kratzen«, sage ich.

»Kratzen?«

»Er steht darauf, gekratzt zu werden. Und gekniffen.«

»Aha.«

»Ja.«

»Ich wusste gleich, dass der nicht ganz normal ist. Erinnerst du dich daran, wie er mal eine Woche ohne Schuhe unterwegs war?«

»Ja, allerdings.«

Jule schielt nach dem Kaffeeautomaten. »Und wie war es so mit ihm?«

»Na, er sieht nackt noch besser aus als angezogen. Und er war auch echt nicht schlecht, ich meine, wenn er jetzt nicht diese merkwürdigen Vorlieben gezeigt hätte, wäre es ganz cool gewesen. Ich glaube, danach war es ihm endlos peinlich, er hat kein Wort mehr mit mir gesprochen.«

»Kann ja gut sein.«

»Also, ich würde meine dunklen Neigungen nicht sofort so jedem offenbaren. Und was mache ich jetzt, wenn wir uns über den Weg laufen?«

»Ja, gar nichts. Außerdem ist es doch seine Sache, wie er damit umgeht. Vielleicht findet er es gar nicht so seltsam wie du. Und du hast doch mitgemacht.«

»Ja, aber nur, weil er es wollte.«

»Hättest du ja nicht gemusst, du hättest auch einfach verschwinden können.«

»Aber er sah so gut aus!«

»Dann kannst du auch nicht meckern.«

»Wenn du meinst«, schmolle ich. Jule guckt, als wolle sie sich nicht weiter mit diesem Thema auseinandersetzen. Sie ist ja sowieso der Meinung, ich könnte mir meine Abenteuer komplett sparen.

»Kaffee?«, fragt sie.

»Kaffee«, sage ich.

*

Nach einer halben Stunde kreativer Rumsitzerei, gekrönt von Automatenkaffee, machen wir uns auf zu unseren Seminaren.

»Dann wünsch ich dir viel Spaß in deinem Lieblingsseminar bei deinem Lieblingsdozenten«, sagt Jule affig und klimpert mit den Augenlidern.

»Verarsch mich bitte nicht«, sage ich und grinse.

»Wieso, er ist doch ein Hübscher. Und du hast direkt nach der ersten Sitzung gesagt, dass er was hat«, sagt sie frech.

»Ja, klar hat er was!« Ich will lieber nicht darüber reden. Das Thema ist peinlich. Außerdem steckt mir der Gedanke an Timo noch in den Knochen. Er läuft jetzt mit blauen Flecken rum. Oh, lieber nicht dran denken.

»Ist doch schön, dass er gut aussieht, dann hast du was zu gucken. Und kannst noch was dabei lernen!« Jule sieht mich an wie eine Kindergärtnerin.

»Ja, fast wie Sesamstraße!«

Jule scheint kapiert zu haben, dass ich nicht bereit bin, noch länger mit ihr die Attraktivität meines Dozenten zu erörtern. Sie zuckt die Schultern und wechselt das Thema.

»Was macht dein Hals?«

»Zum Glück wieder gut. Die Mandeln tun nicht mehr weh.« Unsere Wege trennen sich am nächsten Abzweig. Jule muss ins gegenüberliegende Gebäude, ich Richtung Treppenhaus und zwei Etagen tiefer.

»Okay, dann bis nachher!«

»Bis nachher!«

Jetzt muss ich mich beeilen, dass ich nicht zu spät komme. Irgendwie schaffen es Jule und ich immer, uns zu verquatschen. Ich schlüpfe gerade auf meinen Platz, da kommt er auch schon durch die Tür. Ich gebe mich schwer beschäftigt und vermeide den Blick nach vorn. Er grüßt uns kurz, hat in null Komma nix seinen Laptop an den Projektor angeschlossen, und schon geht es los.

Das Thema »Grundlagen des städtebaulichen Entwerfens« ist interessant und besagter Dozent jung, kompetent und auf eine vergeistigte Art süß. Er hat die schmale, fast hagere Figur eines typischen Gelehrten und die obligatorische metallgerahmte Brille auf der Nase. Sein Kurs ist toll, aber jedes Mal, wenn er zufällig zu mir schaut, vergisst er seinen Text. Mir ist das noch peinlicher als ihm, deshalb halte ich meinen Blick fest auf meine Notizen geheftet. Und genau deshalb schreibe ich auch alles auf, was er von sich gibt, denn sinnlos aufs Pult zu starren ist mir dann doch zu auffällig. Ich finde ihn wirklich attraktiv, aber dass meine unschuldige Anwesenheit ihn nervös macht, haben auch bereits andere bemerkt. Und das finde ich ziemlich schlimm. Nicht wegen mir, von mir aus sollen die Leute doch denken, was sie wollen, aber ich glaube, ihm ist es nicht egal. Es ist der erste Kurs, den er gibt, und wahrscheinlich hat er es sich auch ein wenig unkomplizierter vorgestellt.

Gerade hat er sich wieder zur Tafel gedreht, und ich atme erleichtert auf.

»Ist er nicht süß«, zischt Sabine, die rechts neben mir sitzt. Ich lächle möglichst unverbindlich und nicke zustimmend. Mit Sabine rede ich nur ungern, sie ist ein intrigantes Miststück. Die Falschheit guckt aus ihren blauen Augen. Da helfen auch der hellblonde Pony, die Sommersprossen und das eigene Pferd nicht. Mittlerweile haben die meisten ihrer Kommilitonen Lehrgeld bezahlt, und Sabine ist fast allein auf ihrem Posten. Bis auf eine etwas naiv aus der Wäsche guckende Trulla mit Kringellöckchen, die eigentlich Friseurin werden wollte, dann aber »ganz zufällig« Abi gemacht hat, ist ihr niemand geblieben.

»Hast du es schon gemerkt ...?«, flüstert sie weiter und sieht mich triumphierend an. Worauf auch immer sie mich ansprechen will, ich werde alles dementieren.

»Immer wenn er zu mir rübersieht, kriegt er Sprachstörungen!« Meine Mimik erstarrt zu einem betonierten Lächeln. »Ach, wirklich?«

»Ja!«, zischt sie und guckt schon wieder so blöd.

»Dann quatsch doch nach dem Kurs ein bisschen mit ihm«, erwidere ich und wundere mich selbst, dass ich so boshaft sein kann.

»Gute Idee.« Sie verzieht die Augen zu Schlitzen und fixiert seinen Rücken wie ein Raubtier.

Dann dreht er sich wieder zu uns um, und Sabine tut so, als blättere sie in ihren Unterlagen. Ich zücke meinen Kuli. Na, den Spaß werde ich mir ansehen. Innerlich könnte ich mich totlachen. Sabine mit dem platt gesessenen Pferdepopo, den schlecht sitzenden Jeans und den widerborstigen Haaren will diesen hageren Kerl klarmachen, der aussieht wie der Ästhet in Reinform.

Und das mit diesen Schuhen: Sie trägt jene Art von »rustikalen Schnürstiefeln« in undefinierbaren Matschfarben, die sowohl von Rentnern für eine Wanderung durch die Steiermark als auch von Kindern zum Spielen im Sandkasten getragen werden können. »Funktionell« ist oft gleichbedeutend mit »hässlich«. Im Falle von Sabines Schuhen stimmt das eindeutig.

Ich schreibe mir weiter die Finger wund und hoffe auf ein baldiges Ende der Stunde. Dann ist es so weit.

»Schluss für heute, Leute«, sagt Dr. Lechmann, den wir Jakob mit »Sie« nennen dürfen. Meine Kommilitonen werfen ihre Hefte in die Taschen und stürmen polternd wie eine Rinderherde zur Tür.

Jakob schiebt seine Unterlagen zu einem ordentlichen Stapel zusammen. Sabine neben mir hat schon gepackt und strafft die Schultern. Ich bleibe sitzen und tue so, als würde ich noch etwas suchen. Schon ist sie an seinem Pult. Ich halte den Kopf gesenkt und schiele nach vorn. Sabine hat neckisch die Hüfte vorgeschoben und redet leise auf ihn ein. Leider kann ich sie nicht verstehen, das Getrappel der Füße ist immer noch zu laut. Jakob schaut sie leicht irritiert an, dann erwidert er kurz etwas, rafft seine Papiere zusammen und geht. Er lächelt zum Abschied, doch es wirkt lediglich höflich und reserviert. Sabine guckt wie ein begossener Pudel. Schnell schnappe ich meine Sachen und verschwinde Richtung Ausgang, bevor sie mich weiter zutexten kann. Was ich gesehen habe, war zu eindeutig.

Draußen ist es schon dunkel. Julchen wartet an der geschlossenen Cafeteria auf mich. Sie steht mal wieder paffend unter dem überdimensionalen Schild »Rauchen verboten«. Ich glaube, es ist ihre persönliche Revolte gegen das Establishment.

»Na, wie war's beim schönen Dr. Lechmann?«

»Sabine hat versucht, ihn anzugraben.«

»Was?«, piepst Jule, und um ihre Mundwinkel zuckt es.

»Sie hat 'nen Korb gekriegt, das war klar. Vielleicht ist er ja verheiratet oder so.«

»Ist er nicht.«

»Woher weißt du das?«

»Weiß ich eben.«

Ich nicke und glaube ihr. Jule kennt geschätzte tausend Leute allein an dieser Uni. Sie weiß immer alles.

»Und was ist mit dir? Doch kein Interesse mehr?«

»Ich?«, frage ich unschuldig.

»Er ist doch voll dein Typ! Außerdem hast du vorhin noch über ihn geredet, also stehst du auf ihn.«

»Du hast mich mit ihm aufgezogen, das ist etwas ganz anderes.«

»Auch egal. Schon einen Plan?«

»Ein Plan ist überflüssig, er kann mir noch nicht mal in die Augen sehen. Mittlerweile habe ich schon Paranoia hochzugucken, weil ich ihn nicht blamieren will. Ich weiß auch nicht, warum er so reagiert, ich mach gar nichts. Ich sitze nur rum.«

»So schlimm?« Jule kann sich ein Grinsen nicht verkneifen. »Vielleicht ist er anders, wenn er mit dir allein ist. In seinem Büro zum Beispiel.«

»Wenn du mit ›anders‹ auf ›plötzlichen Herztod‹ anspielst, verzichte ich in seinem Interesse darauf.«

Jule lacht und tritt ihre Kippe aus. »Versuch's doch einfach. Niedlich sieht er jedenfalls aus.«

»Ja, vielleicht.«

»Okay, Süße, schönes Wochenende!« Sie küsst mich herzhaft auf beide Wangen. »Was steht bei dir so an?«

»Ach, ich fahre heute Abend ein bisschen zu Marius. Sonst nix. Und bei dir?«

»Auch nix Besonderes. Wir wollen kochen und vielleicht 'ne DVD ausleihen.«

»Dann viel Spaß!«

»Dir auch!«

Ich trabe grübelnd Richtung Straßenbahn. Und dann mache ich doch einen Plan. Ihn in seinem Büro zu besuchen ist vielleicht gar keine so schlechte Idee. Er sieht aus wie ein Streber, also ist er bestimmt immer bis spätabends an der Uni und arbeitet an seiner Karriere. Jetzt ist es acht Uhr. Wenn er danach noch ein bisschen was zu erledigen hat, ist er bestimmt bis halb zehn im Büro. Und zu dieser Zeit werden wohl nur noch sehr wenige Leute an der Fakultät sein. Wir wären also praktisch allein. Ein guter Plan. Jetzt muss ich mir nur noch eine Frage ausdenken, die nicht so doof klingt, dass er mich für 'ne Idiotin hält, aber auch nicht so komplex, dass es zu konstruiert aussieht. Ich nehme mir vor, mich zu Hause ausgiebig in das Kursthema der nächsten Woche einzulesen.

An der Haltestelle wartet eine gelangweilte Gruppe halbwüchsiger Teenager. Als ich an ihnen vorbeilaufe, beginnen sie zu tuscheln.

»Hey, Gruftie!«, grölt mir einer hinterher.

»Hey, Vollspaten«, will ich fast zurückrufen, doch ich kann mich soeben noch bremsen. »De-es-ka-la-tion«, denke ich und beiße mir auf die Zunge. Doch es ist noch nicht das Ende vom Lied.

»Ey, ist das deine echte Haarfarbe, oder was?«

Nein, ich gucke nicht rüber. Ich lasse mich auch nicht provozieren.

»Trinkst du Blut?« Allgemeines zustimmendes Gelächter. Hilfe! Leuten mit Intelligenzquotient knapp oberhalb der Außentemperatur sollte das Sprechen in der Öffentlichkeit verboten werden. Außerdem verstehe ich die ganze Aufregung nicht, ich trage weder Samt, noch bin ich in ein wallendes Cape gehüllt. Meine schwarze Röhrenjeans halte ich für massenkompatibel, die Wildlederstiefel sind aus einem Oma-Schuhgeschäft, das einzig Auffällige sind die Haare und vielleicht die gefütterte Brokatjacke, die zwar schrecklich teuer, dafür aber auch ziemlich einzigartig ist. Wahrscheinlich reicht es schon, komplett schwarz gekleidet zu sein, denn rote Haare hat doch jede Dritte.

»Ey, ist dein Freund ein Vampir?« Schon wieder Gelächter. Wenn ich bloß ohne hinzusehen ausmachen könnte, wer der vorlaute Schreihals ist!

»Willste mich auch mal beißen?«

Ah, jetzt hab ich ihn. Ich werfe dem Jüngling einen bitterbösen Blick zu, doch leider beeindruckt ihn das überhaupt nicht.

»Ey, du süße Vampirbraut!«, brüllt er. Doch jetzt hat er einen Fehler gemacht. Die Stimmung im weiblichen Teil der Gruppe schlägt um, und der Alpha-Schreihals kriegt verbal ein paar ziemlich üble Rüffel verpasst. Eins der Mädels lässt sogar demonstrativ seinen Arm los und stellt sich ein Stück weg von ihm. Der vorlaute Teenie ist plötzlich sehr mit dem Besänftigen der holden Weiblichkeit beschäftigt, und ich habe wieder meine Ruhe.

Und dann endlich kommt die Bahn.

3. Kapitel

Ein arroganter Typ

Zu Hause angekommen, muss ich mich beeilen, denn es ist schon kurz vor neun. Halb zehn bin ich mit Marius verabredet. Er ist ein süßer Schatz und mein bester männlicher Freund. Ich sage, er ist schwul, aber er behauptet, er ist bi. Ganz heimlich vermute ich, dass es etwas mit seiner erzkatholischen Familie zu tun hat. Marius ist der dritte Spross einer alteingesessenen Unternehmer-Dynastie aus Bayern und so was wie das schwarze Schaf der Familie. Alle anderen haben irgendwelche tollen Posten in der familieneigenen Firma, nur er ist freiberuflicher Kommunikationsdesigner. Wobei ich das für einen ziemlich coolen Job halte. Seine Familie ist da wohl nicht so ganz meiner Meinung. Und wer weiß, was sie sonst noch alles über ihn vermuten.

Ich jedenfalls kenne keinen Hetero-Mann, der sich mit unbekümmertem Stolz ziemlich nackt für die Titelseite eines Gay-Magazins ablichten lässt und dieses Cover auch noch in seiner Wohnung aufhängt. Aber, na gut. Marius poliert seine Nägel mit einer Glanzfeile, er besitzt mehr Haarpflegeprodukte als ich, und er trägt hautenge Muscle-Shirts in Damengrößen. Mir ist es letztendlich egal, ob er lieber Männer als Frauen flachlegt. Jedenfalls ist er ein wunderbarer Mensch, und er kann ganz toll kochen. Und natürlich wohnt er in einem der hippsten Viertel in – wer hätte es gedacht – Köln, einer der gaysten Städte Deutschlands.

Ich habe dank eines 200-Meter-Sprints die S-Bahn noch erreicht, sehe aber dementsprechend durcheinandergewirbelt aus, als ich Punkt halb zehn vor Marius' Haustür stehe. Ich bin gespannt auf den neuen Mitbewohner, von dem ich schon so einiges gehört habe. Marius hat sich vor Kurzem entschlossen, eines seiner Zimmer zu vermieten, weil er zu der Erkenntnis gelangt war, dass ihm seine Vier-Zimmer-Wohnung zu groß ist und er das zusätzliche Geld gut gebrauchen kann.

»Hey, Baby, komm rein!«, sagt er und nimmt mir galant Jacke, Schirm und Handtasche ab. »Das Essen ist gleich fertig.«

»Oh, ich kann es kaum erwarten!«, strahle ich. Mein Magen fühlt sich an wie ein großes schwarzes Loch, das dringend gefüllt werden will.

Ich sitze also in seiner optimierten Küche an einer eigenhändig heimgewerkten Theke, und er hat mir einen alkoholfreien Cocktail gebastelt. Marius steht Pfannen schwingend hinterm Herd und bewacht mit Argusaugen die brutzelnden Schweinemedaillons. Auf seiner tiefgeschnittenen Jeans mit viel Elasthan steht hinten »Miss Sexxy« drauf. Ich glaube, mich verguckt zu haben, schaue noch mal auf das kleine rote Schild und stelle fest, dass ich richtig gesehen habe.

»Du trägst Mädchenjeans«, sage ich lahm und freue mich schon auf die Geschichte, die er mir jetzt auftischen wird. Er schwingt herum und verknotet die Beine, ohne dabei zu taumeln.

»Hach ja«, sagt er und wedelt mit dem Pfannenwender.

»Habe ich im Internet ersteigert, aber da stand die Marke nicht dabei.«

»Ach so«, sage ich verständnisvoll, denke mir meinen Teil und belasse es dabei.

Marius widmet sich erneut seinen Medaillons. Er und ich haben uns in einer Gruftiediskothek kennengelernt. Ich war in der ungemein peinlichen Situation, nicht genug Geld dabeizuhaben. Da stand ich nun vor einer gelangweilt Kaugummi kauenden Kassenfrau und wusste nicht so recht, ob ich nun damit rechnen musste, in der Küche Teller zu waschen oder direkt von der Polizei verhaftet zu werden. Ich stammelte also vor mich hin, als mir jemand einen 20-Euro-Schein über die Schulter hielt. Ich griff danach wie nach einem Rettungsanker, bevor ich mich zu meinem edlen Spender umdrehte. Ich stand auf Augenhöhe mit einem Paar schwarzer Tape-Kreuze auf einer ansonsten nackten Brust. Ein Blick nach unten offenbarte einen sehnigen Waschbrettbauch, einen langen Lackrock und Plateauboots. Ich legte den Kopf in den Nacken und schaute in ein hübsches männliches Gesicht. Zuerst dachte ich, ich hätte ihn mir nur eingebildet. Er war einfach viel zu schön. Ich weiß noch, dass ich ein »Dankeschön« hauchte und mich endlich freikaufte. Draußen wartete ich auf ihn.

»Soll ich dir meine Adresse aufschreiben? Du bekommst dein Geld auf jeden Fall wieder!«, sagte ich, als er durch die Tür trat.

»Hi, ich bin Marius«, sagte er schlicht.

Mir schoss das Blut in die Wangen. »Ich heiße Lilly.«

»Und, Lilly, noch Lust, irgendwo etwas Warmes trinken zu gehen?« Bliebe zu erwähnen, dass ich damals noch mit Mark zusammen war und sofort skeptisch wurde. Er war hübsch, aber implizierte »etwas trinken gehen« nicht eindeutiges Interesse? Damals war ich noch nicht so weit wie heute. Ich zögerte also.

»Ich habe einen Freund«, sagte ich schließlich.

»Wie nett. Will er mitkommen?«, fragte Marius. Ich wurde zum zweiten Mal rot.

»Er ist zu Hause.«

»Dann gehen wir eben zu zweit.« Mit diesen Worten hakte er meinen Arm unter seinen Flokatimantelärmel und zog mich mit. Seitdem sind wir Freunde.

Ich nuckele gerade so an meinem Strohhalm, als der neue Mitbewohner auf der Bildfläche erscheint. David heißt er, ist geschätzte zwei Meter groß und will Lehrer werden. Biologie und evangelische Theologie, eine Kombination, die meiner Meinung nach an Unvereinbarkeit kaum zu überbieten ist. Seine schlanke Figur trainiert er mit Ausdauersport, hat Marius mir fasziniert erzählt. Sein unfreundliches Verhalten grenzt schon an Arroganz. Er sagt gar nichts, latscht zum Kühlschrank und nimmt eine Flasche Multivitaminsaft raus. Seine langen Beine stecken in einer Cordhose mit Schlag, die er mit einem Gürtel an seine schmale Hüfte getackert hat. Das moosgrüne T-Shirt passt gut zu seinen blonden Haaren. Er sieht nicht schlecht aus, aber ich glaube, er ist ein Muffel. Schwul ist er jedenfalls nicht. Der empörte Marius hatte letzte Woche das Vergnügen, seiner heulenden Ex die Tür öffnen zu dürfen.

»Ich möchte Alkohol!«, sage ich wie ein schmollendes Kind.

Marius reagiert sofort. »Du kannst nachher auch gern hier schlafen, Schatz.«

David rümpft deutlich hörbar die Nase. Ich schenke ihm einen herablassenden Blick, den er wortlos entgegennimmt, bevor er samt Saft wieder verschwindet.

»Okay«, antworte ich, und Marius strahlt.

»Wein oder Sekt oder was Härteres?«, will er wissen.

»Ach, schütte mir irgendwas hier in den Cocktail, was dazu passt.«

»Okay!« Marius zieht die Pfanne vom Herd und widmet sich dem Berg von Flaschen. Ich rutsche von meinem Barhocker und schleiche Richtung Küchentür. Von da aus habe ich einen klitzekleinen Ausschnitt von Davids Zimmer im Blick. Er hört Indie, danach sieht er auch aus. Auf einem Teppich liegen Bücher, und ich sehe ein Paar besockte Füße. Sieht aus, als würde er auf dem Boden liegen.

»Fertig!«, sagt Marius und guckt mich erwartungsvoll an. Ich bewege mich wieder Richtung Theke und nehme einen Schluck. Hm, fantastisch!

»Das Essen ist auch so weit. Hast du Hunger?«

Ich nicke begeistert. Es gibt Schweinemedaillons mit einer superleckeren Soße und dazu gedämpftes Gemüse. Marius steht zurzeit total darauf, Sachen zu dämpfen. Kochen mit Wasser geht im Moment gar nicht. Das Essen schmeckt noch besser, als es aussieht. Wir sitzen beide an der Theke und schmausen. Ich lobe ihn in Grund und Boden, und er errötet fast.

»Nachher singen wir noch ein bisschen, okay?«, strahlt er, um noch einen obendrauf zu setzen.

»Ja!«, quietsche ich und umarme ihn so schwungvoll, dass unsere Barhocker bedrohlich schwanken. Wir kreischen, und David knallt seine Tür zu. Muffel, sag ich doch.

Mit vollen Bäuchen und jeder Menge Süßigkeiten übersiedeln wir wenig später in Marius' Wohnzimmer. Er hantiert mit der Playstation, ich denke über David nach. Arrogantes Stück. Marius drückt mir die ganze Bandbreite Karaoke-CDs in die Arme, und ich soll eine davon aussuchen. Ihm zuliebe starte ich mit »Hits der 80er«. Wir singen laut und schief, und David macht aus Protest Krach im Flur. Hört sich an, als würde er Schrankwände durch die Gegend schieben. Nach einer Flasche rosa Sekt, die er ganz allein vernichtet hat, ruft Marius plötzlich »Los, wir ziehen uns aus!« ins Mikro, und ich kugel mich vor Lachen auf dem Teppich. Im Flur knallt mal wieder eine Tür.

»Das meine ich ernst«, sagt er und zieht eine Schnute. Das Mikro liegt mittlerweile zum Glück in seinem Schoß.

»Echt?«, gluckse ich, und schon fängt er an. In Unterhosen kenne ich ihn schon zur Genüge, meist behauptet er, nichts anzuziehen zu haben, wenn wir zusammen weggehen, und dann rennt er hektisch halbnackt durch die Wohnung.

»Sag mal, Häschen, was soll der Mist?«, lache ich.

»Los, du musst mitmachen!«

»Nein.«

»Wieso nicht?«

»Man zieht sich nicht einfach so aus.«

»Ich schon!«

»Ja, aber das verstehe ich im Moment trotzdem nicht.«

Marius lässt sich mit einem Plumps neben mir auf dem Teppich nieder. Wenigstens hat er seine Panties anbehalten. Ich überlege noch, wie ich ihm das Thema »Wir ziehen uns jetzt aus« wieder ausreden kann, als sein Handy klingelt. Wie eine Sprungfeder ist er sofort am Couchtisch.

»Ja, hallöli«, gurrt er.

Ich lausche mit gespitzten Ohren.

»Ach, echt?«, sagt er gerade, dabei wickelt er sich die Schnur des Ladekabels neckisch um den Unterarm.

»Ja, ich frag mal eben meine bessere Hälfte, ob sie mitkommt.«

Oh Gott, er ist so tuntig am Telefon, ich könnte mich kringeln vor Lachen. »Schatzi«, fragt er zu mir herüber und hält überflüssigerweise die Hand übers Handy, »wollen wir noch zu so 'ner Schwuppen-Party, drüben in der Altstadt?«

Klingt lustig, aber ich muss morgen arbeiten, also schüttle ich bedauernd den Kopf.

»Muss morgen arbeiten, aber wenn du da hinwillst, geh ruhig.«

»Oh, schade. Dann werde ich allein da vorbeischauen.«

Ich nicke ihm zustimmend zu, und er widmet sich wieder dem Unbekannten am anderen Ende der Leitung.

»Hey, ich komme doch solo, aber ihr seid ja schon da, oder? Okay, super, bis gleich!« Jetzt ist Marius noch hibbeliger als sowieso schon.

»Ist ja schade, dass du morgen schuften musst«, sagt er, ist aber in Gedanken ganz woanders. »Welches Shirt soll ich bloß anziehen?«

»Häschen, ich glaub, ich geh direkt, es ist auch schon halb zwölf durch, wenn ich mich beeile, krieg ich die Bahn um Viertel vor.«

»Na gut, aber trotzdem schade! Wir sind schon viel zu lang nicht mehr zusammen weg gewesen.«

»Das stimmt, aber weißt du was, nächstes Mal planen wir das, und dann feiern wir 'ne ganze Nacht durch!«

»Okay«, kichert er, »das ist ein guter Plan.«

»Komm, bring mich zur Tür.«

Marius spaziert nur in Panties auf den Flur und reicht mir meine Jacke zum Hineinschlüpfen. Dann reicht er mir noch den Schirm, den ich sonst garantiert wieder vergessen hätte.

»Voilà, Madame. Sind wir wieder reisefertig?«

»Jawohl, Monsieur, vielen Dank für das leckere Essen, viel Spaß noch auf der Party, und bis sehr bald!«

Wir kichern und umarmen uns, ich schiele ein letztes Mal zu Davids Zimmertür, doch sie bleibt zu. Auf der Straße empfängt mich eine unangenehme Kälte. Man könnte nachts direkt schon Handschuhe tragen, dabei ist es gerade mal Anfang November. Zum Glück habe ich es nicht weit bis zur Bahn, und ich muss stramm laufen, damit ich die S-Bahn noch erwische.

Im warmen Abteil denke ich dann an Marius, der in diesem Moment vermutlich kurz vor 'nem hysterischen Anfall steht, weil er einfach kein Shirt findet, das er auf der Party tragen kann. Weil es entweder nicht eng, nicht hip oder nicht kurz genug ist. Und das ist doch ein typisches Männerproblem, oder verwechsle ich da etwas?

*

Der Samstagmorgen ist grau und diesig. Ich schleiche kurz nach acht aus den Federn und lasse mich von der Dusche wach regnen. Beim Bäcker am Bahnhof kaufe ich mir mein Frühstück in Form eines Schokoladen-Muffins. Der Regionalexpress hat eine Dreiviertelstunde Verspätung, also nehme ich die S-Bahn. Samstags zu arbeiten ist blöd, aber in den heutigen Zeiten sollte man ja dankbar sein, überhaupt noch irgendwo arbeiten zu dürfen.

Schließlich will ich nicht komplett von Papis Geld leben, so viel haben meine Eltern auch nicht.

Die französische Modekette, bei der ich den Nebenjob habe, steht mindestens einmal im Jahr kurz vor der Pleite. In unserer Filiale schuften nur Aushilfskräfte, bis auf Gundis, unsere Chefin, und eine Festangestellte, die eigentlich Floristin gelernt hat. So viel zur Firmenpolitik. Zweimal im Jahr gibt es einen Ausverkauf, weil keiner weiß, wie lange die Ladenmiete noch gezahlt werden kann. Die Sachen sind meist quietschbunt und wild gemustert. Wenn ich abends das Chaos zusammenfalte, sehe ich aus wie eine schwarze Krähe über einem bunt gewürfelten Berg Innereien.

Gundis hat die sechzig gerade überschritten, trägt raspelkurze bronzefarbene Haare und Hängerchen in Kleidergröße 48. Sie ist überall speckig, sogar an den Handgelenken. Keiner weiß, was sie eigentlich gelernt hat, aber sie leitet den Laden schon seit zehn Jahren und das mit einer stoischen Gelassenheit, die man leicht für Unlust halten könnte. Ihr Mann Herbert ist einen Kopf kleiner als sie und rückt an, wenn bei uns eine Glühbirne kaputt ist oder das Geländer mal wieder wackelt.

So klein der Laden ist, er geht über zwei Etagen. Eine Maisonette-Abstellkammer quasi. Gundis thront meist hinter der Registrierkasse, die sie immer noch nicht richtig bedienen kann. Dabei trommelt sie mit ihren metallicblau lackierten Nägeln auf die abgeschabte Holztheke und gibt über jede Frau, die den Laden verlässt, ihr Urteil ab. Bei Gundis gibt es nur zwei Kategorien: »schönes Mädchen« oder »kein schönes Mädchen«. Egal, ob die Betreffende die zwölf noch nicht erreicht oder die dreißig schon überschritten hat. Männer übersieht Gundis völlig, insbesondere schnucklige Gay-Boys, die sich gern mal durch unsere hautengen Shirts probieren. Sie hält Homosexualität für eine Erfindung der neuen Medien. Ich finde, Gays sind die angenehmsten Kunden, immer super gepflegt, reizend und ordentlich. Die kämen nie auf die Idee, einen Fummel gedankenlos über die geölten Kleiderstangen zu pfeffern. Danach kann man das Teil nämlich wegschmeißen.

Als ich mich vorgestellt habe, hat Gundis mir lange ins Gesicht geguckt und dann genickt, wobei sich ihr Doppelkinn in drei Etagen teilte. »Ja, die Lilly ist ein schönes Mädchen«, sagte sie zu mir und zu sich selbst. Ich muss wohl recht ratlos zurückgeschaut haben.

»Wann kannst du morgen hier sein?«

Damit hatte ich den Job. Außer mir arbeiten dort noch vier andere Studentinnen: Deborah, mit der ich mich richtig toll angefreundet habe; Sina, die lispelt und hüftlange blonde Haare hat; Ajda, die betörend orientalisch aussieht und Chemie macht; und Tine, die, glaube ich, nur vorgibt zu studieren und darauf wartet, dass sie schwanger wird. Oder dass wenigstens ihre verzogenen Katzen endlich Babys bekommen.

Mama nennt unseren Verein »Das Mädchenpensionat« mit Glucke Gundis als Direktorin. Manchmal kommt es mir auch so vor. Gundis achtet darauf, dass wir genug essen und trinken, dass wir »hübsch« zurechtgemacht sind, und sie meckert liebevoll, wenn wir im Lager neue Ware anprobieren, anstatt sie zu sortieren.

»Kein schönes Mädchen«, höre ich Gundis noch sagen, als ich den Laden betrete. An mir vorbei läuft eine ungeschminkte Brünette mit schlechten asiatischen Extensions. Ich nicke ihr zustimmend zu. Gundis hat sich mal wieder hinter der Theke verschanzt. Heute hat sie so viele Armbänder um, dass ich mich frage, ob sie die Hände überhaupt noch hoch bekommt. Ich sage nur: bis kurz unter die Ellenbogen.

Gundis mag keine ungeschminkten Frauen. Sie hätte auch die Titanic nicht ohne ihren lila Lipliner und den Bronzing-Powder verlassen.

Ich bin da nicht ganz so fanatisch. Puder, okay. Wenn man irgendwo hingeht. »Irgendwo« schließt allerdings Aldi, Bäcker und Co. aus. Rouge ist hübsch, solange es in Maßen aufgetragen wird. Am besten mit leichtem Blaustich, das macht blass. Concealer, Abdeckpaste und Konsorten sind nicht so mein Fall. Lieber ein bisschen tot aussehen als zu gesund und makellos. Kajal ist die beste Erfindung der Welt. Am liebsten in Kohlrabenschwarz oder dunklem Violett.

»Lilly, träum nicht«, sagt Gundis und reckt gleichzeitig den Kopf nach einer weiteren Kundin.

»Schönes Mädchen«, sagt sie beifällig. Ich verdrehe die Augen und verziehe mich Richtung Lager, wo wir unsere Sachen ablegen können. In einem angrenzenden Kabuff ohne Fenster gibt es sogar eine Kaffeemaschine und einen Kühlschrank. Luxus pur also. Dort krame ich meine Ballerinas hervor, denn ich habe hier Stiefelverbot. Gundis bekam böse Atemnot, als ich das erste Mal mit meinen kniehohen Docs vor ihrem Thron, äh ihrer Theke, stand. Sie japste irgendwas von »Klumpfuß« und »kein schönes Mädchen heute«. Seitdem darf ich zwar mit den Boots anreisen, aber hier im Laden trage ich die personifizierte Niedlichkeit in Form von weichen Lederballerinas, aber immerhin mit lachenden, bronzefarbenen Totenkopfschnallen. Gundis hat die Schnallen zum Glück nicht richtig gesehen, dafür ist sie nicht aufmerksam genug.

Ich füttere das glucksende Monster namens Kaffeemaschine mit Pulver, das ein wenig nach Ammoniak riecht. Uff, so starker Kaffee ist eklig. Ich dosiere die Kaffeemenge ganz bewusst niedrig und freue mich schon auf Gundis' schmerzverzerrtes Gesicht über der trüben Brühe. Sie mag ihren Kaffee so stark, dass er die Speiseröhre verfärbt.

»Hallo, Lilly!« Deborah steht wie aus dem Nichts aufgetaucht strahlend im Türrahmen.

»Debo, Lieblingskollegin!«

Wir lachen und geben uns Küsschen. Sie verstaut ihre Leder-tasche mit den langen Fransen in einer Ecke und zieht sich den dicken schokoladenbraunen Cordmantel aus.

»Draußen ist es schon wie Winter«, sagt sie und putzt sich die Nase mit einem geblümten Stofftaschentuch. Ich kenne sonst niemanden auf dieser Welt, der bereit ist, seine Taschentücher zu waschen und auch noch zu bügeln.

»Ja, echt mal, gestern Nacht war's noch schlimmer.«

Deborah ist einer der nettesten Menschen, die ich kenne, aber für Männer hat sie wirklich kein Händchen. Sie ist die Königin des Verarscht-und-abserviert-Werdens.

»Ich hab noch gar keine Lust, meine Winterpullover auszu-graben«, sagt Debo und guckt frustriert.

Da ertönt Gundis' Stimme von unten: »Räumt ihr Mädchen bitte oben auf und faltet dann die Neuware in die Regale!«

»Ja, Gundis«, ruft Debo nach unten.

»Und hat Lilly nicht Kaffee gemacht?«

»Ja, aber der ist noch nicht durchgelaufen«, sage ich zu Debo.

»Der ist noch nicht durch!«, ruft sie nach unten.

»Okay.« Gundis' pikierte Stimme klingt nach Koffeinentzug. »Aber dann bringt mir bitte gleich eine Tasse runter, wenn er fertig ist, ja?«

»Klar doch!«

Debo und ich beginnen mit dem Aufräumen, obwohl es erst kurz nach zehn ist und die obere Etage noch einen relativ wohl sortierten Eindruck macht. Nach nur fünf Minuten allgemeiner Schönheitskorrekturen sieht alles wieder aus wie neu.

Ich bringe Gundis ihren Kaffee, kassiere eine Rüge für das Gebräu, das ich verzapft habe, und dann ein nachsichtiges Kopfschütteln. Ich täusche ein Husten vor, um mein Grinsen zu kaschieren.

Wieder oben angekommen, widmen Debo und ich uns den drei großen braunen Kartons mit Neuware, die wir mit Preisetiketten versehen und dann passend auf DIN-A-4-Größe in große Stapel falten. Wenn wir zusammen an dem großen Holztisch stehen, können wir uns super unterhalten. Ich nutze die Zeit, um Debo nach ihrer neuesten Eroberung auszufragen. Ich weiß schon, dass er Jura studiert und sich im Moment nicht fest binden will. Nur den Namen habe ich leider vergessen. An genau diesen Typ Mann gerät sie übrigens immer wieder: entweder frisch getrennt oder bindungsunwillig und/oder -unfähig.

»Als ich gestern bei ihm im Bad geputzt habe, stand da schon wieder 'ne neue Flasche Abschminklotion«, erzählt Debo gerade.

»Du putzt sein Bad?«

»Ja, er macht doch bald Examen, da hat er nicht so viel Zeit für so was.«

Aber Zeit, andere Frauen zu vögeln, hat er wohl schon.

»Und, hast du's ihm gesagt?«

»Nee.«

»Warum nicht?«

»Wenn ich ihm so was sage, dann erklärt er, dass ich ihn zu sehr Richtung Beziehung dränge und ihn dadurch einenge, und dann könnte er sich erst recht nicht an den Gedanken gewöhnen, wieder 'ne Beziehung zu haben.«

Ich würde Debo gerne darüber aufklären, dass das so viel heißt wie: »Baby, wenn grad keine andere Bock hat, ist es ja ganz nett mit dir, aber ansonsten geh mir bitte nicht auf den Keks.«

Aber ich weiß, dass es bei ihr nichts nützen würde. Sie glaubt an seine schwer geschundene Intellektuellen-Seele und an seinen fast poetischen Drang nach Freiheit.

»Und heute Abend fährst du wieder zu ihm?«

»Ja, ich wollte ihm was kochen, er lebt zur Zeit nur von Tiefkühlpizza.«

»Der arme Mann.«

Debo hat meinen Sarkasmus nicht verstanden.

Als wir wenig später die neuen Teile einsortieren, blicke ich zufällig aus dem Fenster. In einem Grüppchen junger Leute geht ein großer Typ. Blond, verwaschene Jeans, vielleicht 'ne Brille. Ich denke sofort an David und wundere mich gleichzeitig, warum dieser Blödmann so einen Eindruck auf mich gemacht hat.

*

Pünktlich um vier Uhr können wir den Laden verlassen. Heute war kaum etwas los, es hat geregnet, und die meisten Leute trauern vermutlich dem schönen Wetter bei einem Tee auf der heimischen Couch nach. Bei dem Gedanken an meine eigene Couch wird mir allerdings auch warm ums Herz. Ich werde mir einen Topf Nudeln kochen, sie in Rahmspinat ertränken und mich kugelrund essen.

Debo ist in Gedanken schon ganz bei ihrem Juristen-Anwärter. Gundis lässt sich von ihrem Mann Herbert abholen, der auch noch eine hochstehende Teppichecke ankleben soll.

Wir dürfen schon mal gehen. Ich wünsche Debo viel Spaß und freue mich auf einen ruhigen Abend mit meiner Wolldecke.

*

Zu Hause lande ich statt auf der Couch erst mal vor meinem PC. Ich gehe auf Marius' MySpace-Seite, um zu gucken, ob er David als Freund geaddet hat, wenn der überhaupt dort vertreten sein sollte. Ich finde ihn tatsächlich. Das Profilfoto sieht aus wie selbst gemacht, aber dass er gut aussieht, kann auch dieser Schnappschuss nicht verheimlichen. Seine Seite ist schlicht, er zitiert ein bisschen Weltliteratur und erzählt von seinen Marathonambitionen. Laut Status ist er Single.

Ich trommle mit den Nägeln auf dem Tisch herum und denke darüber nach, was ich von ihm halten soll. Ich meine, was weiß ich schon von ihm? Wir haben noch nicht ein einziges Wort miteinander gewechselt. Und trotzdem ertappe ich mich dabei, dass ich überlege, wann ich das nächste Mal bei Marius vorbeischauen sollte. Und das nicht, um meinen besten Freund zu sehen, sondern seinen neuen Mitbewohner. Oh je, hoffentlich checkt der Gute das nicht allzu bald. Marius kann sich nämlich schrecklich eifersüchtig gebärden. Doch zurück zu David. Ein schöner Name, wie ich finde. Und seine Haarfarbe ist toll. Dieses echte, strahlende Blond finde ich faszinierend. Fragt sich nur, ob er auch sprechen kann.

Mein Blick fällt auf die Konzertkarte. Hm, der schöne Drummer. Ich bin schwer versucht, die Homepage noch mal zu besuchen, um ihn ein bisschen anzuschmachten. Aber plötzlich ist der Gedanke, ihn mir nackt vorzustellen, nicht mehr so omnipräsent. Stattdessen denke ich ungewollt an blonde Haare und den abweisenden Blick. Und das alles komplett angezogen. Komisch. Nein, ich werde mir verbieten, jetzt darüber nachzudenken. Genug für heute mit den Männern, auf mich wartet die Couch, auch wenn sie eh nicht weglaufen könnte.

4. Kapitel

Dr. Lechmann und die Liebe zum Theater

Die neue Woche steht ganz unter den Themen: »Wie lege ich meinen Dozenten flach?« und: »Wie besiege ich meine Platzangst?«

Zu Thema Nummer zwei habe ich mich ausgiebig im Internet schlaugemacht, an den Erfolg glaube ich allerdings erst, wenn ich nächste Woche nicht hyperventiliere.

An Thema Nummer eins bin ich noch dran. Ich habe mich so übertrieben gut vorbereitet, dass alles das, was Herr Doktor doziert, für mich keine Neuigkeit mehr ist. Also schreibe ich Gedichte, die ich mal in der Grundschule gelernt habe, auf meine Notizzettel. Damit es nicht so auffällt, dass ich heute gar nicht mitschreibe. Sabine neben mir ist deutlich reservierter und straft Jacobs Rücken mit verächtlichen Blicken, wenn er sich zur Tafel dreht. Ich sehe das genau. Als wir endlich gehen können, mache ich einen kurzen Stopover bei Julchen, die fest an mich glaubt und mir letzte Tipps in Erster Hilfe gibt, falls es doch zu einem Zwischenfall kommen sollte.

Dann gucke ich auf die Uhr. Zwanzig nach acht, er sollte in seinem Büro angekommen sein. Ich schleiche mit klopfendem Herzen durch den universitären Irrgarten, verlaufe mich zweimal und stehe schließlich schnaufend vor seiner Tür. Ich halte die Luft an und horche. Nichts. Als ich wieder normal atmen kann, kontrolliere ich das Plastikschild, das rechts neben der Tür in die weiße Wand gedübelt ist: Der Name stimmt. Ich hole noch einmal tief Luft, dann klopfe ich.

»Ja bitte?«, tönt es von innen. Das ist seine Stimme. Ich drücke die Klinke herunter und hoffe, dass er nicht sofort tot umfällt.

»Oh, guten Abend«, sagt er und sieht nicht nach Kammerflimmern aus. Wirklich angeschaut hat er mich aber nicht, glaube ich.

»Hallo«, sage ich vorsichtig. Ich rechne immer noch mit dem Schlimmsten. Er deutet auf einen der wacklig aussehenden Stühle vor seinem Schreibtisch.

»Setzen Sie sich doch, Lilly.« Er stützt den Kopf auf die gefalteten Hände und sieht mir direkt in die Augen. »Was kann ich für Sie tun?«

»Ich, äh«, stottere ich, lasse meine Tasche von der Schulter gleiten und nehme Platz, »ich habe noch eine Frage.«

Seine Augen sind von einem so dunklen Blau, wie man es selten sieht. Ich möchte gar nicht mehr weggucken. Er blinzelt und senkt den Blick.

»Nur zu«, sagt er und schaut nicht wieder hoch. Er ist ungefähr zehn Jahre älter als ich, aber er sieht deutlich jünger aus. Mein Blick fällt auf ein bedrucktes und gefaltetes Stück Papier.

»Sie gehen ins Theater?«, frage ich prompt und denke gar nicht daran, dass er das in diesem Kontext jetzt seltsam finden wird. Ich greife nach dem Spielplan und klappe ihn auf.

»Oh ja, sehr gern sogar!«, antwortet er und scheint es doch nicht komisch zu finden. Er guckt kurz zu mir hoch. Ich versuche ein Lächeln, und fast bleibt er an meinem Blick hängen. Aber nur fast. Er springt hektisch auf und fängt an, Bücher aus dem Regal hinter sich auf den Schreibtisch zu räumen.

»Sie müssen entschuldigen«, meint er zu mir, wobei er an mir vorbei sieht, »ich muss noch eine Vorlesung vorbereiten, das habe ich den ganzen Tag vor mir her geschoben.«

»Kein Problem.« War das eine Aufforderung zu gehen? »Haben Sie auch schon ein Buch geschrieben?«, will ich dann wissen. Ich kann förmlich zusehen, wie er aufblüht.

»Oh ja, doch. Bei einigen war ich auch Co-Autor!« Er zerrt einen Wälzer hervor, klatscht ihn mir recht unsanft vor die Nase und schlägt ihn auf. Dabei steht er seitlich hinter mir, und ich bekomme einen Hauch seines teuren Parfums zu riechen. Er beugt sich noch tiefer, und plötzlich glaube ich, dass er nicht ganz so weltfremd ist, wie er tut.

»Schauen Sie, hier«, sagt er unverschämt nah an meinem Ohr und zeigt auf seinen Namen. Seine Hände sind schlank und sehnig, wie die eines Klavierspielers.

»Nicht schlecht«, sage ich und schiele seitlich zu ihm hoch.

Er lächelt, und plötzlich schaut er nicht mehr weg.

»Noch mehr Bücher?«, frage ich.

»Wenn Sie das wirklich interessiert?«, pariert er und richtet sich langsam wieder auf.

Ich ziehe den Reißverschluss meines Mantels auf, lasse ihn nach hinten fallen und stehe auf. Wie er jetzt so neben mir steht, ist er nur ein kleines Stück größer als ich.

»Zeigen Sie sie mir«, sage ich und gehe zum Regal.

Er kommt langsam hinterher. Von verpeilter Hektik oder Unsicherheit keine Spur.

»Sie haben eine sehr ungewöhnliche Haarfarbe«, sagt er und steht nah neben mir. Dann zieht er ein weiteres Buch hervor. »Wenn das Licht darauf fällt, hat das Haar fast einen bläulichen Schimmer.«

»Danke«, sage ich, weil mir nichts Intelligenteres einfällt.

»Es passt gut zu Ihren dunklen Augen.«

Jetzt lächle ich doch. Flirtet er etwa mit mir?

»Schauen Sie, hier!« Er klappt das Buch auf, und auch da steht sein Name drin. Ich bin beeindruckt. Er hält den Wälzer mit beiden Händen, ich tue so, als ob ich den Titel nicht genau lesen kann, lege meine Hand auf seine und drehe so das Buch mehr zu mir. Seine Hände sind frei von jeglichen Schwielen oder Rissen, die bei Männern sonst häufig zu finden sind. Er lässt den Wälzer auf den Schreibtisch gleiten. Ich lese in seinem Gesicht, wie er überlegt. Dann hebt er die Hand und fährt mit dem Finger ganz leicht die Konturen meines Gesichts nach.

»Sie sind so schön«, flüstert er, und ich finde es gar nicht kitschig. Auch nicht, dass er mich immer noch siezt. Er legt mir vorsichtig den anderen Arm um die Taille und zieht mich näher zu sich.

»Ich weiß, dass es Sie wahrscheinlich beleidigt, aber ich muss Sie das trotzdem fragen: Machen Sie das wegen einer Note?« Sein Blick ist ehrlich fragend, und ich bin nicht beleidigt.

Also schüttle ich den Kopf. Er sieht mir forschend in die Augen, und dann scheint er zufrieden zu sein.

»Sind Sie blind ohne Brille?«, will ich unverschämterweise wissen, und er lacht.

»Nein, gar nicht.« Er will sie abnehmen, und ich kann ihn gerade noch daran hindern.

»Lassen Sie sie auf, bitte.«

Er grinst jungenhaft und rückt sie wieder zurecht. »In Ordnung so?«

Ich nicke. Seine Hand liegt immer noch um meine Taille.

»Darf ich Sie küssen?«, fragt er formvollendet, und wieder nicke ich. Ganz vorsichtig nähert er sich meinen Lippen. Sogar sein Mund ist weich, herrlich. Er küsst höchst unakademisch, sehr leidenschaftlich, und ich bin fast überrumpelt. Ich vergrabe die Hände in seinen braunen Haaren und genieße das leicht kratzende Gefühl kurzer Bartstoppeln an meinem Mund. Er schnappt mich fester um die Taille, hebt mich mit einem Arm hoch und trägt mich den kurzen Weg zur Tür. Er schließt ab und trägt mich zurück zum Schreibtisch. Mein Hintern landet auf der harten Platte. Er fegt ein paar Bücher herunter. Mit seinen zarten Händen schiebt er Cardigan und Top in einem hoch und senkt seinen Kopf zwischen meine BH-Cups. Ich öffne den Verschluss selbst und ziehe mir den überflüssigen Stoff vom Leib.

»Ziehen Sie Ihre Hose runter.«

Er lächelt amüsiert und scheint ebenso auf das Spiel mit dem »Sie« abzufahren wie ich. »Wenn Sie das so wünschen.«

Er nestelt an seinem Gürtel, und dann fällt die Hose auf seine Schuhe. Die heruntergezogenen Panties entblößen einen hübschen Schwanz.

»Haben Sie Kondome in Ihrem Schreibtisch?«, will ich wissen.

»Leider nein.«

»Moment«, ich schiebe ihn sanft zurück, hüpfe vom Tisch und hole aus meiner Tasche ein Kondom. Natürlich bin ich vorbereitet. Ich reiche es ihm hinüber und setze mich wieder. Mit voll gummiertem Schwanz nestelt er an meinem Rock und der Strumpfhose, was mal wieder an den Schuhen scheitert. Erst als er mir die aufgeschnürt hat, habe ich freie Beine. Er beugt sich wieder über mich und hat seinen Pulli noch an, was ich aber ganz reizvoll finde. Seine Lippen finden wieder die meinen, und was er da mit seiner Zunge in meinem Mund macht, ist echt sexy. Ich dirigiere seinen Schwanz, und beim Eindringen seufzt er so leidenschaftlich, wie ich es ihm niemals zugetraut hätte. Er hält konstant seinen Rhythmus. Er küsst mich dabei weiter, beißt meinen Hals, seine Hände umfassen fest meine Brüste. Der Mann ist echt ein Überraschungsei.

»Ist es okay so?«, keucht er.

»Ja«, flüstere ich, obwohl ich die Position für wenig optimal halte. Die Stimulation ist für mich zu gering. Er stöhnt sehr eindeutig, und ich vermute, dass er schon bald kommt. Also tue ich ihm den Gefallen und presse mich ihm entgegen. Zwei Minuten hält er noch durch, dann kommt er so leidenschaftlich, wie er küsst, und ich habe hinterher ganz sicher blaue Flecken an unschicklichen Stellen. Als er wieder klar denken kann, gleitet er aus mir heraus.

»Sie sind nicht zum Höhepunkt gekommen«, stellt er nüchtern fest. Ich zucke die Schultern.

»So lasse ich Sie nicht gehen.«

Ich schaue ihn fragend an. Er fasst mich um die Taille und dreht mich so, dass ich nun auf der Längsseite des Tisches sitze und mich nach hinten legen kann. Nur in Oberhemd und Kaschmirpulli kniet er sich vor seinen Schreibtisch, zieht mich etwas näher und beginnt, seine Zunge kreisen zu lassen. Irgendeine Frau muss ihm wirklich sehr viel beigebracht haben. Er schiebt nicht nur zwei Finger in mich, er nimmt gleich drei. Mir gefällt es. Und seine Zungenfertigkeit ist wirklich hervorragend. Der Takt steigert sich stetig, und ich komme so schnell wie bei keinem zuvor. Bevor er wieder hochkommt, küsst er die Innenseiten meiner Oberschenkel.

»Jetzt bin ich zufrieden«, sagt er, und seine Brille ist leicht beschlagen.

»Ich auch«, antworte ich ein wenig atemlos.

»Gehen Sie mal mit mir ins Theater?«, fragt er, während er mir meine Sachen reicht, und ich beginne, mich wieder anzuziehen.

Mit der Frage hätte ich ja nun weniger gerechnet. »Also, eigentlich lieber nicht«, antworte ich.

Er schaut eine Weile in meine Augen, dann nickt er.

»Es wäre wirklich nur ins Theater. Oder sind Sie liiert?« Langsam zieht er sich an, behält mich aber fest im Blick.

»Nein, bin ich nicht. Nur, ich habe da so gewisse Regeln«, druckse ich herum.

Erst guckt er ein wenig komisch, dann lächelt er: »Ach so, verstehe. Aber Sie führen keine Strichliste, oder?«

Ich muss lachen und schüttle den Kopf. Dann hat er seine guten Manieren wiedergefunden. »Soll ich Sie zu Ihrem Auto begleiten?«

»Nicht nötig, ich bin mit dem Zug da.« Dann hänge ich mir meine Tasche um und wende mich zur Tür.

»Schlafen Sie nachher gut, Lilly«, sagt er zum Abschied.

»Und Sie arbeiten nicht mehr so lange, ja?«

Er nickt und grinst: »Sex macht müde. Dann sehen wir uns nächste Woche. Zum Unterricht!«

»Ja, genau!« Mit einem Lachen schließe ich die Tür hinter mir.

*

Ich spaziere den Weg hinunter zur Straßenbahn, die zum Bahnhof fährt. Auf meinen Lippen spielt ein Lächeln. Ich fand Jakob richtig gut! Ganz anders als Timo, der zwar schön, aber doch zu strange für mich ist. Was für eine Überraschung! Schade, dass meine Regeln besagen, mit jedem Mann immer nur einmal zu schlafen. Er wäre ein Kandidat für einen Regelbruch. Ich hoffe nur, dass ihn genauso wenig Schuldgefühle plagen wie mich.

Wieder zu Hause rufe ich Jule an, die gar nicht glauben kann, dass unser Dr. Lechmann tatsächlich so ein Hit gewesen sein soll. Doch unser kleines Intermezzo hat mich auf eine weitere Idee gebracht: Ich war schon seit Wochen nicht mehr im Theater und habe jetzt unheimlich Lust darauf bekommen. Früher habe ich mit meinen Eltern regelmäßig Vorstellungen besucht, aber seit die Preise erhöht wurden, haben sie irgendwann damit aufgehört.

Ich schaue am nächsten Morgen im Internet nach, was gerade läuft, und stelle fest, dass es heute Abend sogar eine Premiere gibt. Gespielt wird *Der Sturm* von Shakespeare. Die Premierenkarten sind nur leider schon ausverkauft. Egal, so schnell gebe ich nicht auf. Um 19 Uhr stehe ich an der Theaterkasse und hoffe auf eine nicht abgeholte Restkarte zum unglaublich günstigen Studententarif. Ich scheine ein Glückskind zu sein, denn bereits eine Viertelstunde später klappt es. Und dann auch noch neunte Reihe, halbe Mitte. Juhu!

*

Die Inszenierung selbst finde ich nicht so toll. Die Bühne ist schrecklich voll gestellt, von oben hängen Netze herab, und der ganze Boden ist mit Dreck bedeckt. Dreck, den die Schauspieler in einer Szene auch Richtung Publikum werfen. Darauf stehe ich ehrlich gesagt gar nicht. Aber scheinbar wollte der Regisseur unbedingt die sicheren Gefilde verlassen.

Die Premieren-Party jedoch verspricht legendär zu werden. Das Theatervolk trinkt abwechselnd Bier und Rotwein, dazu reden alle wild durcheinander, und keiner hört zu. Auf der provisorischen Tanzfläche im Malersaal wird ekstatisch getanzt, manch einer ist so nass geschwitzt, dass das Hemd tropft. Die Besucher sitzen auf speckigen Kissen, Rollwagen oder plüschigen Couchen, die ihre besten Tage schon hinter sich haben.

Die Anzugträger lockern ihre Krawatten. Ihre Gattinnen legen das kurze Nerzjäckchen ab. Man steht ungezwungen neben Hornbrillen tragenden Kunststudenten und Mädchen, die ihre Kleider oder Röcke über der Hose tragen und lange Seidentücher um den Hals geschlungen haben. Nirgends findet man so bunt gemischtes Publikum wie im Theater. Die Luft ist blau und zum Schneiden stickig. Hier gehört Rauchen zum guten Ton, und alle paffen, als wenn's gesund wär. Ich habe schon zu Hause rein präventiv eine Kopfschmerztablette genommen.

Neben mir hat sich eine Gruppe Schauspielschüler platziert, von denen mir einer vorhin schon aufgefallen ist. Er ist schlank und anmutig wie ein Tänzer. Die tief sitzende Cordhose offenbart hin und wieder eine Shorts im bunten Retromuster. In der rechten Hand hält er eine Bierflasche, in der linken eine Zigarette. Sein Shirt hat einen Riss, der vorhin noch nicht da war. Die Jungs schubsen sich überdreht herum, die Mädchen kichern und rauchen.

Aus den Boxen dröhnen die Rolling Stones. Er beginnt zu tanzen und schüttelt seine wilden Haare. Ein paar seiner Kommilitonen machen es ihm nach, und wenig später hüpft die ganze

Gruppe wild durcheinander. Sie rempeln sich an, Alkohol spritzt durch die Gegend, Zigarettenasche fliegt umher. Ich beobachte das unwirkliche Schauspiel durch die milchig-blaue Luft. Er hat so herrlich blasse Haut, die wunderbar zu seinen braunen Haaren passt. Ich wüsste gerne, was für eine Augenfarbe er hat, aber dafür bin ich zu weit weg. Er tanzt wirklich gut, lässig und doch immer im Takt, abgesehen von den Schubsereien. Seine Hose rutscht langsam tiefer. Er zieht sie schwungvoll hoch, ohne dabei sein Bier zu verschütten.

Ich überlege, wie ich an ihn rankomme. Männer in Gruppen sind schon schwierig, aber gemischte Gruppen sind tödlich. Lästereien sind vorprogrammiert. Also muss ich warten, bis er mal alleine ist. Ich beobachte ihn weiter, doch nichts passiert. Sie kleben weiter alle zusammen wie Kaugummi. Er guckt auch weder rechts noch links.

Mir ist warm, und ich merke, wie ich Durst bekomme, also organisiere ich mir an der klitzekleinen Bar eine Apfelschorle, die nicht wirklich kalt ist. Auf dem Weg zu meinem Platz treffe ich Bekannte, ein Pärchen, beides Künstler. Er ist unscheinbar wie ein Versicherungsangestellter, sie ist ein Paradiesvogel und sieht so aus, wie man sich eine bildende Künstlerin eben vorstellt: ein wildes Tuch um den Kopf, Pumphosen, dunkelgrün gerahmte Augen und Kette rauchend. Dazu ein paar Kilo Silberschmuck aus allen Teilen der Welt. Er trägt eine dunkle Anzughose, ein schlichtes Oberhemd und hat einen lichter werdenden Haaransatz in Straßenköterblond. Nebeneinander sehen sie unmöglich aus, und das schon seit 15 Jahren. Dorle schlingt einen Arm um mich und reißt mich an sich. In der anderen Hand hält sie eine Zigarette. Ich ertrinke in ihrer lockigen Mähne und ihrem schweren Parfum.

»Lilly, mein Schatz, lange nicht gesehen! Wie geht es dir?« Dorle ist nicht ihr echter Name, es ist natürlich ein Künstlername. Keine Ahnung, wie sie in echt heißt.

»Oh, gut geht's mir. Wie immer, weißt du doch.« Ich lächle verschwörerisch. Bernd, und das ist sein echter Name, schüttle ich nur die Hand. Er ist so introvertiert, wie er aussieht, aber dafür malt er umso genialer. Seine Werke sind wie schwarze Löcher, sie saugen einen in sich hinein, ohne dass man sich wehren kann. Dorle lächelt mich liebevoll an. Sie sieht nicht aus wie vierzig, Bernd dafür umso mehr.

»Wie geht es deinen Eltern?«, will sie dann wissen.

»Och, gut«, sage ich und schaue unruhig an ihr vorbei. Die beiden sind zwar nett, aber ich will auf meinen Platz zurück, um ihn weiter zu beobachten. Dorle bemerkt meinen Seitenblick.

»Liebes, wir sehen uns bestimmt nachher noch mal. Wir wollen noch mit einem Bekannten plaudern.« Sie hakt sich bei dem überraschten Bernd unter und zieht ihn mit sich. Sie ist ein winziges Stück größer als er, das ist mir vorher noch nie aufgefallen.

»Ja, okay, bis nachher!«, nicke ich erleichtert. Ich jongliere meinen Plastikbecher durch die Menge und bin froh, dass mein Platz noch frei ist. Die Gruppe hat sich nicht bewegt, und ich lasse mich wieder auf dem Hocker nieder.

Es passiert immer noch nichts, es kommen nur noch mehr Leute hinzu. Ich sehe etwas frustriert zu und überlege, wie ich weiter vorgehen soll. Die Apfelschorle ist jetzt lauwarm, und ich stelle sie angewidert zur Seite. Ein Königreich für einen kreativen Einfall! Vielleicht ist es auch simpler, als ich denke, und ich muss einfach nur an ihm vorbeilaufen.

Da Probieren über Studieren geht, verlasse ich meinen Hocker erneut und laufe einen großen Bogen entlang der Tanzfläche, bis ich schließlich an ihm vorbeikommen muss. Mein Haarband schiebe ich über mein Handgelenk, und als ich ungefähr auf seiner Höhe bin, schüttle ich meine Haare kräftig mit der Hand durch. Lange Haare sind so praktisch. Ein paar Jungs drehen die Köpfe, auch er ist darunter. Ich schmeiße ihm einen abweisenden

Blick vor die Füße und hoffe, dass er anbeißt. Dann sehe ich nicht noch mal zu ihm hin, sondern marschiere zurück zu meinem kleinen einsamen Hocker.

Kaum sitze ich wieder, da merke ich, wie er immer wieder einen unauffälligen Blick in meine Richtung wirft. Er lacht etwas zu laut, er fährt sich durch die Haare, und mittlerweile hat er mir fast seinen ganzen Körper zugewandt. Körpersprache sagt mehr als tausend Worte, und ich finde ihn wirklich gut.

Dann macht er plötzlich etwas, das mich überrascht. Er löst sich aus der Gruppe, kommt direkt auf mich zu und bleibt vor mir stehen.

»Hi«, sagt er mit einer gut ausgebildeten Stimme.

Ich schaue mit großen Augen zu ihm auf. Für so mutig hätte ich ihn gar nicht gehalten.

»Jannick«, sagt er, geht vor mir in die Hocke und ist somit auf fast gleicher Höhe wie ich auf meinem Sitzmöbel. Er streckt mir eine kräftige Hand entgegen.

»Lilly«, bekomme ich nun doch ein wenig perplex zustande.

Er schüttelt vorsichtig meine Hand. »Möchtest du was trinken?«

Ich grinse. »Haben die an dieser Bar noch was Kaltes?«

Er lächelt unwiderstehlich zurück.

»So alt wie die Kühlschränke aussehen, bestimmt nicht.

Ich versuche, seine Augenfarbe zu erkennen.

»Was ist?«, fragt er.

»Ich wollte deine Augenfarbe rausbekommen.«

»Grün. Mit goldenen Sprenkeln, wenn Sonne drauffällt.« Er lehnt sich ein Stück vor, lächelt wieder und sieht dabei aus halb geschlossenen Augen in mein Gesicht.

»Aha«, flüstere ich. Meine Güte, ist er ein Verführer! Die Sorte Mann, vor der gute Mütter ihre Töchter warnen. Die Sorte, deren Kerben im Holzbettgestell nicht vom Umzug stammen. Die

Sorte, die so ziemlich alles kriegen, was sie wollen, und das leider auch wissen.

Ich schmachte ihn an, als plötzlich jemand eine Hand auf meine Schulter legt. Jannick schaut hoch und lächelt, als würde er die Person, die hinter mir steht, bereits kennen. Neugierig drehe ich den Kopf.

»Hey, Dorle!«, sage ich überrascht.

»Lilly«, sagt sie und quetscht sich ungeniert auf den schmalen Hocker neben mich.

»Hi«, Jannick nickt Dorle zu.

»Mein Lieber«, sagt sie und wedelt mit einem Geldschein. »Sei ein Schatz und hole Lilly und mir etwas zu trinken. Ich nehme ein Wasser. Und du, Lilly?«

»Äh, ich auch«, stammele ich. Was passiert denn hier gerade?

Jannick nickt, aber nicht wirklich freundlich. Dann bahnt er sich einen Weg durch die Menge.

»Kennst du ihn?«, frage ich Dorle.

Sie nickt undurchsichtig.

»Lass dich von ihm nicht einwickeln«, warnt sie mich. Ich verstehe immer noch nicht. Was will sie jetzt hier? Warum vergrault sie meine nächste Eroberung?

»Ähm, Dorle«, sage ich energisch, »ich wickle. Und nicht er.« Ich versuche, ihm nachzuschauen, aber ich kann ihn nicht mehr sehen.

»Aha«, sagt Dorle. »Trotzdem. Egal, was er dir erzählt, du kannst davon ausgehen, dass es ganz anders ist.«

»Wie meinst du das?«

»Ich meine – und das sage ich dir, obwohl ich nicht deine Mutter bin –, dass er kein Umgang für dich ist.«

»Aha.« Dorle steht vom Hocker auf.

»Glaub mir, ich kenne genug Geschichten über ihn.«

»Woher? Und woher weißt du, dass sie stimmen?«

»Ich weiß es«, sagt sie. Dann dreht sie sich um und geht. Ich bleibe irritiert sitzen. Jannick kommt zurück, und mein Verstand verabschiedet sich schon wieder. Wow, er sieht so gut aus. Er stellt fest, dass Dorle nicht mehr da ist, und verstaut die beiden Alibi-Getränke achtlos neben uns auf dem Boden. Dann lässt er sich frech neben mir auf meinem Hocker nieder.

»Krasse Haarfarbe«, sagt er und zupft an einer Strähne.

Ich frage mich wirklich, worüber Männer mit mir reden würden, wenn ich einfach nur braune Haare hätte.

»Ja, krass.«

»Ist aber viel Arbeit, oder? Das ganze Vorblondieren und so.«

Aha, wieso hat er davon Ahnung? Ich bin schon wieder völlig fasziniert von ihm. Dorles ominöse Warnungen lösen sich in Luft auf.

»Wolltest du mal Friseur werden?«, lache ich.

»Nein!« Er schüttelt seine schöne Mähne, und auf den Wangen bilden sich liebreizende Grübchen.

»Ich hatte eine Zeit lang grasgrüne Haare. Fand ich ganz toll!«

»Ach so.«

»Ja ...« Er wackelt ein bisschen auf dem Hocker herum, dann schaut er mir lange in die Augen, als suche er eine Antwort.

»Ist dir auch so warm?«, will er wissen. Das Manöver ist so alt, dass es schon staubt, aber es klappt immer noch hervorragend.

»Kalt ist mir nicht«, meine ich und bin gespannt, wie er auf die mögliche Abfuhr reagiert. Doch sein Selbstbewusstsein ist unerschütterlich, er lächelt entspannt, als wüsste er genau, dass es sowieso egal ist, was er sagt oder tut.

Ich kann nachempfinden, wie Fische sich in Netzen fühlen.

»Aber die Luft ist hier sehr schlecht.« Er nickt nur. Ich wette, er hat vorher gewusst, dass ich mitkomme.

»Ich hole eben meine Jacke«, sagt er, und weg ist er. Ich ziehe meinen Mantel an und beobachte ihn, wie er zu der Gruppe zurückschlendert. Die haben mittlerweile mitgekriegt, dass er weg war, und er wird mit allerlei Geläster zurück begrüßt. Er kramt in einem Jackenberg abwehrend nach seinem Army-Parka. Ein Mädchen hält ihn plötzlich am Arm fest und redet eindringlich auf ihn ein. Er schüttelt sie mühelos ab, und sie wirft mir einen bösen Blick zu.

»Was war das denn?«, frage ich, als er wieder vor mir steht.

»Ach nix«, sagt er und zieht mich mit sich.

»Deine Freundin?«, bohre ich weiter.

»Quatsch«, sagt er ein kleines bisschen unwillig, »würde ich vor ihren Augen mit 'ner anderen nach draußen verschwinden?«

Nein, das würde er nicht. Bestimmt nicht. Oder?

Mir ist das Ganze nicht geheuer. Ich erinnere mich an Dorles Warnung. Hatte sie auf diese Sache angespielt? Wir stehen mittlerweile im Treppenhaus, und er bemerkt meinen Unmut im grellen Neonlicht. Er legt mir beide Hände auf die Schultern und zieht mich ein wenig zu sich.

»Sie ist nicht meine Freundin«, lächelt er.

»Sie ist eine Kommilitonin von mir. Wenn du das nicht glaubst, geh rein und frag sie. Oder frag die anderen.«

Ich schüttle den Kopf. »Nein, schon okay.« Ich will ihm glauben. Weil ich mehr Zeit mit ihm verbringen will. Weil er mir zu gut gefällt. Und weil Dorle wahrscheinlich nur irgendwelche Gerüchte aufgeschnappt hat. Es muss doch nicht jeder Kerl automatisch ein Gigolo sein, bloß weil er besonders gut aussieht und nicht auf den Mund gefallen ist. Ich denke einfach nicht mehr daran.

Draußen ist es bitterkalt. Mein Atem bildet kleine Wölkchen, und Jannick zieht den Reißverschluss seines Parkas bis zur Nase hoch. Ich vergrabe die Hände in den warmen Taschen meines Steppmantels.

»Lass uns ein bisschen spazieren gehen«, schlägt er vor. »Hier in der Nähe gibt es doch so einen hübschen kleinen Park!«

»Okay!«

Er hält mir galant den Arm hin, und ich hake mich ein.

»Sind deine Eltern auch Schauspieler?«, will ich von ihm wissen.

»Nee!« Er zieht ein verächtliches Gesicht. »Und die fanden es auch nicht gut, dass ihr einziger Sohn so einen Quatsch studieren wollte.«

»Wieso?«

Er seufzt und zieht die Schultern höher. »Mein Vater ist Handwerker. Seine Firma baut Aufzüge. Er hat alles an Energie und Kraft in dieses Unternehmen gesteckt. Ist irgendwie klar, dass er das nicht verkaufen möchte, wenn er mal in Rente geht. Und meine Mutter arbeitet bei ihm im Büro.«

»Verstehe ...«

»Nein, glaube ich nicht.« Er macht eine kurze Pause, um nach den richtigen Worten zu suchen. »Weißt du, er ist jeden Tag von echten Kerlen umgeben. Männer, die mit Metall arbeiten, die Kabel verschalten und nackte Weiber am Spind hängen haben. In der Firma weiß niemand, was ich wirklich mache, meine Eltern haben nur erzählt, dass ich zum Studieren wegziehe. Wahrscheinlich rechnen sie auch noch damit, dass ich später mal 'nen Mann heiraten könnte.«

Ich schaue seitlich zu ihm hoch. Sein schöner Mund ist eine schmale Linie.

»Aber das ist doch eine völlig antiquierte Denkweise!«, versuche ich ihn zu trösten.

»Ich komme vom Land, da ticken die Uhren noch anders.«

»Aber du hast dich doch sicher nicht von einem auf den anderen Tag entschieden, dass du Schauspiel studieren willst. Deine Eltern müssen doch schon früher was mitgekriegt haben. Theater-AG oder so?«

»Das ist etwas anderes. Schule ist weit weg vom richtigen Leben. Da ist es okay, wenn man 'ne Hauptrolle hat. Man geht ja auch noch Fußball spielen und mit den Kumpels trinken. Aber als Berufsausbildung? Das ist schon was anderes, wesentlich Zielgerichteteres.«

»Hm, okay. Das stimmt.«

Er streicht mit der Hand über meinen eingehakten Arm. »Es ist gut, dass ich jetzt so weit weg von zu Hause bin.«

»Wolltest du schon immer auf diese Schule?«

»Das war mir egal. Berlin wäre auch cool gewesen, aber da wollten sie mich nicht. Ich habe oft vorgesprochen, und irgendjemand hat sich dann erbarmt.« Er lacht und scheint nicht mehr so verbittert zu sein wie zuvor. Im spärlichen Licht der Straßenlaternen ist seine Haut so hell, dass sie fast durchscheinend wirkt. Was gäbe ich für so eine Hautfarbe! Mein schöner Winterteint verwandelt sich nach dreieinhalb verirrten Sonnenstrahlen in einen goldenen Pfirsichton, und ich sehe aus, wie frisch aus Südfrankreich eingeflogen. Schrecklich. Zuerst hilft noch ein heller Puder. Nach einer Woche Sonne bleibt mir nur noch sehnsüchtiges Warten auf den Winter übrig. Aber selbst dann werde ich nicht so elfenbeinfarben wie er.

»Hast du schon mal einen Vampir gespielt?«, platzt es aus mir heraus.

»Wie bitte?« Kichernd zieht er mich am Arm über eine leere vierspurige Straße, und schon sind wir im Park angelangt. Die dunkle Erde knistert unter unseren Füßen.

»Sie müssten dich nicht mal schminken!«, sage ich ernst.

Er baut sich spielerisch vor mir auf und schaut mich tadelnd an. »Soll das heißen, ich sehe aus wie untot?«

Ich nicke.

»Es gefällt dir«, stellt er nüchtern fest.

Ich nicke wieder.

»Ich werde selbst im Sommer nicht braun, das nervt manchmal schon.«

»Finde ich nicht.«

»Trägst du deshalb nur Schwarz?«

»Wie meinst du das?«

»Weil du auf Vampire stehst?«

Ich schaue in seine grünen Augen und weiß nicht, ob ich das für eine Frechheit halten soll oder ob ich auf diesem Ohr nur etwas empfindlich bin.

»Es gibt keine Vampire«, sage ich deshalb nüchtern.

»Es gibt aber sehr wohl Leute, die so aussehen.«

»Ach ja? Und woher willst du wissen, wie ein Vampir aussieht?«

»Ich muss mich da gezwungenermaßen auf Quellen aus Literatur und Fernsehen beziehen.« Er ist nicht auf den Mund gefallen, das finde ich gut, deshalb spiele ich mit.

»Nun, nehmen wir an, ich stehe tatsächlich darauf, was würdest du dann tun?«

»Alles, was du willst«, flüstert er, und um seine Mundwinkel zuckt es verräterisch.

»Du machst dich über mich lustig!«, sage ich mit gespielter Empörung.

»Nicht doch. Ich würde gern mal an deinem Hals knabbern.«

»Blödmann.« Ich schubse ihn ein Stück von mir weg. Er grinst und tänzelt leichtfüßig zu mir zurück.

»Schöne Maid, braucht Ihr Geleit?« Er gibt seiner Stimme einen schnarrenden Unterton und legt mir lässig einen Arm um die Schultern.

»Du verarschst mich immer noch!«, beschwere ich mich, was ihn dazu verleitet, mich lachend auf den Haaransatz zu küssen.

»Ach lass mich doch, Vampirmädchen!«

Ich gebe auf. Hätte ich doch bloß den Mund gehalten. Jetzt hält er mich für 'ne mondsüchtige Träumerin, die auf Fantasywesen steht.

»Gut, dass wir uns nicht früher kennengelernt haben!«, lacht er dann.

»Wieso?«

»Na, was meinst du, wie bescheuert wir nebeneinander ausgesehen hätten. Einer grüne Haare, der andere rote. Wie 'ne Elfe und ein Kobold!«

»Oder zwei Weihnachtswichtel!«

Lachend spazieren wir durch den kleinen Park. Eine Weile sagt niemand etwas, um uns herum ist es nur still und kalt. Ich finde es total schön. Als hätte er meine Gedanken erraten, sagt Jannick: »Ich finde es klasse, auch nur mal schweigend nebeneinander herzugehen.«

»Stimmt«, sage ich. Er zieht mich näher an sich, und wir laufen weiter über die vor Frost knisternden Wege. Ich mag es, dass unsere Körper trotz der dicken Mäntel so nah aneinander sind. Ich stelle mir vor, wie es wäre, ihm nackt so nah zu sein, und in meinem Bauch beginnt es zu kribbeln. Eine halbe Stunde später kommen wir zu einer breiten Straße, hier ist das grüne Fleckchen inmitten der Großstadt zu Ende. Jannick deutet auf die gegenüberliegende Häuserfront.

»Da wohne ich«, sagt er und sieht mich fragend an.

Das ist jetzt der berühmte Punkt der Entscheidung, obwohl ich glaube, er ist sich immer noch sehr sicher, dass ich mitkommen werde. Ich zögere nicht länger und nicke stattdessen wortlos. Jannick nimmt meine Hand und zieht mich über die Straße.

Einen Moment später betreten wir eine geräumige Altbauwohnung, die für einen Schauspielschüler zu groß und zu teuer ist. Ich bewundere den schönen Parkettboden. Der zweite Blick fällt auf die Heizung im Flur, auf der Damenunterwäsche trocknet. Ach du liebe Zeit! Schnell gucke ich weg. Er geht vor und zeigt mir die Zimmer. Die Küche ist hell und ziemlich unordentlich. Asche im Spülbecken, eingetrocknete Joghurtbecher und altes Gemüse auf der Arbeitsfläche. Das Wohnzimmer ist groß, gemütlich, aber genauso unordentlich. Bierflaschen auf dem Boden, übervolle Aschenbecher und überall Zeitschriften. Und auf allen Heizungen der Wohnung hängt Unterwäsche! Sollte er sie selbst tragen, hat er zumindest einen guten Geschmack, stelle ich bei einem zweiten Blick fest. Ich zupfe an einem spitzenumrandeten Unterhemd, das ihm garantiert nicht passt. Wenn er mir jetzt beichtet, dass er seine Freundin mit mir betrügen will, bin ich schneller weg, als er bis drei zählen kann. Auf so was stehe ich gar nicht.

»Schöne Wäsche hast du«, sage ich lauernd.

»Ach herrje«, lacht er, »neenee, das ist nicht meine. Die gehört 'ner Freundin von mir. Die dreht gerade in Köln, und sie kann so lange bei mir wohnen.«

Ich beobachte ihn und will ihn beim Lügen ertappen. Doch die Worte kommen so locker und flüssig über seine Lippen, dass ich zufrieden bin. Außerdem guckt er unbeteiligt mal hier-, mal dorthin, was Lügner nicht tun. Sie halten starren Blickkontakt zu ihrem Gegenüber, um ihren falschen Worten Nachdruck zu verleihen.

Er geht an mir vorbei, und ich höre ihn in der Küche rumoren. Habe ich ihn jetzt beleidigt? Dann ist er wieder da und hält mir eine Flasche Wein hin. Ich nehme zwei Schlucke, obwohl ich kein Weinfan bin. Aber der hier scheint ganz okay zu sein. Derweil hat Jannick seinen Arm um meine Taille gelegt. Ich gebe ihm die Flasche wieder und fasse mit der freien Hand durch den Riss seines T-Shirts. Seine Haut ist warm und weich. Er rührt sich nicht.

Ich streichle die Wirbelsäule hinunter bis zum Ansatz seines kleinen harten Hinterns. Jannick schließt die Augen. Ich fahre mit der Hand seine Taille entlang, bis zu seinem Bauchnabel, dann rutsche ich etwas tiefer an dem Bund seiner Shorts entlang und schiebe zwei Finger unter den elastischen Rand. Er drückt mir automatisch sein Becken entgegen. Ich ziehe an seinem Shirt. Er versteht, drückt mir die Flasche in die Hand und zerrt es sich über den Kopf. Mehr! Ich will, dass er mehr auszieht! Ich nestle an der Knopfleiste seiner Hose, bis sie an seinen langen Beinen herunterrutscht. Unter den eng sitzenden Shorts erblicke ich seinen harten Schwanz, der ein wenig eingeklemmt aussieht. Im Gegenzug reißt er nun an meinen Sachen herum. Ich erledige das lieber selber, weil das schneller geht und auch, damit nichts demoliert wird.

Nur noch in Unterwäsche stehen wir uns gegenüber. Mitten im Wohnzimmer, zwischen den leeren Flaschen und den übervollen Aschenbechern.

»Vampirmädchen«, flüstert er und streicht an meinem Dekolleté entlang. Dann nimmt er einen tiefen Schluck aus der Flasche und beugt sich zu mir herüber. Schon liegen seine Lippen auf meinen, und als er sie öffnet, ist Rotwein in meinem Mund. Weil ich nicht damit gerechnet habe, läuft die Hälfte davon sofort wieder heraus, meinen Hals entlang bis in meinen BH, der zum Glück schwarz ist, sonst wäre er nun hin.

»Jetzt siehst du auch wie ein Vampir aus«, grinst er, dann setzt er erneut die Flasche an die Lippen. Diesmal bin ich vorbereitet: Als er sich mir nähert, greife ich am Hinterkopf in seine Haare und presse seinen Mund hart auf meinen. Wir wirbeln Zungen und Rotwein durcheinander, und jetzt sieht auch er nicht mehr so taufrisch aus.

Ich kichere und reibe mir übers Kinn. Er ist so sexy mit seiner blassen Haut und den roten Rinnsalen am Hals. Fast hätte ich ihn vor Begeisterung angeknurrt. Ich bin echt ein Ferkel!

Die Beule in seinen Shorts pocht, als er sich näher an mich drückt. Er hält mir die Flasche hin, und jetzt teile ich mal aus. Wir baden in Rotwein, so lange, bis die Flasche leer ist und wir in einer kleinen Pfütze stehen.

»Sex«, sage ich bestimmt, und Jannick nickt.

Während er vor mir her ins Schlafzimmer tigert, gucke ich auf seinen Knackarsch und die Rotweinspuren auf seinen Beinen. Ihm scheint die blaue Bettwäsche fleckentechnisch egal zu sein, also soll es mich auch nicht kümmern. Am Bett bleibt er stehen.

»Wenn du mir verrätst, wie Vampire ficken, gebe ich mir alle Mühe, meinem Aussehen gerecht zu werden.«

Ich schaue in seine grünen Augen und muss feststellen, dass er es ernst meint.

»Das ist nicht so genau bekannt«, sage ich schließlich. Wahrscheinlich will er einfach nur rausfinden, was mir so gefällt.

»Zärtlich oder grob?«

Ich zucke die Schultern. »Eine Mischung aus beidem, denke ich.«

»Kurz oder lange?«

»Mittel.«

»Du machst es mir ja nicht gerade einfach!«, lacht er und küsst mich, diesmal ohne Rotwein.

»Einfach ist doch langweilig«, murmle ich nah an seinen Lippen. Er öffnet derweil gekonnt die Häkchen meines BHs, und ich sehe meine Theorie bestätigt, dass er kein Unschuldslamm sein kann. Die meisten Männer scheitern an BHs, das ist einfach so. Jannick muss viel geübt haben. Ich verbanne diese hässlichen Gedanken in die Abstellkammer meines Hirns und konzentriere mich stattdessen ganz auf Jannicks Zunge, die die Weinreste von meinem Körper leckt. Er dreht mich um, und ich lande dank seiner Hand an meinem Rücken sanft auf dem Oberbett.

Dann wird nicht lange gefackelt. Er hat kaum die Hose runter und den Gummi drüber, da ist er schon auf mir drauf und in mir drin. So reizvoll der Anfang war, umso langweiliger scheint das hier nun zu werden. Er ist einfach zu routiniert: Mal härter, mal weniger, und so toll ist sein Schwanz nun auch nicht. Er keucht und stöhnt an meinem Ohr, seine Haare kitzeln an meiner Nase. Von Stellungswechseln scheint er auch nicht viel zu halten. Er vögelt so bestimmt schon eine halbe Stunde lang, und ich bin mir sicher, er kann mühelos noch länger. Ich fange an, eine Einkaufsliste für Montag im Kopf zusammenzustellen. Dann überlege ich, in welchen Kartons im Keller ich meine Wollpullover verstaut habe.

»Bist du so weit?«, flüstert Jannick endlich an meinem Ohr. Ich nicke matt. Hauptsache, er ist bald fertig, Scheiße.

Er kommt sofort, und dann schiebt er sich noch minutenlang schweißgebadet an mir rauf und runter. Als er endlich aus mir raus ist, bin ich ehrlich erleichtert. Jannick hüpft auf die Füße und entsorgt wohl den Gummi.

Als er wieder da ist, hat er 'ne Flasche Sekt dabei. Oh, Alkohol. Fabelhafte Idee! Hebt die Laune, hoffentlich. Er grinst, reicht mir die Flasche, und ich trinke sie halb auf Ex aus. Jannick wertet das als Manöverkritik und guckt ein bisschen undurchsichtig. Dann geht er zum Fernseher und schaltet ihn ein. Im Bett dreht er sich 'ne Zigarette, während wir beide unbeteiligt dem Nachtprogramm eines Nachrichtensenders zuschauen. Irgendwann wirkt der Alkohol, und ich schlafe ein.

*

Ich träume, dass jemand in der Wohnung ist, leises Klirren eines Schlüsselbundes, das dumpfe Knallen von Absätzen auf dem Holzboden. In dem Moment, wo sie die Schlafzimmertür aufreißt, sitze ich aufrecht im Bett.

»Hey, Baby, ich bin schon eher ...« Sie guckt ebenso entsetzt wie ich. Hübsche Blondine, zierlich und klein, wie die meisten Schauspielerinnen. Ein letzter Funken Naivität in mir will glauben, dass sie seine Schwester ist oder die nette Nachbarin mit der Tüte Brötchen unterm Arm. Doch das ist sie nicht. Dann ist Jannick wach.

»Scheißkerl!«, brüllt sie zur Begrüßung.

»Oh«, murmelt Jannick perplex, fährt sich durch die verstrubbelten Haare. So ganz bei sich ist er wohl doch noch nicht.

»Nicht schon wieder!«, schreit sie, lässt die Sporttasche von der Schulter gleiten und schmeißt ihm die Tüte Brötchen an den Kopf. Sie versucht es zumindest. Die Tüte knallt an das Kopfende, zerreißt, und das Frühstück kugelt durchs Bett.

»Sophie«, stöhnt Jannick, und ich komme mir plötzlich sehr überflüssig vor.

»Du elender, dreckiger ...«, setzt sie an.

»Sophie!«, sagt Jannick erneut. Wieso ist er so ruhig?

»Mir reicht's ...«, zischt sie. »Mir reicht's endgültig! Immer wieder vertraue ich dir. Immer wieder! Und du? Du Mistkerl! Verarschst mich, kaum dass ich 'ne Woche weg bin!«

Ich rette mich ins Badezimmer. Hektisch ziehe ich an dem Bund meiner Jeans, als sie verheult im Türrahmen erscheint.

»Sophie!«, brüllt Jannick aus dem Schlafzimmer.

Ihr Kopf fliegt herum, und sie sieht aus, als würde sie jeden Moment Feuer spucken.

»Bleib in dem verdammten Scheißzimmer, bis ich wiederkomme, und mach die Scheißtür zu, verdammt!«, schreit sie zurück. Ich kämpfe mit den Haken meines BHs.

»Die ganze Wohnung hängt voller Unterwäsche«, sagt sie dann ruhiger zu mir und sieht mich eindringlich an, »wie kann man da nur annehmen, dass dieser Scheißkerl Single ist?«

»Er sagte mir, er lässt eine Freundin bei sich wohnen, während sie in Köln dreht.«

»Es ist meine Wohnung, verdammte Scheiße!«, schreit sie mich an. »Meine Wohnung! Er wohnt bei mir und nicht umgekehrt!« Dann fängt sie wieder an zu weinen.

»Woher sollte ich das wissen?« So blöd es klingt, sie tut mir leid.

»Wo hat er dich aufgerissen?«, bellt sie.

»Im Theater. Auf der Premierenparty.«

»Ach, und seine vielen Freunde haben ihn mit dir weggehen lassen, ja? Da hat keiner zu dir gesagt, der ist vergeben, ja?«

»Nein«, antworte ich ruhig. Ich merke, dass sie mir nicht glauben will, ihr aber nichts anderes übrig bleibt.

»Scheißkerl!«, schreit sie dann in den Flur.

»Sophie! Lass uns reden!«, ertönt es durch die Schlafzimmertür.

»Klappe, du Arsch!«, brüllt Sophie. Mittlerweile bin ich fertig angezogen. Jetzt bräuchte ich nur noch meinen Mantel, und dann wäre ich hier raus.

»Habt ihr Nummern getauscht? Willst du ihn wiedersehen?«

»Bestimmt nicht.«

Sie fixiert mich mit strengem Blick. »Wehe, wenn doch.«

»Wer fremdgehen will, geht fremd, da nützt auch Kontrolle nicht viel.«

»Was soll das heißen?«, schreit sie schon wieder.

»Das soll heißen, du solltest nicht bei ihm bleiben. Hast du das nötig?«

Aus ihren Augen kullern immer noch dicke Tränen. »Ich liebe ihn«, sagt sie dann leise.

Ich nicke langsam. Ihr Blick verrät mehr als alles, was sie mir erzählen könnte.

»Ich gehe jetzt mal«, sage ich, und sie gibt widerstandslos den Weg frei. In der Diele greife ich mir meinen Mantel und ziehe die Tür schnell hinter mir zu.

Noch im Flur höre ich sie brüllen. Schnell verschwinde ich aus dem Haus, auf die Straße Richtung Bahnstation. Ich bin gerade noch dabei, die traumatische Episode zu überdenken, als mein Handy klingelt. Es ist wieder mal Mama.

»Hast du eigentlich die Absicht, vor Weihnachten noch mal vorbeizukommen?«

»Hm, ja.«

»Wo steckst du überhaupt?«

Gute Frage. Soll ich ihr etwas antworten wie »Oh, ich habe mit einem angehenden Schauspieler eine wilde Nacht verbracht, aber morgens stand dann auf einmal seine Freundin in der Tür und wollte uns am liebsten lynchen. Jetzt sitze ich ungewaschen in der S-Bahn und fahre nach Hause, und die Leute um mich herum wundern sich, warum es hier so nach Rotwein riecht«?

Ich beschränke mich auf ein wertungsfreies: »Unterwegs.«

»Komm doch heute Nachmittag vorbei, ich backe Kuchen!«

»Ach, ich weiß noch nicht.« Ich bin mir sicher, sie meint es nur lieb, aber jetzt möchte ich einfach nur nach Hause. Und wahrscheinlich früh ins Bett.

»Hast du schlechte Laune?«

»Nein.«

»Ja gut, ich hab nur so gefragt. Du kannst ja später noch mal anrufen. Wusstest du, dass Oma und Opa Weihnachten eine Kreuzfahrt machen?«

»Waaaas?« Plötzlich bin ich hellwach. Meine Mitreisenden gucken zu mir her. Huch, vielleicht war das doch etwas laut.

»Ja, sie fahren weg, ich war genauso fassungslos. Und das in Opas Alter! Ich hab Oma gefragt, ob sie wissen, dass das Schiff nicht direkt vor ihrer Haustür hält, um sie an Bord zu nehmen. Und stell dir vor, was sie gesagt hat: Sie würden ab Griechenland fahren, die Flüge dahin wären schon gebucht!«

»Krass«, sage ich und bin eigentlich immer noch sprachlos.

»Ja, total krass«, stimmt mir Mama etwas ungelenk zu.

»Ja und jetzt? Feiern wir zu dritt?«

»Ähm, nein.« Ihre Stimme verheißt nichts Gutes. »Es gibt nämlich noch eine zweite Neuigkeit. Und die hat für uns auch unmittelbar mit Weihnachten zu tun.« Der Restalkohol in meinem Blut verhindert, dass ich ihr folgen kann.

»Hä?«

»Dein Onkel wandert samt Familie nach Spanien aus. Und deshalb kommen sie Weihnachten zu uns. Sie haben das Haus schon verkauft und sitzen quasi auf gepackten Koffern. Zwischen den Feiertagen und Neujahr fliegen sie rüber und beziehen die neue Wohnung, dann ist wohl der Umzugswagen auch da. Und das alles haben wir erst gestern am Telefon erfahren.«

»Oh«, sage ich matt.

»Ja, das habe ich auch gedacht.«

»Hast du sie eingeladen?«

»Nein, dein Vater.« Ihre Stimme verrät eindeutiges Missfallen. »Und wenn ich wüsste, was meine Mutter sich bei der Schnapsidee mit der Kreuzfahrt gedacht hat, wäre ich auch um einiges schlauer. In diesem Alter noch!«

»Aber sind Kreuzfahrtschiffe nicht voll von Rentnern?«

»Ja, aber dein Großvater ist über achtzig!«

»Na ja, wenn er meint, er kann es, dann lass sie doch. Und was wollen Onkel Jochen und Tante Angelika eigentlich in Spanien? Nehmen sie Simone mit? Die geht doch noch zur Schule.«

»Sie eröffnen dort eine Art Strandcafé. Was für ein irrwitziger Plan! Aber die Familie deines Vaters ist ja bekannt für so was. Als wenn es nicht schon Hunderte solcher Buden dort gäbe. Und was wollen ein Sozialpädagoge und eine Verwaltungsangestellte mit einem Café? Das ist doch bescheuert. Und das Kind nehmen sie so einfach aus der Schule und erwarten, dass es von einem zum anderen Tag perfekt spanisch spricht. Ich sage dir, drei Monate, länger nicht. Der Reinfall ist vorprogrammiert.«

Mama kann reden, ohne Luft zu holen, das fällt mir gerade wieder auf.

»Die arme Simone«, sage ich.

»Ja, schrecklich egoistisch. Und wie ist es, kommst du vorbei?« Ich denke an meine etwas übernächtigte Verfassung und mein siffiges Aussehen.

»Mama, sei nicht böse, ich bin so müde heute.«

»Wirst du krank? Und warum bist du dann unterwegs?«

»Ich habe zu wenig geschlafen.« Am anderen Ende der Leitung höre ich die Zahnräder in ihrem Kopf rattern.

»Ich will es gar nicht wissen«, sagt sie dann, obwohl sie durchaus neugierig klingt.

»Na gut! Ich rufe dich an und sage dir, wann ich vorbeikomme, okay?«

»Ja, okay.«

»Und grüß Papa von mir!«

»Mach ich! Ciao, Kind!«

»Tschüss!« Ich verstaue das Handy in meiner Tasche und betrachte die Landschaft hinter dem verkratzten Bahnfenster. Wenn man Leuten erzählt, man wohne im Rhein-Ruhr-Gebiet, sehen einen die meisten mit einer Mischung aus Mitleid und Entsetzen an. So als hätte man erklärt, man wohne in den Slums von Bombay. Ich kontere dann gern damit, dass man bei uns dafür nicht in die Lage gerät, schon ab Freitagmittag nicht mehr wegzukommen, weil kein Bus mehr fährt und der nächste Club charmante vierzig Kilometer Anreise voraussetzt. Aber wirklich, der Ruhrpott ist schöner, als man denkt. Ich meine, hier gibt es auch Grün! Sogar ziemlich viel davon! Aber eben nicht so viel, dass es eine unkomplizierte Wochenendplanung verhindern würde.

Nachdem ich an meiner Haltestelle aus der S-Bahn gefallen bin, laufe ich etwas verpeilt den Bahnsteig entlang und renne prompt in jemanden rein. Bis mir klar wird, dass der Mann sich mir absichtlich in den Weg gestellt haben muss. Empört riskiere ich einen Blick.

»Wie siehst du denn aus?«, kommt es leicht angewidert von gegenüber. Oh toll, es ist Mark. Ich versuche, meine Sinne zusammenzunehmen und die Situation zu rekapitulieren.

»Du hast immer noch Sachen bei mir«, sage ich möglichst sachlich.

»Hast du auf der Straße geschlafen? Oder wo kommst du jetzt her?« Natürlich ignoriert er mein Anliegen. Wie immer.

»Soll ich sie dir zuschicken?«, frage ich deshalb.

Mark rümpft die Nase. »Ist das Rotwein? Bist du das?«

»Hallo, Mark!«, sage ich und wedele mit der Hand vor seiner Nase herum. »Mein Aussehen steht hier nicht zur Debatte. Möchtest du deine Sachen noch haben?«

Mark sieht mich immer noch angewidert an, obwohl er ungefähr genauso abgerissen aussieht wie ich. Nur dass es bei ihm wohl Absicht ist. Kann mir aber jetzt egal sein.

»Man erzählt sich ja tolle Sachen von dir«, platzt es aus ihm heraus.

»Ach ja? Und dich interessiert anderer Leute Gerede?«

Ha, jetzt habe ich ihn. Er behauptet doch sonst immer, nichts auf die Meinung anderer Leute zu geben.

»Stimmt es denn?«

Ich werde nicht darauf eingehen. »Soll ich dir die Sachen nun zuschicken?«

Er merkt wohl, dass er nicht weiterkommt. Plötzlich drängt er sich so nah an mir vorbei, dass er meine Schulter streift, absichtlich und nicht gerade sanft. »Von mir aus«, zischt er mir im Vorbeigehen zu. Dann steigt er in die wartende S-Bahn ein. Vollidiot! Das Erste, was ich zu Hause tun werde, ist, seine Sachen in den Müll zu schmeißen.

Wieder in meinen eigenen vier Wänden stecke ich meine rotweingetränkten Klamotten in die Waschmaschine und bringe Marks Sachen in den Hausmüll. Endlich, das Thema wäre erledigt! Dann mache ich ein paar Hausaufgaben für die Uni, weil ich seit der Auseinandersetzung mit Mark plötzlich nicht mehr müde bin.

Mit einer frisch aufgebrühten Tasse Tee in der Hand wähle ich die Nummer von Oma und Opa. Jetzt will ich doch mal selber hören, was es für revolutionäre Neuigkeiten gibt. Nach fünfmal Klingeln ist Oma dran und freut sich wie eine Wilde, dass ich sie anrufe.

»Was macht ihr für Sachen?«, frage ich lachend und sie lacht herzlich mit.

»Ach, Lilly-Schatz, das ist eine längere Geschichte.«

»Aber wenn ihr Weihnachten nicht kommt, wann sehen wir uns denn dann?«

»Komm doch vorbei, wenn du magst!«

Na gut, wenn »vorbeikommen« nicht bis Frankfurt fahren bedeuten würde, hätte ich Lust, mich direkt ins Auto zu setzen.

»Wie wäre es mit dem letzten Wochenende vor Weihnachten? Opa und ich fliegen erst am Dienstag, dann sind wir einen Tag vor dem Heiligen Abend nachmittags an Bord.«

»Gute Idee!«

»Kommst du Freitag? Dann könntest du bei uns schlafen.«

»Das klingt gut, aber ich hab bis nachmittags noch Uni. Danach mache ich mich sofort auf den Weg.«

»Ja schön, dann machen wir am Samstag noch etwas Hübsches zusammen!«

»Au ja!«

»Schön, mein Kind. Und sonst geht es dir gut?«

»Ja, alles gut. Und bei euch?«

»Auch alles gut!«

»Toll! Dann sehen wir uns bald!«

»Ja, Kind, und ich freu mich.«

»Ich mich auch. Grüße an Opa!«

»Werde ich ausrichten. Mach's gut, Lilly-Schatz!«

»Du auch, Oma, au revoir!«

»Au revoir, Lilly!« Lachend legen wir beide auf. Hach, ich freue mich! Leider sehe ich die zwei viel zu selten.

Um meinen fabelhaften Tee noch zu krönen, suche ich in den Untiefen meiner wild zusammengewürfelten Küche nach ein paar Keksen. Leider muss ich feststellen, dass man keine findet, wenn man keine gekauft hat. Aber das Paket Spekulatius tut es auch. Während ich die Plastikverpackung aufreiße, denke ich noch mal an Jannick. Was für ein dreister Kerl! Natürlich hatte Dorle recht mit ihren Warnungen. Aber ich wollte ja nichts davon hören. Egal, der Typ ist abgehakt. Klassisches Strohfeuer, würde ich sagen.

Um mich abzulenken, gucke ich mir Davids Seite noch mal an. Er ist ein interessanter Typ, und er beschäftigt mich. Vielleicht, weil er einfach nur gut aussieht, ich weiß es nicht. Es bleibt also spannend. Noch vier Tage, dann ist Donnerstag, und da ist das Konzert. Ich gehe mir Lukas live anschauen, endlich! Vielleicht sollte ich schon mal überlegen, was ich anziehe.

5. Kapitel

Das Mädchenpensionat

Dienstag ab 13 Uhr gehe ich arbeiten. Um diese Uhrzeit ist der Laden meist schon ziemlich verwüstet. Bis mittags die studentischen Aushilfen eintrudeln, ist Gundis mit Sylvia, unserer einzigen Festangestellten, nämlich alleine. Die obere Etage gleicht dann einem Schlachtfeld. Am schlimmsten trifft es immer die Umkleidekabinen. Gebrauchte Taschentücher sind noch das Harmloseste. Wie automatisch ziehe ich die Vorhänge zurück, hebe die Klamotten vom Boden auf und packe sie zusammen mit den herumliegenden Kleiderbügeln auf den Holztisch, den wir zum Falten der Kleider benutzen.

»Lilly!«, kräht Gundis von unten.

Ich beuge mich über das Treppengeländer. »Ja?«

»Räumst du oben auf?«

»Jaha!« Natürlich, dafür bin ich doch angestellt, oder?

»Mach zuerst die Umkleiden!«

»Die sind okay!«

»Was heißt das?«

»Ich hab schon nachgeguckt!«

Gundis brummt etwas Unverständliches. So was mag sie gar nicht, dass jemand schon etwas macht, bevor sie es sagt. Doch dann ist sie gleich wieder abgelenkt, denn Sina rauscht in den Laden. Ich hänge immer noch überm Geländer und beobachte Gundis, die überlegt, was sie Sina an den Kopf werfen soll, bevor diese ungestraft an ihr vorbeihasten kann. Leider brauchen ihre grauen Zellen zu lange. Sina lispelt ihr ein hastiges »Sorry, es war Stau« über die Schulter und redet dann weiter auf ihr Handy ein.

In Zwei-Meter-Schritten erklimmt sie mit ihren langen Beinen die Treppe.

»Nein, so geht das nicht!«, sagt sie in ihr Telefon. Noch hat sie mich nicht gesehen. »Du behauptest, ich klammere, und willst selbst über jeden Schritt von mir informiert sein!«

Hm, wahrscheinlich redet sie mit Holger. Es ist nicht nur die wahrscheinlichste, sondern die einzige Möglichkeit. Seit Sina Holger kennt, hat sie nicht nur ihn an der Backe kleben, sondern auch ihr Handy. Die beiden streiten sich Tag und Nacht. Allerdings nur übers Telefon. Treffen sie sich, herrscht Harmonie pur. Ich komme da nicht ganz mit.

Jetzt hat sie mich gesehen. Sie deutet ein Winken an, zeigt dann auf ihr Handy und macht ein leidendes Gesicht. Ich nicke verständnisvoll. Wie kann man nur den ganzen Tag aufeinander einquatschen? Ich glaube, ich selbst bin ein wenig redefaul. Zehn Minuten später erscheint Sina wieder aus dem Lager, ohne Handy.

»Na, hast du's geschafft?«

»Ach, er spinnt mal wieder«, sagt sie kopfschüttelnd und greift sich wahllos eins der verknüllten Shirts aus dem Regal hinter mir. »Letzte Woche habe ich ihn abends nicht erreicht, weil er mit seinen Freunden Billard spielen war, und heute macht er mir eine Szene, weil ich nachher mit ein paar Kommilitonen in den Biergarten will und ihm das erst heute Mittag gesagt habe. Letzte Woche hat er mir nicht mal erzählt, dass er wegwollte, ich hab ihn einfach nicht erreichen können. Und er macht jetzt so ein Drama.«

»Ja, so was kann sehr anstrengend sein, ich weiß, wovon ich rede, Mark war genauso«, sage ich.

Bevor Sina etwas erwidern kann, ertönt Gundis' Stimme aus der unteren Etage: »Sina, komm mal bitte zu mir.«

Oh oh, das gibt Ärger, das war eindeutig der Mädchenpensionats-Ton. Gundis ist nicht kleinlich, aber über unangekündigtes

Zuspätkommen ist sie »not amused«. Sina lässt die Schultern hängen und trabt brav die Treppe hinunter. Unten höre ich die beiden leise diskutieren, während aus dem Lager der Klingelton von Sinas Handy dudelt.

Inzwischen haben zwei Kundinnen den Laden betreten und sind schnurstracks in die obere Etage gewackelt. Ich beobachte die zwei Grazien aus sicherer Entfernung. Beide tragen spitze Pumps, für die sie erstens noch zu jung und zweitens zu ungeübt sind. Die eine Kleine ist gnadenlos eidottergelb blondiert, ihre Haarpracht hat die liebliche Struktur von Isolierwolle. Die andere ist gestreift. Wirklich! Ihre dunkelbraunen Haare sind von cremefarbenen Blocksträhnen durchzogen, sodass sie aussieht wie ein kleines Streifenhörnchen. Beide sind höchstens vierzehn Jahre jung, aber schon geschminkt wie angehende Profis. Ihre kindlichen Figuren stecken in ausgeblichenen Röhrenjeans und hautengen Oberteilen in Knallfarben. Die Pumps laufen vorn brutal spitz zu. Ich tippe auf Modell »Vollplastik«, die eine in schillerndem Tannengrün, die andere in Pink. Geschätzte Absatzhöhe: elf Zentimeter. Sie versinken mit ihren Pfennigabsätzen in unserem schmuddeligen Teppichboden, der ehemals eierschalenweiß war und nun schmutzig grau ist. Ich begucke mir ihren schwankenden Gang mit einem Anflug von Mitleid. So habe ich auch mal angefangen, allerdings nur zu Hause im stillen Kämmerlein und auf den »geborgten« Schuhen von Mami.

»... und dann sagt der Justin«, schnattert die eine, während sie meinen Gruß erfolgreich ignoriert, »ich soll mal runterkommen, das wäre bei Männern angeboren!«

»Nee!«, sagt die Hörnchengestreifte entsetzt.

»Ja! Und dann sag ich zu ihm, dass das gar nicht stimmt und dass er ein Assi ist, wenn er 'ne Freundin von mir anbaggert. Auch wenn er besoffen ist!« Sie zerrt unwirsch ein Kleid von der Kleiderstange und hält es sich an. »Wie ist das?«

Die Gestreifte nickt beifällig: »Endgeil.«

»Ja, und dann sagt er zu mir, ich soll mich nicht so anstellen und dass Rumlecken nicht zum Betrügen gehört!« Die Blonde knallt das Kleid kommentarlos wieder auf die Stange.

Rumlecken? Hab ich wohl wieder ein neues Wort gelernt. Ich schmunzle in mich hinein, während die Blonde erneut einen Bügel von der Stange zerrt.

»Ja, und dann sag ich zu ihm, dass Rummachen wohl zum Betrügen gehört und dass ich genau weiß, dass er letzte Woche an der Leonie-Marie dran war und ob er weiß, dass die erst dreizehn ist.«

»Nee!«, sagt die Gestreifte erneut.

»Voll der scheiß Ökofummel«, bewertet die Blonde das Oberteil und hängt es schwungvoll wieder weg.

»Endöko«, sagt die Gestreifte und wirft dem armen Fummel noch einen angewiderten Blick hinterher.

»Ja, und ich sag zu ihm, ob er mal gesehen hat, wie die aussieht. Voll die geschminkte Möchtegern-Tussi!«

»Ja, total!«

»Und er meinte so ganz locker, er hätte nicht gewusst, dass sie erst dreizehn ist, weil sie immer so geil drauf wär.«

»Nee!«

»Ja, und er meint, sie hätte auf jeden Fall schon was mit dem Michel gehabt, und der ist ja schon 16!«

»Waaas?«, kreischt die Gesträhnte.

Die Blonde und ich horchen auf. Irgendwie ist ihr Tonfall plötzlich nicht mehr so unbeteiligt, wie er vorher war.

»Ey, was geht denn mit dir ab?«, will die Blonde wissen.

»Der Michel, der der Ex von der Kim ist?«

»Ja, wieso?«

»Ja, weil der was mit mir hat!«

»Und wieso erzählst du mir das nicht?«

Die Gesträhnte zupft unbeteiligt an den herumhängenden Klamotten. »Och ... hatte ich vergessen.«

Die Blonde wirft ihr einen tödlichen Blick zu. »Ey, du weißt ganz genau, dass ich was von dem will!«

»Ja, aber er nicht von dir.«

Die Stille danach ist fast erfrischend. Die Gestreifte guckt, als wolle sie sich den Mund zuhalten, um nicht noch mehr Unbedachtes auszuplaudern, während die Blonde immer noch Funken sprüht.

»Pass mal auf hier«, keift sie, »ich weiß von drei Leuten, dass er gesagt hat, dass er was von mir will.«

»Keine Ahnung«, sagt die Gestreifte leise.

»Boah, du bist so 'ne Assi-Tussi!«, sagt die Blonde, schmeißt ihre Wollmähne über die Schulter und lässt die Gestreifte stehen. Mit wütenden Schritten kämpft sie sich x-beinig bis zum Treppenansatz vor und stakst nach unten.

Die Gestreifte guckt erst ein wenig ratlos, kramt dann in ihrer Tasche nach ihrem Handy und drückt ein paar Tasten. Wahrscheinlich schreibt sie eine SMS. Sie bewegt geräuschlos ihre Lippen, während sie unsicheren Schrittes die Treppe wieder runtereiert. Im gleichen Moment kommt Sina die Stufen herauf und schaut den knalligen Pumps der Kleinen hinterher.

»Mehr Mut zur Farbe!«, sagt sie und scheint Gundis' Ansage überlebt zu haben.

»Nein, danke!«, lache ich.

»Hat mein Handy geklingelt?«

»Ja, hat es.«

»Mist.«

»Wahrscheinlich darfst du jetzt erst mal nicht mehr hier oben telen, hm?«

»Genau.« Sina schaut zerknirscht.

»Er wird's überleben, er weiß doch, dass du arbeiten bist.«

»Stimmt auch wieder. Wer hat denn die Sachen so von den Stangen gezogen?«

»Das waren zwei Grazien, die sich um einen Michel gestritten haben. Die eine hast du gerade noch gesehen.«

»Ach, die Neon-Pumps.«

»Genau die.«

»Na dann«, Sina zuckt nachsichtig mit den Schultern, »wollen wir den Kindern mal hinterherräumen.«

*

Als ich um 18 Uhr ohne weitere Zwischenfälle Feierabend machen kann, habe ich noch keine Lust, nach Hause zu fahren. Ich simse Marius, ob er Lust auf Pizza hat. Er ist begeistert. Also nehme ich die S-Bahn und hole bei einem kleinen Stehitaliener an der Ecke zwei Pizzen für uns. Salami für mich, Tonno für Marius.

»Ah, Cherie mit der Pizza«, sagt er zur Begrüßung und hat schon wieder so eine unmöglich tiefgeschnittene Hose an. Ich schiele Richtung Davids Zimmer. Mist, die Tür ist zu. Wir verziehen uns in die Küche, wo Marius Pizzateller und ein Schneiderädchen hervorzaubert. Zwei große Gläser Apfelschorle machen unser Dinner perfekt.

»Hast du auch so 'nen Hunger?«, frage ich und kann es kaum noch erwarten.

»Ja, ich hab auf der Arbeit heut nix gegessen.«

»Okay, dann los!«

Wir schmausen wortlos, bis ich nicht mehr kann und Marius spekulierend meinen Rest anstarrt.

»Kannst du haben!«

»Oh ja!« Mit unseren vollen Bäuchen können wir uns beide kaum noch auf den Stühlen halten.

»Wohnzimmer«, flüstert Marius, und ich folge ihm bereitwillig. Davids Tür ist immer noch zu.

»Wo ist denn dein Mitbewohner?«, frage ich, weil ich so neugierig bin. »Der ist auf 'ner Exkursion. Drei Tage lang Vögel gucken, irgendwo in der Wildnis.« Man sieht Marius deutlich an, dass er den Sinn des Ganzen nicht wirklich nachvollziehen kann.

»Komische Biologen«, sage ich, und er nickt.

Dann plötzlich setzt er sich auf. »Sag mal, ist diese Woche nicht das Konzert?«

»Ja.«

»Und?«

»Was und?«

»Gehst du nun hin oder nicht?«

»Ich werd's auf jeden Fall versuchen.«

»Ist er wirklich so ein Schnuckel?«

»Willst du mit?«

»Nein danke, die sind mir noch zu unangesagt.«

»Es geht doch auch nicht um die Musik.«

»Egal.«

»Du kannst ein richtiger Snob sein!«

»Moment mal, wer geht denn bitteschön auf ein Konzert, nicht um sich die Musik anzuhören, sondern um einen der Musiker klarzumachen?«

»Das ist nicht snobistisch.«

»Nein, das ist schon fast dekadent!«

Wir gucken uns an, und dann können wir nicht mehr ernst bleiben. Ich schmeiße Marius ein kleines Zierkissen an den Kopf, er revanchiert sich, indem er mich an den Haaren zieht. Gut, dass David nicht da ist, der hätte ein zweites Mal Grund, uns für bescheuert zu halten. Und das würde ich nicht wollen. Schließlich finde ich ihn interessant. Nur, warum eigentlich, das wüsste ich selber gerne.

6. Kapitel

Musikerküsse

Heute ist der Tag X: Ich weiß nicht mehr genau, wie ich den Tag bis jetzt herumgekriegt habe. Wahrscheinlich war ich an der Uni, ich erinnere mich daran, mit Trudi und Jule über Bauphysik diskutiert zu haben. Und Timo ist mit gesenktem Kopf an mir vorbeigehastet, leider heute ohne Ringelshirt. Er tut nach unserem Intermezzo jedenfalls so, als würde er mich nicht mehr kennen.

Ach ja, in der Bahn auf dem Weg nach Hause habe ich einen niedlichen Typen gesehen, der mir schon mal aufgefallen war. Er ist wahnsinnig groß und sieht echt klasse aus. Aber heute hatte ich nicht wirklich Lust, genauer hinzugucken.

*

Gerade habe ich meinen Haaren eine Kur verpasst und ihre Farbe aufgefrischt. Was ich anziehen soll, weiß ich immer noch nicht, zumal die Suche in meinem Kleiderschrank schwierig ist, da fast der komplette Inhalt schwarz ist. Ich verehre dunkle Farben, ich liebe den morbiden Charme von Klamotten, die wie überfahren aussehen, und grelle Haare. Sonnenstudiobräune finde ich ebenso würdelos wie Kunstfingernägel, schlechte Dauerwellen und arschkurze Jäckchen im Winter.

Als ich endlich bei einem schlichten Outfit hängen geblieben bin, verschmiere ich auch noch meine Schminke. Der Kajal sieht aus, als wolle er ausgerechnet heute anfangen zu bröckeln. Hilfe! Ich reiße meinen Parka von einem der Haken im Flur und knalle die Wohnungstür hinter mir zu. Auf dem Weg zum Club träume ich beim Autofahren und hätte fast das Abbiegen verpasst. Ich bin ehrlich erleichtert, als ich meinen Wagen geparkt habe und zum Eingang spazieren kann.

Punkt 20 Uhr stehe ich mit mulmigem Gefühl in einem ziemlich vollen, ziemlich kleinen Club. Als es endlich losgeht, ziehe ich mich an den Rand des Geschehens zurück, denn es ist mir schon wieder zu eng zwischen dem hauptsächlich weiblichen Publikum. Die Musik ist ganz okay, aber dieser Lukas ist ein echter Blickfang. Nach der Hälfte der Songs zieht er sich sein T-Shirt über den Kopf, und ich seufze tatsächlich leise auf. Manchmal schleudert er sich mit einer gekonnten Kopfbewegung den langen Pony aus der Stirn. Ich starre ihn an und kann nicht mehr damit aufhören. Irgendwann und nach viel zu kurzer Zeit ist das Konzert vorbei, und die Jungs bekommen ihren verdienten Applaus. Sie freuen sich wie kleine Kinder und parken ihre Instrumente, während die ersten Fans um Autogramme bitten.

Erst halte ich mich zurück, dann nähere ich mich der Menschentraube in gemäßigtem Schritt. Mittlerweile ist es brütend heiß. Die Jungs haben Handtücher um die Nacken gehängt. Ich merke, wie ein Tropfen meinen Rücken runterläuft. Wo ist Lukas? Meter für Meter wusele ich mich durch die Menge näher ans Geschehen, scharenweise pubertierende Girlies in zu engen Klamotten. Die Jungs sind schon wie Profis. Sie geben sich verbindlich, schreiben Autogramme und lassen sich fotografieren.

»Wo ist denn der Lukas«, kräht auf einmal eine kleine Pummelige. Massenhaft entsetzte Mondkälbchenblicke in Richtung Band.

Der Sänger rettet uns alle vor einer Massenhysterie: »Keine Panik, Leute. Der ist auch gleich wieder da.«

Ich wende mich ab. Die anderen Jungs interessieren mich nicht. Mal schaun, ob er aus der Nähe genauso niedlich ist. Da stehe ich nun und übe mich in Geduld, während sich der Rest der Damenwelt um Autogramme schlägt. Etwas unterbeschäftigt zupfe ich an den überlangen Ärmeln meines umgenähten Parkas herum, auf den ich ganz heimlich schrecklich stolz bin. Für die meisten sieht er wohl eher wie ein besserer Putzlappen aus.

Endlich, da ist besagter Drummer wieder! Sein Gesicht zeigt die perfekte Mischung aus schmolligem Jungengesicht und männlicher Sinnlichkeit. Die Haare gerade lang genug, um ihm immer wieder neckisch ins Gesicht zu fallen. Die Klamotten gerade eng genug, um ausreichend androgyn, aber nicht tuntig zu wirken. Leider bin ich wohl nicht die Einzige, die ihn ziemlich scharf findet. Sofort ist er von einer quietschenden, kichernden Meute umgeben, die ihn fast unter sich begräbt. Also wieder warten. Als auch die letzte Zahnspangenträgerin ihr Autogramm bekommen hat, schlendere ich näher.

Von Nahem sieht er noch besser aus, obwohl er nicht ganz so groß ist, wie ich vermutet hatte. 180 cm, vielleicht auch 182 cm. Also nach meinem Geschmack eher klein. Doch das ist mir jetzt egal. Als ich endlich vor ihm stehe, starre ich auf seine Haare. Ich habe so einen klitzekleinen Haar-Fetisch. Schöne, volle Haare bei Männern finde ich sexy. Ich will sie anfassen, meine Hände darin vergraben, daran ziehen und den Jungs den Kopf in den Nacken biegen.

»Hallo«, sagt er einfach.

»Hallo«, hauche ich zurück.

»Bist du England-Fan?« Er deutet mit dem Kopf auf meinen England-Flaggen-Aufnäher.

Ich nicke, er lächelt, ich lächle zurück. Er scheint es nicht seltsam zu finden, dass ich ihn nicht sofort mit einem Autogrammwunsch belästige.

»Schau mal, was hinten draufsteht!« Euphorisiert vollführe ich eine elegante Komplettdrehung und gucke ihn dann wieder erwartungsvoll an. Er grinst schief, und ich versuche, mein herumgewirbeltes Gleichgewicht zu behalten.

»Ich konnte es nicht lesen. Was ist das?«

»Da steht ›God save the Queen‹. Hab ich mit Edding draufgeschrieben.«

Er guckt auf meinen Mund, während ich rede. »Aha«, sagt er schließlich, als hätte er überhaupt nicht zugehört.

Ich nicke. Er hustet in sein Halstuch.

»Sorry, hatte 'ne Halsentzündung.«

»Dann hättest du dein Hemd nicht ausziehen sollen.«

»Mir war warm.«

Er lächelt unwiderstehlich, und ich überlege, wie ich ihn am schnellsten dazu kriege, sich wieder nackig zu machen. Er sieht mich an, als denke er darüber nach, was ich eigentlich mit ihm vorhabe.

»Das ist aber nicht deine echte Haarfarbe, oder?«, will er dann wissen, und ich merke genau, dass er es sich verkneifen muss, eine der langen roten Strähnen prüfend in die Hand zu nehmen.

»Oh doch«, antworte ich wie selbstverständlich.

Er legt lachend den Kopf schief. »Ja, okay, dumme Frage.«

»Was machst du gleich noch?« Entweder er schickt mich jetzt nach Hause, oder er beißt an. Sofort ändert sich sein Gesichtsausdruck. Er ist schüchtern!

»Och, weiß ich noch nicht so genau. Wahrscheinlich mit der Band zu Freunden gehen. Schlafen und so.« Er guckt mit seinen schlechtwetterfarbenen Augen unter langen Wimpern zu mir rüber.

»Ihr geht gar nichts mehr trinken? Ihr seid doch Rockstars.«

»Hm. Ja.«

Herrgott, ist er süß.

»Trinkst du überhaupt Alkohol?«

»Natürlich!«

Ein empörter Blick trifft mich. Ich glaube ihm trotzdem nicht. Er ist ein lieber Kerl, auf wild verkleidet.

»Okay, dann gehen wir noch was trinken.«

Bevor er etwas Konstruktives erwidern kann, hat sich ein ver-irrtes Dreiergrüppchen Fans auf ihn gestürzt und mich dreist abgedrängt. Er schreibt brav Autogramme und lässt sich foto-grafieren, ohne zu mir herüberzusehen. Er könnte sich danach einfach wegdrehen und abhauen, doch das tut er nicht. Er sieht wieder zu mir, dann lächelt er. In mir brodeln die Endorphine hoch. Er kommt wieder näher.

»Wartest du noch 'nen Moment? Ich such mal eben die Toi-letten.«

Na, wenn das nicht romantisch ist. Ich lächle ihm aufmun-ternd zu, und er trabt los. Einen Moment später habe ich eine geniale Idee. Besser konnte es doch gar nicht kommen! Ich folge ihm durch den fast menschenleeren Club. Zwei Typen in ko-mischen Hemden fegen die Tanzfläche, auf der Bühne werden die Instrumente abgebaut. Ich warte vor der Tür der Herrentoilette, bis ich ihn am Waschbecken höre, dann drücke ich vorsichtig die Tür auf.

Sein Kopf fliegt herum. »Hey, hast du dich verlaufen?« Er guckt ein wenig ertappt, aber immer noch freundlich.

Ich schüttle den Kopf und mache die Tür hinter mir zu. In seinem Kopf fängt es deutlich sichtbar an zu rattern. Er schluckt und befeuchtet seine Lippen.

Ich strecke ihm einfach meine Hand hin. Langsam nimmt er sie. Die Innenflächen sind noch klamm vom Waschen. Ich stre-cke meine andere Hand aus und umfasse seitlich seinen Hals, die Haare dort sind feucht. Er guckt wieder auf meinen Mund. Ich ziehe ihn näher, er lässt es mit sich machen. Sein Kopf ist ganz nah, sein Mund ist rissig und aufgesprungen von der Er-kältung. Er hat diese wahnsinnig sinnlichen Lippen, diesen Stri-cher-Mund, der überhaupt nicht zu seinem unschuldigen Gesicht passt. Meine Lippen berühren die seinen, rau und trocken fühlen sie sich an. Ich höre, wie sein Atem schneller wird. Die Pulsader an seinem Hals pocht wie wild unter meiner Hand. Er drängt seine Zunge in meinen Mund, wir verknoten uns. Wo kommt das Temperament plötzlich her? Er kriegt ein bisschen schlecht Luft, was es aber auch irgendwie interessant macht. Ich greife in seine Haare und ziehe seine Lippen abrupt von den meinen. Er schnappt nach Luft.

Dann nehme ich seinen Arm und ziehe ihn sanft in Richtung der Kabine, über der die Neonröhre kaputt ist. Er knallt die Tür zu, und es ist tatsächlich angenehm schummrig. Ich nestle an meinem Parka herum und schmeiße ihn dann achtlos auf den Spülkasten. Er greift mit beiden Händen um meine Pobacken und drückt mich fester an sich ran. Ich kann ihn leise seufzen hören, als ich seine Lippen suche und meine Zunge tief in seinen Mund gleiten lasse. Wir saugen uns in wiederkehrendem Rhythmus aneinander fest. Er kneift stärker in meinen Hintern. Ich will es jetzt.

Ich mache mich von ihm los und reiße an meiner Strumpfhose. Fehlanzeige, das Ding ist störrisch und entpuppt sich als Fußfessel. Er lacht leise. Ich ziehe ein Gesicht, setze mich auf den Klodeckel, schnalle mir die Boots von den Füßen und zerre die Strumpfhose herunter. Er versucht, mir zu helfen, verkompliziert das Ganze aber eher. Schließlich hält er mir die Schuhe hin, und ich schlüpfe barfuß hinein.

Kaum stehe ich wieder aufrecht, da zieht er mir das T-Shirt hoch, und ich tue es ihm gleich. Sein Blick klebt an meinem roten BH beziehungsweise dessen Inhalt. Plötzlich beugt er sich vor und leckt unter dem Rand entlang. Vorsichtig tastet er sich weiter. Er küsst den herausquellenden Busen sehr zärtlich, und ich öffne derweil meinen BH. Er schiebt ihn hoch, nimmt eine Brustwarze in den Mund und umspielt sie mit seiner Zunge. Ich gebe ein leises Geräusch des Wohlgefallens von mir, wodurch seine Erregungskurve nahezu senkrecht nach oben schnellt. Er lässt von meinem Busen ab und nestelt an der Knopfleiste seiner Jeans herum. Sein Oberkörper ist nicht sonderlich durchtrainiert, aber an den Armen hat er vom Trommeln lange, sehnige Muskeln. Mir gefällt's. Ich greife wieder in seine Haare und verbeiße mich zärtlich in seiner Unterlippe. Er keucht, und die Jeans samt Shorts fallen mit einem leisen Klirren der Gürtelschnalle auf die Fliesen. Seine Hände schieben sich unter meinen Rock, und er zieht an meinem String herum. Ich schubse ihn leicht, und er landet mit blankem Hintern auf dem Klodeckel. Er keucht überrascht.

»Kondom?«, frage ich, und er schüttelt den Kopf. Also beuge ich mich über ihn und suche eins in den Taschen meines Parkas. Neugierig werfe ich einen Blick nach unten. Sein Schwanz ist ganz okay, der Umfang gefällt mir. Er stülpt sich sofort das Gummi über. Ich ziehe mein T-Shirt über den Kopf, zusammen mit dem eh schon losen BH fliegt es zu dem Parka auf den Spülkasten. Sein Blick klebt an meinen nackten Brüsten.

»Ich habe immer noch mein Höschen an«, flüstere ich und stelle mich breitbeinig über seine Knie. Er fackelt nicht lange, schiebt meinen Mini ein Stück hoch und zupft dann den Rand des Strings in Richtung meiner Knie. Ich schlüpfe so elegant wie möglich heraus, und er zieht mich zu sich hinunter. Ich lasse mein Becken kreisen, lande auf seinem Schoß, und schon ist er in mir drin. Jetzt keucht er zum dritten Mal.

»Warte«, flüstert er und hält mich an den Beckenknochen fest, denn mein Minirock ist bis zur Taille hochgeschoben. Er lächelt entschuldigend, und ich küsse ihn, weil er so hübsch ist und so nervös. Sein Griff lockert sich wieder, und ich fange an, mich zu bewegen. Dies ist eine meiner Lieblingsstellungen. Man muss einfach immer nur den Bauch rauf- und runterrutschen, und dann kommt man wie von selbst. Ich biege seinen Kopf in den Nacken und küsse ihn wieder.

»Du darfst nicht so schnell machen, sonst komme ich gleich«, nuschelt er zwischen meinen Lippen.

»Ist doch egal, ich auch.« Ich reibe mich weiter an ihm. Meine Finger kralle ich in seine immer noch feuchten Haare. Er legt seine Hände um meine Hüften und presst mich noch näher an seinen Bauch. Als ich merke, dass ich kommen werde, schließe ich die Augen und vergrabe mein Gesicht in seinen weichen Haaren. Lukas seufzt zwischen meinen Brüsten, und auch er ist kurz davor zu kommen.

»Jetzt«, flüstere ich und merke, wie die Anspannung von ihm abfällt.

Er kommt fast gleichzeitig mit mir, und danach lässt er mich gar nicht mehr los. Ich atme den Geruch seiner Haut ein und will ihn eigentlich auch nicht loslassen.

»Du musst langsam das Gummi abmachen«, flüstere ich.

»Noch nicht«, sagt er leise. Ich warte noch eine Minute, dann drücke ich mich hoch. Er hält das Gummi fest, und schon stehe ich wieder auf den Beinen. Zittrig sind sie immer noch.

»So was ist mir noch nie passiert«, sagt er und hat ganz rote Lippen vom Küssen.

»Ich hab auch noch nie auf 'ner Toilette gevögelt.«

Er steht etwas ungelenk auf, und es wird ein wenig eng in der Kabine. Wir sind beide verlegen und versuchen, uns anzuziehen, ohne den anderen dabei zu boxen oder zu treten. Endlich haben wir's geschafft. Ich entriegele die Kabinentür, und wir purzeln in den Vorraum. Jetzt muss ich gehen, auch wenn es mir dieses Mal schwerfällt.

»Mach's gut«, sage ich schnell und will mich umdrehen. Ich muss hier weg, solange er noch nicht wieder so klar im Kopf ist, dass er argumentieren kann. Aber eigentlich will ich gar nicht.

»Warte!« Er hält mich am Arm fest. »Wie jetzt, mach's gut? Das verstehe ich nicht. Gib mir wenigstens deine Handynummer.«

Als ich entschlossen den Kopf schüttle, lässt er meinen Arm los. Der Ausdruck in seinen Augen ist so ratlos, dass ich mich schnell wegdrehen muss.

»Ich gehe jetzt, es war echt schön«, sage ich, obwohl meine Stimme nicht so ruhig klingt, wie sie sollte, und dann stürze ich hinaus. Fluchtartig verlasse ich den Club, ohne nacht rechts und links zu sehen. Wo ist mein Auto? Ich will die Tür hinter mir zumachen und seinen Gesichtsausdruck vergessen. Es war richtig, dass ich gegangen bin, sage ich mir. Das ist der Plan. Ein Mal und erst recht keine Telefonnummern. Energisch drehe ich den Zündschlüssel im Schloss herum und fahre los.

*

Zu Hause ziehe ich mich in der dunklen Wohnung aus und lasse die Sachen achtlos auf den Boden gleiten. Dann krame ich meinen kalten Schlafanzug unterm Kopfkissen hervor und krieche unter die Decken. Eine Gänsehaut rast über meinen Körper. Also, dieser Lukas war die Konzertkarte echt wert. Nicht nur, dass er haargenau mein Typ ist, er ist auch noch hinreißend schüchtern. Schüchternheit ist so niedlich. Ich schwebe ein paar Zentimeter über der Matratze, und an Schlaf ist nicht zu denken. Schlaf, was ist das? Und wer braucht den schon?

*

Viel zu früh, nämlich genau um halb sieben, klingelt der Wecker. Beim ersten Kaffee überfällt mich ein kleiner Zweifel. Hätte ich ihm doch meine Nummer geben sollen? Nein, das Letzte, was ich will, sind sinnfreie SMS à la: »Es war schön mit dir.« Nein, danke.

Apropos Handy. In meinem Endorphintaumel habe ich das Julchen ganz vergessen. Oh, da wird jemand sauer sein!

Und tatsächlich: Es ist zwar erst kurz vor neun, aber Jule kann schon richtig böse gucken. »Ich nehme mal an, der Abend war gut?«, begrüßt sie mich mit beleidigtem Blick.

»Sorry ...«

»Jaja. Und wie war es?«

»Ganz okay.«

»Hast du's also geschafft, du mit deiner Platzangst?«

»Ja, war nicht so schlimm.«

»Und sieht er echt so süß aus wie auf den Fotos?«

»Ja, noch besser.« Bloß nicht zu sehr schwärmen, dann zieht sie mich nur wieder auf und stellt meine tollen Regeln infrage. Doch Jule interpretiert mein Schweigen wohl als morgendliche Einsilbigkeit.

»Ich hole uns mal 'nen Kaffee, geh du schon mal Plätze freihalten!« Sie trippelt davon.

Das Gute an Jule ist, dass sie nie lange böse sein kann. Ich bin nämlich nicht gerade zuverlässig, was diese Simserei angeht.

Im Hörsaal ist es heute eindeutig zu hell und zu laut. Ich belege zwei Plätze in den hinteren Reihen. Jule kommt mit dem Kaffee wieder, den wir unter den Sitzen verstecken. Essen und Trinken ist zwar nicht verboten, wird aber nicht gern gesehen. Ich glaube, ich hab heute keine Lust, außerdem muss ich dauernd gähnen. In der letzten Sekunde stürzt Trudi in unsere Reihe. Die Kommilitonen murmeln verärgert, weil sie jetzt noch mal aufstehen müssen, aber dann ist sie bei uns angelangt.

»Schrecklich!«, sagt sie zur Begrüßung. »Warum müssen die Bahnen immer Verspätung haben!« Dann lässt sie sich in den Sitz neben mir fallen.

»Das ist ein Naturgesetz«, brumme ich.

»Schrecklich!«, sagt Trudi noch mal und schält sich aus ihrem Mantel. Trudi ist voll das Öko-Kind. Sie trägt Hosen mit Zugbändern an den Knöcheln, ohne sich zu schämen. Sie isst selbstgebackenes Brot, das immer nach Dinkel schmeckt. Und sie sagt Sachen wie: »Der Genmais bringt euch alle um.« Ansonsten ist sie total normal.

Der Dozent, der vorn soeben zu reden begonnen hat, trägt 'nen Vollbart und Gesundheitslatschen. Für ihn ist alles, was er erzählt, total verständlich und logisch. Ein Physiker eben. Ich bemitleide die Baumwolle, die für sein hässliches Karohemd herhalten musste, und unterdrücke ein weiteres Gähnen. Und ausgerechnet heute habe ich so lange Uni! Und die letzte Stunde ausgerechnet bei Jakob, und das, wo ich so fertig aussehe. Ob er wohl komisch sein wird wegen letztem Freitag?

*

Doch meine Sorgen stellen sich als unbegründet heraus: Jakob benimmt sich auch hier völlig normal, außer dass er plötzlich keine Probleme mehr hat, in meine Richtung zu schauen. Einmal nimmt er mich sogar dran, und wir lächeln uns an. Die Lästerer im Kurs können nur irritiert gucken.

Als ich um halb neun abends wieder nach Hause komme, bin ich zu müde, mir etwas zu essen zu machen. Ich krieche in mein Bett und will nur noch schlafen, am besten traumlos und sehr lange. Beim Einschlafen denke ich dann doch wieder an Lukas. Er hat mir gefallen. Zu gut. Diese Euphorie kenne ich nicht von mir. Ob ich das nun gut finden soll?

Morgens beim Aufwachen denke ich auch sofort wieder an ihn. Hm! So geht das nicht, ich brauche Ablenkung. Das ist die beste Medizin. Es war ein netter One-Night-Stand und mehr nicht. Also tagsüber arbeiten, und heut Abend mal wieder richtig nett weggehen. Ich simse Marius, ob er Lust hat. Seit Jule ihre Gothic-Phase hinter sich gelassen hat, betritt sie die Partytempel der Kinder der Nacht nicht mehr. Sie verleugnet diese Phase sogar. Ich allerdings kann mich noch sehr gut an das dürre EBM-Mädchen erinnern, das Hosen in Stiefel steckte und sich blaue Strähnen in die hellen Haare färbte. Sie hatte mehr schwarze Klamotten als ich, und ihr deftiger Lidstrich war berühmt-berüchtigt. Heute tut sie so, als hätte ich mir das alles ausgedacht. Es ist ja keine Schande, dass sie jetzt nur noch Jeans und Polo trägt, aber muss man sich deswegen so anstellen?

Doch Marius hat auch keine Zeit. Er bekommt Besuch aus Holland, näher definiert er es nicht in seiner kurzen SMS. Gut, gehe ich eben allein, ich bin ja schon groß.

Die Arbeitszeit geht zum Glück schnell rum, wir öffnen samstags erst um zehn und machen um vier schon wieder zu, das sind gerade mal sechs Stunden, also nicht wirklich lange. Debo liegt immer noch im emotionalen Clinch mit ihrem Juristen. Beim letzten Treffen hat er ihr Blumen geschenkt, was ihr sehr gefallen hat.

Als kurz darauf eine »Bekannte« auf seinem Handy anrief und er panisch den Tisch verließ, um zu telefonieren, war die Stimmung nicht mehr ganz so ausgeglichen. Als Debo dann noch eine halbe Stunde auf seine Rückkehr warten musste, wurde sie langsam ein wenig ungehalten. Sauer wird Debo, glaube ich, nie, sie weiß gar nicht, wie das geht, habe ich den Eindruck. Beim Verlassen des Restaurants rief die ominöse »Bekannte« dann wieder an. Angeblich eine Kommilitonin aus seiner Lerngruppe, mit unaufschiebbar wichtigen Fragen.

»Georg ist eben sehr gut in seinem Fach, das muss man respektieren«, sagt Debo ehrfürchtig, und ich weiß endlich, welchen Namen das Wunderkind hat. Ich spare mir meine Einwände und nicke resigniert. Ihr ist echt nicht zu helfen.

*

Gute fünf Stunden später stehe ich in einer »Düster-Disco«, wie meine Mutter es so gerne naserümpfend bezeichnet. Sie hat nur eine vage Vorstellung von der Szene im Allgemeinen, und als gute Mutter macht sie sich natürlich Gedanken. Als ich ihr aus Spaß mal erzählte, dass es dort um Mitternacht immer Blut auf die Tanzfläche regnet, hat sie den Witz nicht verstanden, weil sie den Vampirfilm *Blade* nicht gesehen hat, und war daraufhin nicht nur auf mich sauer, sondern auch auf den Laden.

Jetzt lehne ich also an einer rohen Backsteinwand und lasse mich von Christian volllabern, ich tue so, als ob ich zuhöre, und betrachte die schönen schwarz gekleideten Menschen, die sich an uns vorbeischieben. Ich liebe die Szene. Dafür, dass sie so langweilig unpolitisch ist. Dafür, dass hier keiner einen anrempelt, weil alle Angst um ihr Outfit haben. Dafür, dass Männer sich hier schminken dürfen, ohne ausgelacht zu werden. Dafür, dass alle hier Schwarz tragen, weil es einfach das Beste aus dem Farbkreis ist. Ich lächle versonnen, und Christian nimmt dies als Aufforderung, noch mehr zu labern. Er ist der Bekannte einer lieben Bekannten und mir eindeutig zu schön. Außerdem hält der gute Mann sich für Gottes persönliches Geschenk an die Frauenwelt, und schon allein das törnt mich ab. Er ist eine Dumpfbacke biblischen Ausmaßes. Seine blauen Augen sind trübe, und ich unterdrücke ein genervtes Seufzen. Gerade erzählt er, welche Bands er persönlich kennt: Das Ich, Oomph, Schandmaul, Eisheilig. Auch mit den Newcomern Jesus on Extasy ist er auf Du und Du.

Ich schnappe nur einige der Namen auf und denke mir meinen Teil. Außerdem bleibe ich sowieso nur bei ihm stehen, weil Jenny sich was zu trinken holen wollte und ich noch ein bisschen mit ihr plaudern möchte. Ich gucke auf Christians perfekt gestutzten Kinnbart und bekomme eine Welle seines Aftershaves zu riechen, als er näher an mich ranrückt, um Leute an sich vorbeizulassen. Er vögelt alles, was nicht schnell genug das Weite sucht. Soll mir egal sein, aber seine Wahllosigkeit ist erschreckend. Wenn ich alles sage, meine ich alles. Jenny kommt mit einem Drink wieder und hat zwei hübsche Jungs im Schlepptau. Ich kenne einen der beiden vom Sehen.

Jenny ist eine lebhafte schwarz gefärbte Gazelle mit beneidenswert üppiger Oberweite. Christian guckt auf ihr Dekolleté, das beim Gehen wippt, und ich warte auf einen Sabberfaden an seinem Kinn. Jenny hat ihre schlanke Taille mit einem Lackmieder noch schmaler gezurrt, dazu trägt sie einen hautengen Bleistiftrock, der unterm Knie endet. Den perfekten Abschluss bilden Strümpfe mit Naht und hohe Pumps mit Leomuster. Kein Wunder, dass die Fotografen sich um Sessions mit ihr schlagen. Ich mag Jenny, weil sie so angenehm fest mit beiden Beinen auf dem Boden steht.

»Lilly, kennst du Julian und Sven schon?«, fragt sie gerade und schenkt mir ein reizendes Lächeln. Ich schüttle den Kopf und reiche den Jungs die Hand. Sie sehen beide gut aus, aber nur der eine, den ich noch nie gesehen habe, hat einen prickelnden Sex-Appeal, der mich zweimal hinsehen lässt. Er schaut mich an, ich sehe ihn an, und zwischen uns sprühen Funken. Mit ihm will ich schlafen, das weiß ich nach drei harmlosen Sekunden. Ihm scheint es genauso zu gehen. Er schaut auf meinen Mund, und in seinen Augen blitzt es. Wir starren uns wortlos an, und das nicht gerade kurz. Jenny ist echt ganz schön flink. Sie erkennt die Situation und platziert sich so, dass er sich neben mich stellen muss. Dann verwickelt sie Sven und Christian in ein Gespräch. Ich könnte sie küssen vor Dankbarkeit. Julian lehnt sich neben mich an die Wand und zupft an seiner Lederhose. Dazu trägt er lediglich ein Netzshirt mit langem Arm, durch das sich gepiercte Brustwarzen abzeichnen. Sein Oberkörper ist muskulös, er sieht extrem sexy aus, und das weiß er auch. Die langen blonden Haare fallen ihm über die Schultern und sind perfekt gepflegt. Ich will ihn anfassen. Er dreht den Kopf zu mir und lächelt aus seinen schwarz umrandeten Augen.

»Hi«, sagt er noch mal mit seiner dunklen Stimme, und ich bekomme Herzklopfen.

»Hallo«, piepse ich peinlicherweise und ärgere mich sofort. Ich habe keine Ahnung, worüber ich mich mit ihm unterhalten soll. Außerdem ist mein Mund ganz trocken.

»Möchtest du was trinken?«, fragt er, obwohl er eine fast volle Flasche Bier in den Händen hält. Ich nicke. Er schaut mich weiter fragend an. Erst dann schalte ich.

»Cola«, sage ich, »bitte.«

Er nickt, drückt mir seine Flasche in die Hand und trabt los. Ich gucke ihm und seinen schönen Haaren hinterher. Dann streiche ich mit dem Zeigefinger über den Rand der Flasche, wo seine Lippen sie berührt haben. Als er wiederkommt, reicht er mir die Cola rüber.

»Danke«, sage ich leise und gebe ihm sein Bier zurück. Er sagt gar nichts, er schaut mich nur an. Er lächelt noch nicht mal. Jetzt wüsste ich gerne, was er denkt, aber ich kann es erraten. Sein Blick ist nicht lüstern, aber seine Augen leuchten wie Weihnachtskerzen. Ich erwidere seinen Blick mit mindestens genauso viel Begeisterung. Dann hält er mir seine Flasche zum Anstoßen hin. Das Klingen des Glases geht im allgemeinen Lärm unter.

»Lilly«, sagt er, »ist das dein echter Name?«

»Ja«, nicke ich.

»Klingt fast wie ein Künstlername.«

»Findest du?«

Das Gedränge um uns wird größer, es ist ziemlich voll in dem Laden. Ich bekomme schon wieder Angst. Es wird Zeit, den Platz zu wechseln.

»Wollen wir mal woanders hingehen? Hier in dem Gang wird es so voll«, sage ich energisch in die Runde. Allgemeines zustimmendes Gemurmel. Wir wandern in eine der Hallen. Dort gibt es in einer hinteren Ecke Sitzplätze und große Kissen auf dem Boden. Ich sitze kaum, da lässt Julian sich neben mir nieder. Unsere Arme berühren sich, und ich fühle das leichte Kratzen des Netzstoffes auf meiner Haut. Das große Sitzkissen ist so weich, dass wir uns aneinanderlehnen müssen, um nicht umzufallen.

Wir lachen beide, und er stützt die Hand hinter meinem Rücken auf. Ich atme tief ein und genieße seine Nähe. Wie gerne würde ich ihn anfassen! Ich kneife spielerisch in seinen Bizeps, weil ich mich einfach nicht beherrschen kann. Er dreht den Kopf, lächelt unwiderstehlich und kneift zurück in meinen nackten Bauch.

»Freches Ding!«, flüstert er.

»Selber frech«, sage ich und schaue nicht weg. Er hält den Blick.

»Warum haben wir uns vorher noch nie gesehen?«, will er von mir wissen. »Bist du kürzlich erst hierhergezogen?«

»Nein. Du?«

»Natürlich nicht.« Er führt die Hand hinter meinem Rücken noch mehr um mich herum und lehnt sich an meine nackte Schulter. Seine Haare kitzeln an meiner Haut. Ich finde sein Benehmen nicht unverschämt, denn zwischen uns ist sowieso schon alles klar.

»Und womit vertust du so deine Zeit?«, will ich von ihm wissen.

»Ich studiere. Bauingenieurwesen, zusammen mit Sven. Wir sind schon seit der Grundschule befreundet. Wir haben vor drei Monaten 'ne WG gegründet. Mein Vater hat mir 'ne tolle Wohnung besorgt, die mir aber allein zu groß war. Dann ist Sven spontan mit eingezogen, sehr witzig.«

»Cool.«

Er kichert. »Ja, wir haben schon viel Mist zusammen gemacht.«

»Das glaube ich gerne.«

»Ach ja?« Er schielt zu mir herüber. »Sehen wir etwa so aus?«

»Ja, doch!«

»Tss …, du bist wirklich frech. Und was machst du so, außer hübsch auszusehen?«

»Ich studiere Architektur, auch mit meiner besten Freundin zusammen.«

»Hey, dann sind wir ja fast Fachkollegen!«

»Ja, könnte man so sagen.«

»Vielleicht bauen wir mal was zusammen.«

»Vielleicht.«

»Sehr faszinierend.«

»Hm!«

»Aber einen Freund hast du nicht, oder?«

»Nein, wieso?«

»Na ja, wir sitzen hier so rum.« Er deutet mit dem Kopf auf unsere verknoteten Arme. »Und da würde ich schon gerne wissen, ob hier gleich ein Riese ankommt, der mich zu Brei haut.«

»Du wolltest das nur wissen, weil du Angst vor meinem potenziellen Freund hast?«, sage ich mit einem angedeuteten Schmollen. Er schmilzt förmlich dahin.

»Nein, natürlich nicht«, er fängt an, mit der freien Hand in meinen offenen Haaren herumzuspielen, »aber vielleicht auch, weil …«

»Hey, Julian!«, brüllt auf einmal jemand von vorn. Ein dickbäuchiger Metaller stürzt auf uns zu, und fast fürchte ich, dass er auf uns drauffällt.

»Hey du, alles klar?«, begrüßt Julian den Fremden, und ich merke, dass er keine Ahnung hat, wie der Typ heißt. Der Metaller ist knapp vor unserem Kissen zum Stehen gekommen. Dann zerrt er Julian schwungvoll am Arm in die Höhe und reißt ihn an seine speckige Brust.

»Lange nicht gesehen, Junge! Los, du musst mitkommen, einen trinken! Drüben sind noch Sebastian, Patrick und Peter!«

»Du, ich weiß nicht«, sagt Julian mit einem Blick auf mich und wirkt nicht besonders begeistert. »Vielleicht später!«

Doch der Metaller lässt sich nicht abwimmeln. »Ach, Quatsch. Komm, ein Bier!« Er schiebt den ratlosen Julian vor sich her.

Der zuckt entschuldigend die Schultern und lächelt in meine Richtung. »Sorry, Lilly, bin gleich wieder da. Lauf nicht weg!«

»Jaja«, sage ich und bin trotzdem enttäuscht. Auf den blöden Sitzsack habe ich auch keine Lust mehr. Da gehe ich doch lieber zur Bar und hole mir einen Orangensaft.

»Hübscher Kerl, was?«, sagt Jenny, die ganz plötzlich neben mir steht.

»Stimmt.«

»Allerdings kein Kind von Traurigkeit.«

»Bin ich ja auch nicht, zum Glück.«

»Aber er trinkt gerne. Du solltest ihn dir schnappen, solange er noch laufen kann.«

»Echt?«

Jenny nickt. »Stefan hat ihn schon ein paar Mal aus diversen Läden tragen müssen.«

»Oh.«

»Ja. Also behalte ihn besser gut im Auge.«

»Mach ich, danke! Jetzt muss ich ihn nur noch wiederfinden.«

»Na dann, viel Glück, Hübsche.«

Inzwischen habe ich meinen Saft bekommen und mache mich auf die Suche nach Julian. Doch Fehlanzeige. Dort, wo der Metaller mit seinen Kumpels steht, fehlt von Julian jede Spur. Na toll. Ich laufe ziel- und planlos weiter durch die vier Hallen und die unzähligen Gänge. Gerade versuche ich, mich in einem schlecht beleuchteten Treppenaufgang zurechtzufinden, als eine Hand nach mir greift.

»Lilly, warte!« Es ist Julian. Ein wenig atemlos stehen wir voreinander. Er scheint die Treppen hinaufgerannt zu sein, um mich noch zu erwischen. Und ich bin von der ganzen hektischen Lauferei sowieso etwas außer Atem. Eine Sekunde später liegt sein Mund auf meinem. Er küsst ziemlich wild, und ich finde es ziemlich gut. Sein Körper drängt mich gegen die Wand, ich spüre den kratzigen Netzstoff auf meiner nackten Haut, das Metall seiner Brustwarzenpiercings drückt sich durch den dünnen Stoff meines Oberteils. Er küsst wie ein Desperado, doch abrupt hört er damit auf.

»Ich muss noch mal runter zu den Jungs«, sagt er. Spielerisch drehe ich eine lange Strähne seines Haars um meinen Finger und versuche, traurig zu gucken.

»Ich komme danach wieder zu dir, okay? Ich hab die alle nur wirklich ewig nicht mehr gesehen.«

»Na gut.« Gut finde ich das zwar gar nicht, aber was soll ich sonst dazu sagen? Er küsst mich noch einmal kurz auf den Mund, dann ist er wieder weg. So, und was mache ich mit dem Rest des Abends? Also hänge ich mich wieder an Jenny ran und lasse mich von Christian zutexten. So lange, bis der Herr sich vielleicht überlegt, dass er nun genug mit seinen Freunden geredet hat.

Als er nach zwei Stunden immer noch nicht bei mir angekommen ist, fange ich an, ihn zu suchen. Diesmal sehe ich ihn schon von Weitem. Er scheint sich mit seinen Freunden die Bar in der Metal-Halle geteilt zu haben. Julian ist zwar nicht der Einzige hier, der sich am Tresen festhalten muss, um nicht zu taumeln, aber er ist der Einzige, bei dem es mich interessiert. Ich drehe mich auf dem Absatz um, hole mir meinen Mantel und gehe. Auf betrunkene Kerle habe ich keine Lust, gut aussehend oder nicht. Da gehe ich doch lieber ins Bett. Aber ärgerlich ist es trotzdem. Was bildet der sich eigentlich ein?

7. Kapitel

Der Prosecco war schuld!

Heute ist Dienstag, und es ist der erste Dezember.

Ich habe super Laune, weil bald Weihnachten ist, und außerdem wird der Weihnachtsmarkt Ende der Woche seine Pforten öffnen. Auf dem Bahnsteig Richtung Uni summe ich das erste Weihnachtslied, aber ganz leise, damit es niemand hört und mich für leicht gestört hält.

Ich stehe zwischen all den drängelnden Leuten, als er sich zufällig vor mich stellt. Ich trage Stiefel mit Absatz, und er überragt mich trotzdem noch um einen halben Kopf. Da ist er also wieder, der gut aussehende Typ, der so schön groß ist! Interessiert betrachte ich seinen Nacken, in dem sich die Ansätze einer vermutlich lockigen Haarpracht kringeln, wofür die Haare allerdings zu kurz sind. So etwas findet man bei Dunkelblonden ja eher selten. Sein Styling ist schon mal ganz cool, zumindest von hinten gesehen: Lederjacke, abgetragene Jeans, 'nen halben Zentimer zu tief sitzend, Retro-Sneakers. MP3-Player mit – Achtung! – Kopfhörern. Diese Dinger, die die DJ's immer um den Kopf gewickelt haben. Der Zug fährt ein. Wir stellen uns seitlich an den Türen auf.

Ob er mich gesehen hat?

Keine Ahnung. Er würdigt mich keines Blickes.

*

Abends bin ich wieder bei Marius, und dieses Mal ist David auch da. Ich habe morgen frei, weil eine Veranstaltung ausfällt und Jule und ich beschlossen haben, uns die andere Vorlesung zu schenken. Marius hat in seiner ganzen Verrücktheit Plätzchenteig gemacht, und gemeinsam stechen wir Sterne, Herzen und Tannenbäume für die ersten Weihnachtskekse aus.

David versucht krampfhaft, das krümelige Spektakel in der Küche zu übersehen, während er sich eine grünrote Paste auf schrecklich gesund aussehendes Körnerbrot schmiert. Wenigstens hat er mich heute gegrüßt. Ich gucke auf den Ansatz seines kleinen knackigen Hinterns, als er sich vor dem Kühlschrank bückt, und steche einen Weihnachtsbaum halb auf dem Teig, halb auf der Tischplatte aus, weil ich das ausgerollte Teigstück verfehle. Marius scheint es zum Glück nicht bemerkt zu haben. Als wir nach zwanzig Minuten Backzeit die ersten Exemplare aus dem Ofen holen, bin ich richtig stolz auf uns. Marius kramt nach Dekozeugs und rührt Zuckerguss an, den ich mit Speisefarbe bunt färben darf. Es dauert nicht lange, und ich bestreiche seine Hand mit Zuckercreme und schmeiße ein paar Streusel darüber.

Der Rest ist quasi vorprogrammiert: Wir kichern und lachen ziemlich laut, sauen die ganze Theke ein, und David knallt mal wieder seine Tür zu. Den Rest des Teigs essen wir roh und trinken noch ein Glas Prosecco dazu. Ich habe grünen Zuckerguss in meinen Haaren und Liebesperlen im Pulli, Marius' nackte Arme sind über und über mit zuckriger Creme bedeckt. Na ja, zumindest ein Blech Plätzchen ist dabei herausgekommen. Mir ist allerdings von dem rohen Teig zu schlecht, um sie zu probieren.

»Wir müssen duschen«, sage ich pragmatisch.

»Au ja, zusammen!«, sagt er und springt auf.

»Nein, Häschen, ganz bestimmt nicht.« – Was soll denn David dann bitte von mir denken?

»Wieso nicht? Ich weiß, wie nackte Frauen aussehen!« Ach, wirklich?

»Hm.«

»Stell dich nicht so an, los, komm mit!« Marius zieht mich ins Badezimmer. »Schau her, ich schließe auch ab!« Mit diesen Worten dreht er den Schlüssel im Schloss herum.

»Wie wäre es, wenn du erst duschst, und ich gucke zu, und dann dusche ich?«, frage ich beim Blick auf die winzige Duschwanne.

»Dann dusch halt allein«, sagt Marius ganz beleidigt, macht die Tür wieder auf und verschwindet mit dramatischer Geste. Seufzend schließe ich ab und sehe zu, schnell fertig zu werden.

Auf dem Bett im Schlafzimmer finde ich ein frisches T-Shirt für mich. Wenig später ist auch Marius wieder entklebt, aber er guckt immer noch ein wenig pampig.

»Das war nicht so gemeint, Häschen«, sage ich.

»Wenn du meinst.« Er lässt sich neben mir auf dem Bett nieder und druckst so komisch herum. »Du ...«, beginnt er möglichst beiläufig. Den Tonfall kenn ich, jetzt will er was.

»Wie läuft's denn so mit der Männerwelt?«

»Och, gut«, sage ich und überlege, was er eigentlich wissen will. Ob er das mit David gemerkt hat? Obwohl, dann müsste er Gedanken lesen können, und das wäre mir doch sehr unheimlich.

»Aber immer nur einmal mit dem jeweiligen Auserwählten, ja?«, fragt er.

»Ja.«

»Also, wenn es nur einmal wär, würde ich ... wenn du würdest ...«, er hört auf und sieht mich mit großen Kinderaugen an.

»Lass den Quatsch«, sage ich und kneife in seinen harten Bauch.

»Das ist kein Quatsch!«

»Häschen, du stehst auf Kerle, ich bin mir da ziemlich sicher.« Er guckt schon wieder beleidigt. »Gut, dass du das weißt!«

»Dann solltest du mal mit 'nem Mann schlafen!«, vollende ich meine Bemerkung. Er hat die Arme unwillig vor der Brust verschränkt.

»Wenn ich noch mal mit 'ner Frau schlafen würde, könnte ich doch leicht feststellen, ob es mich noch anmacht oder nicht.«

»Ja, aber du musst mit einer schlafen, die du scharf findest!«

»Ja klar!«, antwortet er und guckt, als gäbe es jetzt nichts mehr zu besprechen.

»Ach, Marius«, seufze ich.

»Warum kannst du nicht mit mir schlafen?«

»Marius, ich weiß nicht«, erwidere ich unschlüssig.

»Tu mir doch den Gefallen, du bist meine beste Freundin. Es ist quasi deine Pflicht. Ein Freundschaftsdienst!«

Ich lasse die Schultern hängen. Ob das eine gute Idee ist? »Aber es wird sich nichts zwischen uns ändern?«

Er reicht mir feierlich die Hand: »Versprochen.«

Ich nicke, obwohl ich die Vorstellung noch immer seltsam finde. Marius hingegen hat schon mein Shirt hochgeschoben und mich nach hinten aufs Bett gedrückt. Das ist nicht sexy, das ist einfach nur peinlich. Dann beginnt er, meine Brust zu küssen. Er macht eine Weile rum, und auch gar nicht schlecht, aber dann hebe ich den Kopf und gucke auf sein bestes Stück, das schon längst nicht mehr von dem Handtuch um die Hüfte verdeckt wird.

Nix, niente, nada. Da tut sich gar nichts. Ich schiebe ihn sanft von mir und deute auf seine Lendengegend.

»Das ist der Alkohol.«

Ich sehe ihn skeptisch an. Nach einem Glas Prosecco? »Okay«, sage ich ihm zuliebe, »aber ich bin müde.«

»Na gut«, willigt er schnell ein.

Ich vermeide weitere Peinlichkeiten, indem ich ihn möglichst unverfänglich nach Schlafsachen frage, und verkrümel mich unter die Decken. Marius macht das Licht aus und kriecht dann zu mir ins Bett. Langsam gewöhnen sich meine Augen an die Dunkelheit.

»Schlaf gut«, flüstere ich.

Er kaut nachdenklich auf seinem Unterlippen-Piercing. Seine schwarzen Haare verschmelzen mit der Dunkelheit um ihn herum, und ich sehe nur sein schön geschnittenes Gesicht.

»Es liegt am Alkohol«, sagt er noch mal.

Ich nicke, und dann mache ich die Augen zu.

*

Am nächsten Morgen weckt mich der Duft von Rührei. Ich schwinge gut gelaunt die Beine aus dem Bett. Immer noch verkleidet mit Marius' Pyjama, schleiche ich Richtung Küche. Mein bester Freund sieht aus wie nach einer wilden Nacht, die keine war: Er hat schlechte Laune.

»Morgen«, nuschelt er und wirft mir einen undurchdringlichen Blick zu.

»Na, Häschen«, sage ich möglichst munter und nehme an der Theke Platz. Ich darf bei ihm in der Küche fast nichts anfassen, deshalb habe ich es aufgegeben, ihm meine Hilfe anzubieten. Wir frühstücken schweigend, Davids Zimmertür bleibt geschlossen.

Wenig später bin ich komplett angezogen und im Begriff, mich vom Acker zu machen. Von Marius habe ich mich schon verabschiedet, jetzt telefoniert er schon wieder. Die Küchentür ist die letzte vor der Haustür, und dort treffe ich auf David. Er lehnt lässig im Rahmen, die langen Beine locker gekreuzt.

»Hey«, sage ich und sehe ihn nicht an. Stattdessen krame ich in meiner Handtasche nach meinem Handy. Mein Herz klopft bis zum Hals, aber das werde ich mir nicht anmerken lassen. Verflixt, ich finde ihn gut!

»Und ich dachte, Marius wäre schwul«, sagt er.

Ich tue überrascht: »Ach ja?«

Er nickt mit ausdruckslosem Gesicht.

»Wie kommst du darauf?«, frage ich scheinheilig und bin mir sicher, dass er mein rasendes Herz hören muss.

»Ich habe lediglich geraten.«

Ich muss tatsächlich den Kopf heben, um ihm ins Gesicht zu sehen. Dann öffne ich den Mund und will etwas sagen, doch mir fällt nichts Passendes ein. Peinlich, peinlich. Er zieht fragend die Augenbrauen hoch, was mich ein klein bisschen ärgert. Arrogant ist er also auch noch, gut zu wissen.

»Ist ja zum Glück jedem selbst überlassen«, sage ich schließlich. Er schaut mich eine Weile wortlos an, dann schiebt er sich die blonden Haare aus der Stirn.

»Na ja, so ganz einig scheint ihr euch noch nicht geworden zu sein.« Er deutet mit dem Kopf Richtung Küche. »Wenn man dort drüben vor dem Kühlschrank steht, hört man jedes Geräusch aus dem Bad.« Ich zucke mit den Schultern. Kommt jetzt eine Moralpredigt, oder ist er eifersüchtig? Wohl eher nichts dergleichen, er guckt einfach nur neugierig.

»Na und?«

»Und du bist seine Freundin?«

»Und das interessiert dich?« Ich finde, er fragt ein bisschen zu viel privates Zeug. Sollte ich ihn auch mal über seine Ex ausquetschen?

»Sieht fast so aus«, antworte ich deshalb ein bisschen weniger freundlich. Dann muss ich mich von ihm losreißen, sonst verpasse ich meine Bahn.

»Ich bin schon zu spät dran, man sieht sich.« Mit diesen Worten drehe ich mich um und greife nach meiner Handtasche.

»Mach's gut«, sagt er, und ich schmeiße die Wohnungstür hinter mir zu.

Was war das denn bitte? Warum kann er denn nicht seinen Mitbewohner zu seiner Sexualität befragen, statt sich an mich zu wenden? Habe ich »Auskunft« auf der Stirn zu stehen?

Ich ärgere mich ein bisschen, dass sich David so undurchsichtig gibt. Wahrscheinlich kann er mich nicht leiden, weil Marius und ich immer solchen Unsinn machen und es in der WG dann ziemlich laut ist. Vielleicht braucht er seine Ruhe. Und von mir denkt er jetzt, dass ich 'ne durchgeknallte Tussi mit zu viel Freizeit bin, die nebenbei versucht, ihren schwulen besten Freund flachzulegen. Super.

*

Am nächsten Morgen sehe ich den Typen vom Bahnhof wieder und dieses Mal kann ich ihn genauer betrachten. Er hat ein ausgeprägt männliches Gesicht, ist zu sehr Typ, um richtig hübsch zu sein. Er gefällt mir. Er geht auf diese schlaksige Art, die großen Männern scheinbar angeboren ist. Er wirft mir einen Seitenblick zu, der weder warm noch kalt ist, dann platziert er sich unweit von mir auf dem Bahnsteig. Als der Zug einfährt, ändert er die Taktik, falls er überhaupt eine hat: Er stellt sich mir gegenüber in die Schlange an der anderen Tür an. Ich sehe durch das Meer von Köpfen zu ihm hinüber. Kein Lächeln, nicht mal ein Zucken um die Mundwinkel. Okay, entweder ist er ein Psychopath, oder er macht auf obercool oder er … ach, keine Ahnung!

Ich sitze etwas ratlos im Zug und weiß nicht, wohin er verschwunden ist.

*

Als ich nachmittags zurückfahre, sehe ich ihn hinter einem Fenster des einfahrenden Zuges. Ich steige ein Abteil weiter hinten ein. Dann gehe ich den Gang entlang an ihm vorbei. Ich spüre seine Blicke im Rücken und sonstwo. Etwas weiter vorn setze ich mich. Als wir unseren Zielbahnhof erreicht haben, warte ich noch einen Moment. Er geht an mir vorbei, dann erst stehe ich auf. Er steht weiter hinten an den Türen. Ich stelle mich vor ihn. Den Platz vor sich hat er sicher nicht unabsichtlich gelassen. Der Zug fährt in den Bahnhof ein. Er macht einen Schritt nach vorn und ist jetzt ganz nah hinter mir, ich kann ein bisschen seine Wärme spüren.

Der Zug hält, die Türen gehen auf. Die Leute strömen heraus, wir werden nach vorne gedrängt. Einmal drückt er sich kurz von hinten im Gewühl an mich, dann bin ich an der Tür und aus dem Zug raus. Ich gehe ein paar Schritte und drehe mich dann um. Nichts, er ist weg. Dann sehe ich ihn ein paar Meter weiter neben mir. Mit gehetztem Schritt und gesenktem Kopf. Ich verlangsame mein Tempo. So hat das ja keinen Sinn. Dann geht er plötzlich wieder etwas entspannter. Unsere Wege führen uns über die Treppe in der Haupthalle wieder zusammen. Ein etwas längerer Blick zu mir herunter, ich glaube irgendwie, das wird nichts mit uns.

Bei solch einem Hin und Her verliere ich leicht das Interesse. So ist das bei mir. Unten bleibe ich demonstrativ an einem Schaufenster stehen. Er geht weiter. Hmpf! Ich verstehe ihn nicht. Entweder er ist null interessiert, oder er kriegt es einfach nicht hin, sich natürlich zu geben.

8. Kapitel

Kakao, Pizza und
noch mehr Verwirrung

Zu Hause angekommen, bin ich immer noch ein wenig frustriert. Doch das ändert sich schlagartig, als ich mich bei MySpace einlogge und sehe, dass David mir eine Nachricht geschrieben hat.

»Lust auf eine Lesung?« Mehr nicht. Kein »Hallo«, kein »Wie geht's«, kein »viele Grüße«.

Ich überlege nicht, ich tippe ein lapidares »Ja« darunter und klicke auf Senden. Erst dann fällt mir ein, dass ich heute arbeiten muss. Ich rufe leicht panisch im Laden an und frage Gundis, wer die Nachmittagsschicht mit mir hat und wen ich darum bitten könnte, für mich einzuspringen. Gundis meint, ich solle es mal bei Sina probieren. Und ich habe Glück! Ich erreiche Sina, und wir tauschen unsere Schichten. Sie arbeitet heute für mich, ich morgen für sie. Dann muss ich zwar ein Seminar ausfallen lassen, aber dort habe ich bis jetzt noch nicht gefehlt, deshalb geht das klar.

Eine Stunde später kommt dann die Antwort von David. Wir wollen uns heute Abend um 19 Uhr vor einer großen Buchhandlung in der Innenstadt treffen, ein angesagter Pop-Literat gibt sein neuestes Werk zum Besten. Sonderlich begeistert bin ich nicht davon. Habe mich aus mehr oder weniger intellektuellem Gruppenzwang durch sein Erstlingswerk gequält und fand es wenig originell. Nun also Teil zwei.

Doch der Gedanke, mich mit dem seltsamen David zu treffen, reizt mich.

*

Ich bin kurz vor 19 Uhr vor besagtem Laden und habe ausnahmsweise hohe Schuhe an. Er ist schon da und trotzdem noch ein gutes Stück größer als ich. Sein schnoddriger Indie-Look steht ihm ausgezeichnet, und ich glaube, er hat erfolglos versucht, die weichen Wellen aus seinen Haaren wegzuglätten. Er sagt nicht viel und ich auch nicht, eigentlich kennen wir uns noch gar nicht. Wir falten unsere langen Extremitäten auf die unbequemen Klappstühle, und eine Viertelstunde später geht es los.

Der Typ, der der Autor ist, sieht scheiße aus und ist meiner Meinung nach für Popliteratur auch schon zu alt. Er findet sich witzig, ich bin anderer Meinung. Die Leute um mich herum halten jeden seiner Ergüsse für eine Offenbarung, es gibt sogar Szenenapplaus. Ich gucke auf die Ansätze seiner Halbglatze. Irgendwann muss ich so ausgiebig gähnen, dass ich beide Hände brauche, um nicht meine Mandeln zu verlieren.

»Ist dir etwa langweilig?«, flüstert David in mein Ohr. Sein Atem kitzelt meinen Hals. Ich glaube, er lächelt, ich wusste gar nicht, dass er das kann.

»Ja«, gestehe ich, auch auf die Gefahr hin, ihn zu beleidigen.

»Ach so.«

»Ja, tut mir leid.«

»Nee, schon okay, ich find den auch blöd, aber ich dachte, dir gefällt so was.«

Ich drehe ihm meinen Kopf zu. Seine Augen sind strahlend blau und werden von pechschwarzen Wimpern eingerahmt, obwohl er auf dem Kopf hellblonde Haare hat. Seine Mundwinkel zucken, und dann müssen wir beide lachen. Sofort werden wir mit missbilligenden »Psts!« gemaßregelt. Er greift nach meiner Hand und zieht mich vom Stuhl hoch.

»Dann hauen wir eben ab.«

Zum Glück sitzen wir nicht so weit vorn. Der Literat wirft uns einen empörten Blick zu und die Leute, die für uns aufstehen müssen, auch. Ich kichere immer noch, während ich einigen von denen meine Absätze in die Zehen bohre. Er ist so cool. Männer, die Entscheidungen treffen, sind sexy!

»Und du dachtest, ich steh auf so was?«, frage ich ihn noch mal, als wir wieder draußen vor der Buchhandlung stehen.

»Ja. Ich kenne dich ja kaum!« Er grinst immer noch breit und entblößt eine schneeweiße obere Zahnreihe. Dann nimmt er wieder wie selbstverständlich meine Hand.

»Komm, lass uns was Warmes trinken gehen, hier ist es so ungemütlich.« Ich lasse mich von ihm an die Hand nehmen, obwohl ich es eigentlich verhindern wollte, und genieße plötzlich doch das Gefühl, einfach nur mitlaufen zu müssen. In einem Café in der angrenzenden Altstadt hat er im Nu einen fabelhaften Tisch organisiert und schiebt mir sogar den Stuhl zurück.

»Was möchtest du trinken?«

»Kakao.« Es ist verrückt, er ist ein Jahr jünger als ich, aber in seiner Gegenwart fühle ich mich wie ein kleines Mädchen, und er könnte gut zwanzig Jahre älter sein als ich. Er verzieht keine Miene und bestellt bei der Kellnerin zwei Kakao mit Sahne. Dann stützt er den Kopf auf die Hände und guckt mich an. Der kleine Tisch wackelt ein bisschen, und er sieht aus, als traue er sich nicht, mich etwas zu fragen.

»Hör mal, ich hab da 'ne ganz dumme Frage ...«, setzt er schließlich an, und ich kann mir denken, was er wissen will. Marius ist eine Tratschtasche, das war mir vorher schon klar. Ich imitiere seine Haltung und lehne mich zu ihm hinüber.

»Marius hat da was erzählt ...«

Ich nicke und lasse ihn weiter nach den richtigen Worten suchen.

»Er behauptet, dass du immer nur einmal mit ...?« Er beendet den Satz nicht, sondern guckt mich fragend an. Ich nicke wieder. Er schluckt.

»Aber was ist, wenn du jemanden kennenlernen würdest ...?«

»Das tue ich ständig.«

Das war definitiv nicht das, was er hören wollte.

»Aber wenn ...«

»Es ist eine Regel«, unterbreche ich ihn.

»Kommst du dir nicht ausgenutzt vor?«, blafft er plötzlich.

»Wer benutzt mich denn?«

Jetzt ist er böse. »Na hör mal, wie naiv bist du denn?«

Und jetzt bin ich böse. »Naiv wäre es, danach an mehr zu glauben. Oder 'nen Kerl flachzulegen, um ihn zu erobern.«

»Und heute Abend?«

»Was, heute Abend?«

»Na, haben wir uns deshalb getroffen?«

»Du kannst mich ja gerne fragen, warum ich mich mit dir getroffen habe. Warum du dich mit mir getroffen hast, weiß ich leider nicht. Aber ich könnte dich ja fragen!«

Darauf weiß er erst mal nichts zu erwidern, stattdessen schnauft er unwillig. Ich hole weiter verbal aus.

»Aber da du ja meine Einstellung kennst, nehme ich mal an, du bist nicht so naiv, wie du jetzt tust.«

»Jetzt halt mal die Luft an!«, raunzt er, lehnt sich zurück und verschränkt die Arme vor der Brust.

Er sieht gut aus, wenn er wütend ist. Er fährt sich grob durch die Haare, dann reißt er sich die Brille von der Nase und reibt wie wild mit seinem Pullisaum an den Gläsern herum. Er muss mein versonnenes Lächeln gesehen haben, denn er guckt ziemlich böse. Auch etwas, das bei ihm sehr gut aussieht. Er knallt sich die Brille wieder auf seine Nase und lächelt nicht zurück.

»Du wusstest, worauf du dich einlässt«, setze ich noch einen obendrauf, um zu sehen, ob er mich jetzt packt und schüttelt.

»Du schläfst mit jedem, mit dem du dich triffst?«, schießt er zurück.

»Nein, gar nicht. Wenn er mir nicht gefällt oder wenn er doof ist oder unfähig oder irgendwas anderes nicht passt, gehe ich einfach wieder. Genauso wie ich mich nicht nur mit Leuten treffe, um mit ihnen zu schlafen.«

Ich sehe, wie meine Worte in seinem Kopf nachhallen. Das muss er erst mal verdauen. Ich greife nach meiner Handtasche.

»Ich glaube, ich gehe jetzt besser.«

Er sagt nichts. Ich stehe auf und ziehe meinen Mantel über. Er guckt zur Seite ins Nichts. Ohne ein weiteres Wort verlasse ich den Laden und laufe zurück zu meinem Auto. Mittlerweile hat es angefangen zu schneien. Ich stakse auf meinen hohen Hacken über spiegelglattes Kopfsteinpflaster und bete darum, bloß nicht auszurutschen. Ich dachte, ich wäre wütend, doch mein Kopf ist leer. Ich weiß noch nicht mal, ob ich es schade finde. Er hat einen so eigenen Sex-Appeal, dass ich mir nicht sicher bin, ob er im Bett auch wirklich so spannend wäre, wie ich es mir ausgemalt habe.

*

Zu Hause schmeiße ich mich in eine Jogginghose und zünde ein paar Kerzen an. Dann taue ich ein Fertiggericht auf und verbanne es in den Vorhof zur Hölle, meinen uralten Backofen. Als ich etwas später mein Postfach checke, ist es schon nach 22 Uhr, und ich habe eine neue Nachricht. Sie ist von David.

»Tut mir leid«, steht da, »und ja, ich wusste es vorher. Es war blöd, dich darauf anzusprechen. Wenn du mich noch sehen willst, melde dich einfach.«

»Komm doch vorbei«, schreibe ich leichthin zurück, glaube aber nicht wirklich daran und setze trotzdem meine Adresse darunter. Ich warte auf eine Antwort, doch es kommt keine. Zehn Minuten später klingelt es. Ich schrecke vom PC hoch, an dem ich mir gerade meine Lieblings-Kosmetikseite angeguckt habe. Ein Blick an mir hinunter offenbart dicke Wollsocken und meine Jogginghose, die die besten Tage schon hinter sich hat. Verdammt! Es klingelt noch mal. Ich rutsche auf Socken zur Tür und drücke sämtliche Knöpfe. Im Hausflur höre ich Schritte, und dann muss ich wohl oder übel die Tür aufmachen. Es ist David mit zwei Kartons Pizza.

»Oh, herrje ...«, sagt er noch im Hausflur und ist von den drei Etagen Treppenlaufen kein bisschen aus der Puste, »hätte ich gewusst, dass du schon im Bett warst ...«

»Hätte ich gewusst, dass du in der nächsten Viertelstunde hier bist ...«, antworte ich und versuche, streng zu gucken.

»Pizza!«, sagt er völlig am Thema vorbei und hält mir die Kartons unter die Nase. Ich nehme sie ihm nicht ab, sondern lotse ihn ins Wohnzimmer. Dort fällt sein Blick auf das leere Lasagne-Kartönchen, was mein Abendessen beinhaltet hat.

»Oh Mist, du hast schon gegessen.«

»Es ist schon nach zehn Uhr.«

»Ja, stimmt.« Er sieht ehrlich zerknirscht aus, steht mit seiner roten Kindersteppjacke mitten im Zimmer, und auf seinen Haaren glitzern ein paar verirrte Eiskristalle. Unauffällig versucht er jetzt, die Pizzakartons loszuwerden. Ich erlöse ihn, indem ich sie mir schnappe und auf dem Couchtisch parke.

»Zieh dich aus, setz dich hin, du hast doch aber bestimmt Hunger!« Ich nehme ihm seine Jacke ab, und er lässt sich auf die Couch plumpsen. Ich schalte ihm den Fernseher an und suche in der Küche nach einem Pizzarädchen. Von Erotik keine Spur. Ich sehe aus wie ein Flüchtlingskind und habe auch keine Lust, mich heute noch auszuziehen. Etwas später gucken wir eine schrecklich spannende Doku über ein Mädchen, das Stripperin werden will, essen Pizza und trinken warmen Tee. Wir haben eine überdimensionale Wolldecke auf den Knien, und ich lege meinen

Kopf an seine Schulter, ohne nachzudenken. Irgendwann rutscht sein Körper immer tiefer zur Lehne, ich rutsche mit, in Richtung seines Bauchs, und auf einmal sind wir beide eingeschlafen.

*

Als es hell wird, werde ich wach, und er ist weg. Ich blinzle an mir herunter und finde mich, sorgsam mit der Decke zugedeckt, auf der Couch liegend. Langsam richte ich mich auf. Auf einem der Pizzakartons steht mit Kuli geschrieben: »Besser als Sex«, und ich grinse. Dann schlafe ich noch ein wenig weiter.

*

Als ich zwei Stunden später wirklich aufstehen muss, finde ich noch eine Nachricht von David in meinem Postfach. Ob ich morgen Abend zu ihm kommen wolle, Marius würde mittags nach Holland reisen, um dort das ganze Wochenende lang einen Freund zu besuchen. Ach, das ist ja interessant. Einen Freund, soso. Während ich David eine Zusage schreibe, ist eine weitere Nachricht in meinem virtuellen Postfach gelandet. Ich lese sie und verschlucke mich fast. Es ist ein Newsletter von Lukas' Band, die mittlerweile auch bei MySpace vertreten ist und die ich natürlich auf meine Friends-Liste gepackt habe.

Sie springen für eine befreundete Band ein, deren Sänger erkrankt ist, damit deren Event deswegen nicht ausfallen muss. Sofort denke ich an Lukas und unser Intermezzo auf der Herrentoilette. Ich will da hin, ich will da hin, ich will da hin! Ich will ihn wiedersehen. Oh nein, was soll ich bloß machen? Nur noch eine Woche Zeit zum Nachdenken. Ich kaue die Spitze eines Bleistifts kaputt, bis ich das bittere Holz im Mund habe. Was für eine Zwickmühle, verdammt. Jule kann ich unmöglich davon erzählen, dann macht sie mir gleich wieder Vorhaltungen wegen meiner bescheuerten Regeln. Und wenn ich nur hinfahre und ihn von Weitem anschaue? Na, hoffentlich wird das so einfach, wie es sich anhört.

Ich überlege während der gesamten Bahnfahrt, was ich machen soll. Er ist echt süß, und ich weiß nicht, was das Richtige ist. Was soll ich mit ihm reden? Außerdem muss ich ihm bestimmt erklären, warum ich ihm meine Nummer nicht geben wollte, und dazu habe ich keine Lust. Zumal er danach nicht mehr mit mir schlafen wird. Schwierig, schwierig. An der nächsten Haltestelle lässt sich ein Mann neben mich auf den Sitz plumpsen, der so stark nach Alkohol riecht, dass ich kaum noch atmen kann. Manchmal verstehe ich Jules Allergie gegen öffentliche Verkehrsmittel.

Im Laden geht es schon drunter und drüber, als ich ankomme. Sylvia hat einen hochroten Kopf und faltet Pullis im Akkord, während die Kundinnen sie zeitgleich wieder auseinanderreißen. Gundis sieht mit ungerührter Miene von ihrer Kasse aus zu. Wüsste ich nicht, dass sie immer so ist, würde ich auf Tranquilizer der übelsten Sorte tippen. Eine Etage höher steht der Falttisch verlassen da, auf seiner hölzernen Platte türmt sich ein Klamottenberg. Im Lager steht Debo und heult.

»Süße, was ist los?«, will ich wissen.

»Männer sind alle Arschgeigen!«, sagt sie und schluchzt laut. Ich vermute, dass Georg als momentaner Hauptvertreter der männlichen Spezies dahintersteckt.

»Was hat er gemacht, Süße?«

»Er hat ...«, schnieft sie. »Er hat ... er hat ... er hat ... dieser Mistkerl!«

»Aha«, sage ich vage. Dann nehme ich sie in den Arm und streichle über ihre Haare.

»Er hat ... er hat«, schluchzt Debo weiter.

»Was hat er denn?«

»Er hat sie unter einem falschen Namen gespeichert!«

»Sie? Welche sie?«

»Na, seine andere Freundin!«, heult Debo.

»Oh.« Ich dachte, er hätte ganz viele andere Freundinnen, doch das sage ich jetzt lieber nicht.

»Ja! Und dann ... und dann hab ich das Gespräch angenommen! Weil ich dachte, es ist sein Freund von der Uni, dieser Thorsten. Den kenne ich ja. Und dann bin ich drangegangen, weil Georg gerade duschen war. Und dann war es eine Frau, die ihren Freund sprechen wollte. Und dann habe ich gefragt, welchen Freund. Und dann hat sie gesagt, sie will Georg sprechen! Und dann hab ich aufgelegt und mich angezogen und bin gegangen, und sie hat die ganze Zeit immer wieder angerufen!« An Debos Wange kullern dicke Tränen herunter.

»Und diese andere hat er unter falschem Namen gespeichert?«

»Ja, nämlich unter Thorsten! Und seitdem weiß ich, dass die ganzen SMS, die er ständig zu unmöglichen Zeiten bekommen hat, auch von ihr waren. Da stand nämlich immer: ›1 neue SMS von Thorsten‹. Was für ein Mistkerl! Das war Vorsatz!« Sie löst sich aus meiner Umarmung und wischt sich das nasse Gesicht mit dem Ärmel ab.

»Ich werde nie wieder mit ihm reden«, sagt sie endgültig.

»Das würde ich auch nicht«, pflichte ich ihr bei.

»So einem verlogenen Kerl würde ich keine zweite Chance geben.«

Debo schnieft immer noch, aber sie scheint sich wieder etwas beruhigt zu haben. Ich ziehe meinen Mantel aus und krame meine Ballerinas hervor. Bis ich mich aus meinen Stiefeln geschält habe, hat Debo sich wieder ganz im Griff. Sie wischt sich mit einem Taschentuch den verlaufenen Kajal ab und ordnet ihren Pony. Als ich so weit bin, ist sie auch wieder okay.

»Lass uns was tun, Süße, dabei kriegt man den Kopf frei!«
Debo nickt lächelnd, und gemeinsam machen wir uns ans Werk.
Wir haben gerade den Haufen auf dem Falttisch bezwungen, da
kommt eine Stammkundin mit ihren Kindern die Treppe hoch.
Sie ist eine der elegantesten Personen, die ich kenne, und die
Einzige, die eine echte Birkin besitzt. Als Halbitalienerin hat sie
wunderbar dichte, nussbraune Haare und einen milchkaffeefar-
benen Teint. Dass sie schon drei Kinder hat, wollte erst niemand
glauben. Sie kommt jedes halbe Jahr mit ihren zwei Töchtern
und kauft ihnen ein paar schöne Teile. Als sie das erste Mal mit
ihrer schwarzen American Express bei uns bezahlt hat, wollte
Gundis sie erst nicht annehmen, weil sie nur die grünen kannte.
Das war ziemlich peinlich, aber sie scheint es nicht so wichtig genommen zu haben. Ihre Kinder sind so altmodisch gut erzogen,
dass sie sogar »bitte« und »danke« sagen.

Heute ist sie hier, um den Mädchen etwas Schönes für die Feiertage zu kaufen. Ich zeige ihr unsere neueste Kollektion, und die
beiden Mädels probieren alles an, ohne zu murren. Zum guten
Schluss schleppen die drei vier Tüten aus dem Laden, und Gundis sieht sehr zufrieden aus. Der Umsatz für heute ist gesichert.

Abends, als Gundis gerade die Tür abschließen will und wir
nach Hause wollen, steht Dorle plötzlich im Laden.

»Oh, Lilly, macht ihr schon zu?«

»Ja«, sagt Gundis und klappert mit dem Schlüsselbund.

»Ach, das ist ja ärgerlich«, sagt Dorle zu Gundis. Ich nehme
ihren Arm und ziehe sie sanft aus Gundis' Hörweite.

»Du hattest recht mit Jannick«, sage ich.

»Hast du dich einwickeln lassen?«

»Ja, und zum Lohn stand seine Freundin am nächsten Morgen
mit dem Frühstück im Zimmer.«

»Tss …, liiert ist er also auch noch.« Dorle schüttelt den Kopf.

»Woher wusstest du von ihm?«, frage ich.

»Sein Ruf eilt ihm voraus.«

»Wie meinst du das?«

»Ich weiß, dass er auf der Schauspielschule keinen so guten Ruf hat.«

»Oh.«

»Ich habe dich ja gewarnt.«

»Ja, du hast es nur gut gemeint, aber manchmal ...«

»... kann man nicht Nein sagen«, vollendet Dorle den Satz für mich. Ich nicke nur. Gundis klappert erneut mit dem Schlüsselbund und schickt böse Blicke in unsere Richtung.

»Okay, Lilly, vielleicht schaffe ich es ein anderes Mal vor Ladenschluss. Ich muss jetzt noch ein bisschen was einkaufen, ich habe Bernd versprochen, heute Abend zu kochen. Mach's gut.« Sie umarmt mich kurz, dann wendet sie sich zum Gehen.

»Du auch, Dorle! Und viele Grüße an Bernd!« Sie hebt noch die Hand über die Schulter, dann ist sie weg. Zurück bleiben ihr schweres Parfum und eine ungeduldig schnaufende Gundis. Debo ist noch immer oben im Lager, um ihren Mantel anzuziehen. Ich vermute, sie telefoniert. Hoffentlich nicht mit diesem Georg, dann kann es nämlich noch ewig dauern.

»Deborah!«, ruft Gundis nach oben.

»Jaha!«, kommt es dumpf zurück.

»Deborah! Jetzt!«

»Ja doch ...« Dann endlich kommt sie die Treppe heruntergerast, und Gundis kann endlich in ihren verdienten Feierabend starten. Debo redet immer noch auf jemanden am anderen Ende der Leitung ein und wirft mir nur ein Handküsschen zu, als sich unsere Wege trennen.

Wenig später in der Bahn schaue ich auf mein eigenes Handy. Keine neuen Nachrichten. Soll ich das jetzt gut oder schlecht finden? Mit gemischten Gefühlen trudele ich zu Hause ein und schmeiße aus Langeweile den PC an. Aha, wenigstens dort denkt jemand an mich. Es ist David. Er hat mir bei MySpace geschrieben. »Ich könnte dich mit meinen Kochkünsten beeindrucken«, steht da. Für mehr reichte wohl wieder die Zeit nicht. Ich freue mich trotzdem und schreibe ihm »Oh, bitte gerne doch« zurück. Weil keine Antwort kommt, lese ich noch ein bisschen für die Uni, und dann gehe ich schlafen.

*

Freitagabend sitze ich in der Marius-David-WG auf dem Fußboden und blättere in einer Uni-Zeitschrift. Und das, weil David mich eingeladen hat, zu einem italienischen Abendessen, man glaubt es kaum. Aus den Lautsprechern ertönt leise Musik. David hat versucht, in Marius' heiliger Küche Nudeln mit Tomatensoße zu kochen, was gründlich danebengegangen ist. Und zwar im wahrsten Sinne des Wortes. Ein Trümmerfeld ist dagegen aufgeräumt.

Inzwischen sucht David den Pizzabäcker seines Vertrauens auf, um uns doch noch ein Abendessen zu organisieren. Während er weg ist, schaue ich mich noch ein wenig um. Der Typ besitzt geschätzte zehn Paar Sportschuhe, die er wie Heiligtümer in seinem Zimmer aufbewahrt. Sogar eine Rudermaschine steht in einer Ecke. Ich bin beeindruckt. Dann höre ich die Schlüssel im Schloss. David hat Pizza und Nudeln für eine Großfamilie besorgt. Ich gucke kritisch auf den Berg Pappschachteln, die er von seinem Arm auf den Boden rutschen lässt.

»Abendessen«, sagt er.

»Wenn wir das alles essen, schlafen wir auf der Stelle ein.«

Daivd sieht mich halb verärgert, halb belustigt an.

»Ich könnte dich am ganzen Körper mit Kräuterbutter einreiben und das ablecken, dann essen wir beide nicht viel.«

Ich finde seine Schlagfertigkeit echt erfrischend. »Gute Idee«, sage ich und hoffe, dass er es nicht ernst meint.

»Na dann, ausziehen«, sagt er und bleckt süffisant die Zähne.

»Du stehst auf Kräuterbutter?«

»Ich will nur, dass du dich ausziehst.«

Ich springe scheinbar empört auf. »So geht das nicht, mein Freund.«

»Ach ja?«

»Tss ...«, schnaufe ich und will an ihm vorbei aus dem Zimmer marschieren. Er hält mich raubtierhaft am Arm fest, und ich reiße mich los. Dann tänzle ich Richtung Küche, er hinter mir her. Er packt mein Shirt und zerrt es hoch. Ich verhindere einen schlimmeren Schaden, indem ich es selber über den Kopf ziehe.

»Jetzt du!«, kichere ich und bin schon wieder aus der Küche heraus. Mit nacktem Oberkörper nimmt er kurz darauf die Verfolgung auf. Er sieht gut aus! In Marius' Zimmer renne ich hinter den Schreibtisch, er drängt mich in die Enge und zieht an den Trägern meines BHs. Ich öffne die Häkchen und lasse das Ding zu Boden fallen.

»Na los doch!«

Er versteht meine Aufforderung und reißt sich die Hose samt Gürtel und Socken herunter. Ich bin schon wieder fast im Flur, als er mit rechts um meine Taille und mit links in die Kniekehlen greift und mich akrobatisch-elegant auf den Boden platziert.

Lachend hält er mich fest und öffnet mit der anderen Hand den Reißverschluss meiner Jeans.

»Dieses störrische Ding«, schnauft er, und ich klemme eindeutig in meiner viel zu engen Röhre fest. Ich hebe unterstützend mein Becken an, und auf einmal rutscht sie doch runter. Samt Söckchen fliegt sie vor die Garderobe. Wir sind jetzt beide nur noch in Unterhöschen, und ich krabble auf allen vieren in Richtung seines Zimmers. Er holt schnell auf, schmeißt sich geschmeidig über mich, und ich lande mit platt gedrücktem Busen erneut auf den Holzdielen des Flurs.

»Du hast da noch was vergessen«, brummt er über mir und zupft an meinem String. Ich kichere in den Boden. Er ist mit einem Satz auf den Füßen.

»Beweg dich ja nicht!«, droht er spielerisch und verschwindet in seinem Zimmer. Also bleibe ich lieber liegen. Schon ist er wieder da mit einem Gummi in der Hand. Er setzt sich hinter mich, und ich höre, wie seine Shorts und die Plastikverpackung des Gummis rascheln. Meinen String zieht er mir dann doch nicht aus, er schiebt ihn nur zur Seite. Ohne Zeit zu verlieren ist er dank Gleitgel auf dem Gummi im Nu in mir drin. Meine Beckenknochen bohren sich in den Boden, und meine Wange liegt auf den kühlen Dielen. Sexy ist es, aber bequem ist was anderes. Über mir höre ich ihn stöhnen. Er hält noch eine Minute durch, dann kommt er schon.

»Scheiße«, murmelt er leise. Wusste ich's doch, dass er nicht so der Hit ist.

»Tut mir leid«, sagt er dann. Er lässt sich von mir runterrutschen. Nebeneinander liegen wir auf dem Boden.

»Ich kriege wohl eher einen der hinteren Listenplätze im Ranking, hm?«, will er dann wissen.

»Quatsch«, antworte ich. Ich mag ihn, er ist irgendwie besonders.

»Jetzt habe ich so richtig Hunger!«, sage ich ganz ernst, und er lacht erleichtert. Wir krabbeln auf allen vieren in sein Zimmer, hüllen uns in Decken und essen nackt Pizza und Nudeln. Dazu gucken wir Fernsehen. Später schlafen wir in einem Bett, und er versucht es nicht ein zweites Mal. Dafür mag ich ihn noch mehr.

»Demnächst mal wieder Lust auf Pizza?«, fragt er beim Abschied am nächsten Morgen.

»Klar doch!«, lache ich, und ich sehe, wie sehr er sich freut. Und ich freue mich auch. Ich glaube, ich stehe ein bisschen auf ihn, aber nur ein bisschen, wirklich!

»Wieso kommst du morgen Abend nicht mit?«, hakt Jule auf meine Absage hin beharrlich nach. Eine Bekannte von uns will in der Altstadt in ihren Geburtstag reinfeiern.

»Ich kann nicht, hab ich doch gerade gesagt«, gebe ich unwillig zurück.

»Habe ich gehört, ich bin ja nicht taub«, pariert sie und sieht mir dabei forschend in die Augen. Ich sehe zur Seite.

»Sag es«, bohrt sie. Ich seufze tief. Das ist das Problem, wenn jemand einen zu gut kennt.

»Ich geh auf ein Konzert.«

»Wie? Konzert? Du mit deiner Platzangst? Ich hab mich schon gewundert, dass du dich das letzte Mal getraut hast!« Sie wühlt in ihrer Tasche nach ihren Zigaretten. Dann lässt sie sich plötzlich neben mir nieder.

»Moment mal: Sag nicht, dass es das ist, was du jetzt denkst, das ich denke!«

Ich nicke nur.

»Es hat dich erwischt!« Sie sieht mich an, als wäre ich ein Geist.

»Quatsch«, wehre ich ab und zerbrösele den Rest meines Schoko-Croissants.

»Doch! Na klar! Ich hätte es merken sollen. Du warst die ganze Woche lang wie aus den Angeln gehoben.«

»Das stimmt doch gar nicht.«

»Es hat dich erwischt«, sagt sie noch mal mit endgültigem Unterton, »und zwar richtig.«

»Puh, Jule, halt doch mal die Luft an!«, motze ich. »Ich geh mir nur die Musik anhören.«

Sie kichert und zeigt mir einen Vogel.

»Und vielleicht sehe ich ihn mir dabei ein bisschen an«, gebe ich zu.

»Jaja. Und dann gehst du brav nach Hause und gibst dich mit Bildern aus dem Internet zufrieden.«

»Was ist denn dabei?«

Jule hat endlich ihre Zigaretten gefunden und zündet sich hektisch eine an.

»Meine Güte, Lilly! Was ist denn das Problem? Jeder verguckt sich mal. Du hast jetzt lange genug die Jägerin raushängen lassen. Wenn er dir gefällt, dann gib es doch ruhig mal zu!«

»Natürlich gefällt er mir.«

»Okay, aber er beschäftigt dich doch wesentlich mehr als die anderen Typen. Oder?«

»Vielleicht«, gebe ich bockig zurück. Sollte ich ihr sagen, dass ich David auch gar nicht so schlecht finde?

»Nee, nicht nur vielleicht. Weißt du, was dein Problem ist? Du magst ihn. Du kennst ihn kaum, aber trotzdem ist da etwas, was du nicht erklären kannst. Du findest ihn attraktiv, aber nicht nur!« Sie macht eine Kunstpause, und ich nicke brav.

»Und wenn dieses Gefühl über bloße Anziehungskraft hinausgeht, dann hat man sich eben in jemanden verguckt«, doziert sie. »Wie heißt er eigentlich?«

»Lukas.«

»Und was meinst du: Hat Lukas auch was für dich übrig?«

»Keine Ahnung.«

»Wie ist es denn damals ausgegangen?«

»Er wollte meine Nummer, und ich bin gegangen.«

Jule verdreht die Augen. »Na toll, Lilly!«

»Hallo? Das ist mein Motto, verdammt! Keine Telefonnummern und nicht zweimal mit demselben.«

»Ja, aber zwischen euch war doch mehr! Das Gefühl hast du doch auch.«

»Vielleicht bilde ich es mir auch nur ein, weil ich ihn einfach nur scharf fand.«

»Einbilden? Das kann man gar nicht. Entweder jemand beschäftigt einen oder nicht. Das kann man nicht steuern.«

»Ich will es aber nicht.«

»Was willst du nicht?«

»Mich verlieben.«

»Jetzt sei mal nicht kindisch.«

»Doch. Es ist so. Mein Leben gefällt mir, so wie es ist!«

Jule lehnt sich zu mir herüber. »Soll ich dir mal was sagen? Du hast 'ne ganz schöne Meise unterm Pony. Wer sich so gegen seine Gefühle wehrt, dem ist einfach nicht zu helfen.«

Was soll ich darauf antworten? Jule pustet verächtlich den Rauch in die Luft.

»Und weißt du was?«, wirft sie noch hinterher. »Wenn es dir nur um deren Musik geht, dann komm doch morgen Abend mit uns mit, und ich besorg dir eine Live-CD von denen.«

»Ich werd's mir überlegen«, bluffe ich.

Jule lächelt nur.

9. Kapitel

Das Wiedersehen

Da bin ich also wieder. Ich und die kleinen stickigen Clubs, wir werden wohl doch noch Freunde. Die Haare trage ich dieses Mal offen. Wie auch sonst immer positioniere ich mich eher abseits vom Geschehen, das Gerangel um einen Platz direkt vor der Bühne überlasse ich den kreischenden Sechzehnjährigen. Nach dem fünften Lied zieht er sein enges Shirt aus. Er ist verschwitzt, seine Haare kleben bereits an seinen Wangen. Ekstatisch haut er auf die Trommeln vor sich ein, verausgabt sich völlig. Manchmal bewegt er die Lippen zum Text mit. Ich starre ihn schon wieder an. Am Ende des Gigs kommen die Jungs wieder raus zum Autogrammeschreiben. Ich mag Gedränge immer noch nicht, deshalb halte ich mich weiter abseits. Irgendwann ist der erste Ansturm vorüber, und die Jungs plaudern mit einigen Fans.

Ich beschließe, mein Versteck zu verlassen. Langsam gehe ich auf das Grüppchen zu. Mein Herz klopft wie wild. Das kenne ich gar nicht von mir. Es macht mich unsicher. Ich bleibe stehen und schaue unschlüssig zu ihm rüber. Ich kann mich an alle Details erinnern, seinen Geruch, die weichen Haare, seine zärtliche Art. Dann treffen sich unsere Blicke. Er ist wie vor den Kopf gestoßen. Er kneift die Augen zusammen, als wolle er überprüfen, ob ihm seine Fantasie einen Streich gespielt hat. Ich halte seinem Blick stand, dann lächele ich vorsichtig. Er sieht mich immer noch an, als wäre ich ein Geist. Zögernd gehe ich ein paar Schritte vorwärts. Er löst sich von der Gruppe, niemand sieht ihm nach. Dann ist er plötzlich wieder umringt von vier Mädels, die ihn wegen Autogrammen bedrängen. Artig lässt er sich auch noch fotografieren. Dann endlich stehen wir voreinander, und ich muss sofort wieder auf diesen unwiderstehlichen Mund gucken.

»Die roten Haare ...«, sagt er nur.

»Ja, die roten Haare.«

»Ich dachte, ich hätte es mir eingebildet.«

»Hm, nee. Ich bin ganz echt.«

Er guckt immer noch verblüfft. »Dachte nicht, dass ich dich noch mal wiedersehe.«

»Hm«, sage ich nur. War ja auch eigentlich so angedacht.«

»Hat dir das Konzert gefallen?«

»Ja«, nicke ich.

»Ja wie, ›Geht so‹, oder ...?« Er legt fragend den Kopf schief.

»Kommst du dieses Mal mit zu mir?«

Oh, jetzt habe ich es doch getan. Er grinst über beide Ohren. Ich kann nicht anders, ich musste ihn fragen. Ich habe in diesem Moment nicht mal nachgedacht.

»Aha, dafür also bin ich gut genug, ja?«, kontert er in gespielter Empörung. »Kein ›Na, wie gehts dir?‹ oder ›Womit hast du so deine Zeit verbracht?‹« Er lächelt verschmitzt.

»Ich bin halt eher der direkte Typ ...«, sage ich. Und nun?

»Also, eigentlich bin ich ja nicht so einer ...«

Das glaube ich ihm aufs Wort.

»War das ein Nein?«, frage ich. Ich traue ihm tatsächlich zu, mir einen Korb zu geben. Er tut so, als überlege er. Wenn er jetzt ablehnt, kann ich immer noch gehen und mir vormachen, mich an meine eigenen Regeln gehalten zu haben.

»Und was soll ich den Jungs sagen?«, denkt er laut nach.

»Sag ihnen, ich bin deine Kusine.«

»Wart mal eben ’nen Moment hier.« Er blickt sich suchend um. »Und nicht einfach abhauen, ja?«

»Nö.«

»Wehe, du bist gleich weg!«

»Na geh schon.«

Er trabt von dannen, irgendwo Richtung Bühne. Knapp zwei Minuten später ist er schon wieder da.

»Alles klar!«

»Und, was hast du gesagt?«

»Dass du 'ne alte Freundin bist und wir noch quatschen wollen und ich dann bei dir die Nacht über bleibe.«

»Das haben sie dir geglaubt?«

»Ich denke schon, bin ja sonst auch kein Märchenonkel.«

»Okay …«

»Bedingung ist, dass ich mich morgen um Punkt elf hier wieder einfinde, dann geht's weiter, wir haben morgen Abend noch 'nen Gig. Zum Glück fahren wir nur drei Stunden bis zu dem Club.«

»Kriegen wir hin. Dann lass uns jetzt verschwinden.«

»Lass uns lieber hinten rausgehen, wegen der Fans und so.«

»Gut, ich folge dir …«

Wir laufen durch ein paar dunkle Gänge und stehen endlich im Freien. Er guckt ganz verlegen, als er sich umdreht. Ich erkenne in seinen Augen, dass er mich küssen will, bevor er mein Gesicht in seine Hände nimmt.

»Tut mir leid, ich muss das jetzt machen.«

»Küsst man denn seine alte Freundin?«, antworte ich dicht an seinem Mund.

»Ist mir gerade scheißegal«, murmelt er, bevor er mich filmreif küsst. Ich bekomme weiche Knie.

»Du?«, murmelt er ein wenig später an meinem Ohr.

»Ja?«

»Gefällt dir so was auch?«

»Mit ›so was‹ meinst du küssen?«

Er nickt, ohne sich von mir zu lösen. Ich spüre, wie er an meinem Hals angespannt atmet.

»Ich mag es.«

»Hm.« Die kurze Antwort scheint ihm nicht zu genügen.

»Sag es ihm, na los, sag es ihm doch einfach!«, hämmert es in meinem Kopf. Ich schlucke. »Ich mag es, wie du mich küsst«, sage ich leise. Ich spüre, wie er lächelt. Er löst sich vorsichtig von mir.

»Dann lass uns schnell von hier weg, damit wir weitermachen können.« Wieder dieser leicht verlegene Blick. Er ist zum Anbeißen! Auf dem Weg zum Auto nimmt er meine Hand. In mir rebelliert es. Allein diese kleine unschuldige Berührung geht mir durch und durch. Ich kann sogar die harten Stellen mit der Hornhaut von den Drum-Sticks spüren. Im Auto bringe ich kein Wort heraus. Auch er ist irgendwie verkrampft, er scheint die ganze Zeit vor sich hin zu grübeln. Ich versuche, mich immer wieder ganz sachlich daran zu erinnern, dass er auch nur ein Kerl ist. Er ist lecker, und ich will ihn eben ein zweites Mal. So einfach. Ich vermeide es, zu ihm rüber zu sehen. Als ich geparkt habe, sieht er plötzlich zu mir.

»Weißt du was?«

»Nee ...«, sage ich. Was kommt denn wohl jetzt?

»Ich hab keine Ahnung, wie du eigentlich heißt.«

»Oh, richtig.« Wenn's nur das ist. »Lilly. Und ja, das ist mein richtiger Name.«

»Lukas«, sagt er bierernst mit blitzenden Augen und hält mir formvollendet die Hand hin. Ich muss lachen und reiche ihm die meine. Ohne den Blick abzuwenden, führt er sie zu einem Handkuss an die Lippen.

»Na los, raus mit dir!«, schimpfe ich im Spaß.

In meiner Wohnung sieht er sich erst mal um. »Coole Bude«, sagt er und steht vor meinen wilden Ölbildern.

»Danke!« Ich wusele gerade im Schlafzimmer herum und zünde Windlichter an.

»Selber gemalt?«

»Hm.«

»Hui, hui, begabtes Kind.«

»Kind?«

»Joa, du bist doch bestimmt jünger als ich.«

»Zwei Monate«, sage ich lahm.

»Ha!« Er steht wie vom Blitz getroffen im Türrahmen. »Und woher weißt du meinen Geburtstag? Na?«

Erwischt, oh manno, wie peinlich.

»Tss …«, mache ich, weil mir keine Antwort einfällt, und fummele weiter an meinen Teelichtern herum. Mit einem Riesenschritt ist er hinter mir und umfasst meine Taille.

»Soso, doch ein Groupie. Gefällt dir unsere Seite?«

»Blödmann.«

Als Antwort kneift er mich in die Seite.

»Ich hatte Langeweile«, sage ich.

»Keine lahmen Ausreden, bitte.«

»Na gut, ich hatte total viel, endlos lange Langeweile.«

»Du bösartiges Etwas!« Er dreht mich um und sieht mich mit diesen unverwechselbar regenwetterfarbenen Augen an.

»Wenn du mich schon abschleppst, sei wenigstens nett zu mir.«

»Apropos abschleppen, ich schlage vor, wir legen uns jetzt nackt ins Bett.«

»Legen wir uns nackt ins Bett«, seufzt er, als würde ich ihn dazu zwingen.

Ich pfeffere meine Sachen in die nächste Ecke und krieche, nur noch mit String bekleidet, unter die Decke. Er kämpft noch mit seinen Socken. Dann ist er da. Ich liege auf dem Rücken, er rollt sich an mich heran und stützt sich seitlich auf einem Ellenbogen ab.

»Und jetzt?«, fragt er.

Ich lächele ihn an. Er ist einfach viel zu hübsch. Er lächelt zurück. In seinem Blick liegt so viel Zuneigung, dass ich meinen Kopf zur Seite drehen muss, sonst kann ich es nicht ertragen.

Er beugt sich vor, dreht mich zu sich, und dann ist sein Gesicht über mir. Sanft berührt er meine Lippen mit den seinen. In meinem Bauch flattern tausend Millionen Schmetterlinge. Dann wird seine Zunge fordernder. Ich weiß nicht, wie lange wir uns küssen, aber es ist noch schöner als beim ersten Mal.

»Wir können so gut rummachen ...«, flüstert er irgendwann nah an meinen Lippen.

»Find ich auch.« Ich streiche wieder durch seine weichen Haare. Im matten Schein der Kerzen sind seine Augen fast schwarz. Die langen Wimpern lassen sie noch größer wirken.

»Du hast Mädchenaugen.«

Er grinst schief. »Findest du?«

»Ja. Und du bist sowieso viel zu hübsch für 'nen Kerl.«

»Und du bist viel zu frech für ein Mädchen. Und auch viel zu hübsch.«

»Aha.«

»Wir sind also ein tolles Paar.«

»Das Einzige, was wir sind, ist albern.«

»Ja und?« Er leckt zärtlich meine Unterlippe entlang. Dann löst er sich abrupt von mir. »Weißt du eigentlich, wie oft ich danach an dich gedacht hab?«

»Tut mir leid ...«

»Tut es dir gar nicht.«

Ich sage lieber nichts. Er rollt sich auf den Rücken und legt den Arm um mich. Ich hebe kurz meinen Oberkörper und kuschel mich dann wieder neben ihn. Gemeinsam starren wir an die Decke.

»Ich hatte davor noch nie was mit 'nem Mädchen vom Konzert.«

»Selber schuld.«

»Ich bin kein One-Night-Standler.« Seine Stimme hat einen ernsten Unterton.

»Dachte ich mir.«

»Du hast mich damals voll überrumpelt.«

»Du hast dich aber auch nicht gewehrt.«

»Nein. Man sagt ja immer, die Leute auf der Bühne sehen niemanden im Publikum, aber das stimmt nicht ganz, schon gar nicht in so kleinen Clubs. Deine Haarfarbe sticht total aus der Menge heraus. Und dann das blasse Gesicht und die dunkel gemalten Augen.«

»Dunkel gemalt?«

»Ja, sieht doch hübsch aus!«

Ich kuschel mich noch näher an seine Brust und lege einen Arm über seinen Oberkörper. Er winkelt den Arm, der hinter meinem Rücken liegt, an und krault zärtlich durch meine Haare.

*

Das Nächste, was ich wahrnehme, ist ein Strahl Morgensonne, der durch die Jalousien fällt.

Oh nein! Ich bin eingeschlafen!

Neben mir liegt einer der attraktivsten Männer dieser Erde und schläft ebenfalls.

Herrje, was muss er von mir denken! Schleppt 'nen Kerl ab und schläft dann ein. Bestimmt ist er jetzt beleidigt. Ich schlüpfe unter der Decke hervor und tippel ins Bad zum Zähneputzen. Mit Frosch-Geschmack auf der Zunge kann ich nicht reden, geschweige denn anderes. Ein Blick auf das Handy verrät mir, dass es gerade mal acht Uhr ist. Als ich mich wieder unter die Decke wuscheln will, bewegt er sich. Er sieht so süß aus. Ich kann nicht anders, ich muss ihn streicheln. Er zuckt und bewegt sich erschrocken, und ich berühre ungewollt eine steinharte Erektion. Er blinzelt verschlafen zwischen den langen Wimpern hervor.

»Na, schön geträumt?«, frage ich unschuldig.

Er verzieht den Mund zu einem gequälten Lächeln. »Ich musste ja im Traum verarbeiten, dass du mir quasi unter den Händen
weggeschlafen bist.«

»Tut mir leid«, sage ich kleinlaut und ziehe die Hand weg.

»Hey!«, sagt er und legt meine Hand zurück. »Fühlt sich gut
an.« Ich bewege die Hand rauf und runter. Er macht die Augen
halb zu.

»Hat dir mal jemand gesagt, dass du das gut kannst?«, flüstert
er.

»Nein«, lüge ich.

»Lügnerin«, wispert er und schließt die Augen ganz. Ich mache weiter und fasse seinen Schwanz fester. Sein Kopf auf dem
Kissen bewegt sich unruhig hin und her, seine Lippen sind leicht
geöffnet. Schließlich fingere ich nach einem Kondom, ohne mit
der anderen Hand loszulassen. Ich reiße es verbotenerweise mit
den Zähnen auf und setze es auf die Spitze. Er zuckt einmal kurz,
dann rolle ich es über seinen Schwanz. Als ich zwischen seine
Beine tauche, stöhnt er leise auf.

Ich lecke zuerst an der Innenseite seiner Oberschenkel, bis ich
die Hoden erreicht habe. Einen davon sauge ich vorsichtig ganz
in meinen Mund und lasse ihn wieder hinausgleiten. Sein Becken bewegt sich rhythmisch. Dann das gleiche Spiel mit dem
anderen. Ich lasse meine Zunge bis zum Penis hinaufgleiten und
lecke daran entlang bis zur Spitze. Zuerst nehme ich die Eichel
nur kaum merklich in den Mund, um ihn einfach nur meine warmen Lippen spüren zu lassen. Sein Becken bewegt sich heftiger,
während seine Hände sich in meinem Haar vergraben. Dann
nehme ich ihn ganz in den Mund. Er zuckt und drängt mir sein
Becken entgegen. Immer wieder lasse ich seinen Penis ganz in
meinen Mund gleiten. Der Latexgeschmack ist zwar immer wieder gewöhnungsbedürftig, aber dafür nehme ich es dann doch in
Kauf. Mit einer Hand dirigiere ich massierend seinen Schwanz

in meinen Mund, mit der anderen spiele ich mit seinen Hoden. Sein Penis zuckt, er wird bald kommen. Dann zieht er auf einmal an meinen Haaren und bringt ein »Nein, warte!« heraus. Ich tauche wieder zwischen seinen Beinen auf. Seine Augen bringen den Prototypen eines Schlafzimmerblicks hervor, sein Mund ist feucht und gerötet, und sein Atem geht schnell.

»Komm her«, flüstert er und befeuchtet seine Lippen. Ich krieche höher.

»Nicht küssen, ich schmecke nach Latex«, warne ich ihn.

»Ist mir so was von egal.« Gierig zieht er meinen Kopf zu sich herunter. In derselben Sekunde spüre ich seine Zunge an meiner. Und ganz nebenbei jongliert er noch ein Kaugummi im Mund herum. Ist er etwa schon wach gewesen?

Dann rollt er sich auf mich. Zwischen meinen Beinen fühle ich seinen harten Schwanz. Ich fasse seine Haare an, einige Strähnen umrahmen im weichen Fall sein Gesicht. Er bewegt tastend sein Becken, dann lächelt er entschuldigend.

»Ich glaube, du musst mir helfen.«

Ich umfasse seinen Schwanz und führe ihn. Dann ist er richtig. Ich ziehe die Hand weg. Er senkt den Kopf und fährt die Konturen meiner Lippen mit der Zunge nach, während er sein Becken langsam nach vorne schiebt. Er lässt sich Zeit beim Eindringen, den Blick nun unverwandt auf mich gerichtet. Ich liebe diesen Moment des Weitens, wenn alles Gefühl auf pure Lust umschaltet. Und ich mag seinen Penis. Er ist rund und dick und nicht zu lang. Immer wieder gleitet er in mich hinein und wieder heraus. Ein langsamer, genussvoller Rhythmus. Ich schlinge meine Beine um seinen Rücken, um ihn noch intensiver zu spüren. Er verändert seinen Takt nicht. Wieder seufzt er leise mit halbgeschlossenen Lidern. Ich ziehe seinen Kopf zu mir herunter, ich bekomme einfach nicht genug von diesen Küssen. Unsere Zungen verknoten sich gierig. Meine Hände kratzen über seinen Rücken, während ich versuche, mich noch enger an ihn zu drücken. Ich mag diese Stellung, aber leider ist es eine Position, in der ich nur komme, wenn ich mich sehr konzentriere. Ich bewege meine Hüften so, dass seine Lendengegend wenigstens ansatzweise meine Klitoris berührt. Er muss es bemerkt haben, denn er sieht forschend in mein Gesicht.

»Is es okay so?«

»Es ist toll«, flüstere ich und bewege mich weiter mit ihm.

»Du musst mir sagen, wenn dir was nicht gefällt, ja?«

»Keine Sorge, mach einfach genauso weiter.« Ich kratze wieder leicht über seinen Rücken. Er senkt den Kopf in meine Halsbeuge und verbeißt sich zärtlich in meinem Hals, seine Stöße werden etwas härter, aber er bleibt im Takt. Er macht das gut, so fällt es mir leicht, mich völlig meiner eigenen Erregung hinzugeben.

»Sag mir, wenn du so weit bist ...«, flüstert er irgendwann rau. Ich habe schon gemerkt, dass er sich extrem beherrscht.

»Tiefer ...« Er drängt sich noch näher. Einige Minuten später geht sein Atem nur stoßweise. Ich sehe zu ihm hoch. Sein Mund ist leicht geöffnet, seine Augen geschlossen. Die Haare über der Stirn sind feucht. Sein ganzer Anblick versprüht pure Lust.

Ich hebe mein Becken ein wenig höher, um ihn noch intensiver zu spüren. Er wimmert fast, als er noch tiefer in mich eindringt.

»Jetzt ...«, flüstere ich. Als Antwort beißt er sich fest auf die Lippen. Dann ist es so weit. Er verzieht sein Gesicht, als hätte er Schmerzen, während er immer schneller wird. Dann schließe auch ich die Augen. Ich spüre nur noch sein Gewicht auf mir, seinen Penis und die explodierende Wärme zwischen meinen Beinen. Dann komme ich, noch vor ihm. Noch einmal stößt er in mich hinein, bevor er mit einem langen Seufzen innehält und dann auf mich niedersackt. Ich spüre seinen rasenden Herzschlag auf meiner Brust. Er schlingt die Arme um mich und legt seinen Kopf in meine Halsbeuge.

»Lass uns bitte nie wieder damit aufhören ...«, flüstert er.

»Wir könnten alternativ auch zusammen duschen.«

Er rutscht von mir herunter und lacht: »Okay!«

Ich lasse mich aus dem Bett rollen und bedeute ihm, mir ins Bad zu folgen. Das warme Wasser ist herrlich. Erst schäume ich ihn ein, dann er mich. Kurz darauf bekommt er wieder eine Erektion, das war ja so klar. Ich drehe mich um, lehne mich mit dem Gesicht an die Kacheln, und er drückt sich von hinten an mich. Zärtlich knabbert er an meinem Ohr, während er seinen Schwanz zwischen meine Oberschenkel dirigiert.

»Ich will es noch mal mit dir machen«, flüstert er.

»Ich glaube, mit 'nem Gummi ist es schwierig beim Duschen.«

Er reibt sich weiter an meinem Hintern. »Ja, glaub ich auch, aber danach sofort.«

Ich nicke und bewege mich in seinem Takt. Mit beiden Händen greift er von hinten nach meinen Brüsten und knetet sie vorsichtig.

»Müssen wir noch lange duschen?«, flüstert er schließlich. Ich kichere, er ist so süß.

»Ja, wir müssen jetzt noch ganz lange duschen«, antworte ich ernst. Er seufzt gespielt. Ich drehe das Wasser ab.

»Fertig!«, sage ich und wende mich zu ihm.

»Endlich!« Er macht große Augen, und ich versinke mal wieder in seinem grauen Blick. Plötzlich drückt er mich an die Wand, sein Mund sucht gierig den meinen.

»Du glaubst mir nicht, wie unglaublich anziehend ich dich finde«, murmelt er zwischen unseren Küssen. Bevor ich etwas erwidern kann, schneidet er mir mit einem weiteren Kuss die Luft ab. Dann lässt er mich los, macht einen großen Schritt raus aus der Dusche und reicht mir ein Handtuch. Seine Erektion ist immer noch unübersehbar.

»Setz dich«, sage ich und deute auf das WC. Wortlos lässt er sich darauf fallen. Er tropft wie ein nasser Hund. Ich steige aus der Dusche und suche über ihm im Hängeschrank nach einem Kondom. Er nutzt die Gelegenheit, mir zwischen die Beine zu fassen. Sicher wie ein Schlafwandler findet er meine Klitoris, umkreist sie sanft mit dem Daumen, während er mit dem Mittelfinger in mich eindringt. Dabei sieht er mit lustverhangenem Blick zwischen meinen Brüsten zu mir hoch. Ich zögere die Suche etwas hinaus, um mich diesem Gefühl noch weiter hingeben zu können.

Dann löse ich mich von ihm und reiße das Kondom aus seiner Hülle. Ich halte es ihm hin, und er streift es sich über. Dann setze ich mich abrupt auf ihn. Er wirft den Kopf nach hinten, und ein Zittern durchläuft seinen Körper. Ich lege die Arme um seinen Hals und beginne, mein Becken an seinen Bauchmuskeln auf und ab gleiten zu lassen. Seine Hände umfassen meine Taille, seine Augen sind geschlossen. Dann beißt er sich auf die Lippen und keucht: »Ich kann gleich nicht mehr.«

»Ja und?«

»Aber ich will ...«, protestiert er. Ich beende mit einem unerbittlichen Kuss seinen verbalen Widerstand. Dann drücke ich mich noch enger an ihn, sein Ohr liegt an meiner Wange, und ich kann seinen schnellen Atem hören. Ich beschleunige meine Bewegungen. Ich will seinen Höhepunkt spüren und genießen. Wieder keucht er.

»Warte ...!«, flüstert er gepresst.

»Nein.« Ich reibe mich nur noch fester an ihm. Seine Muskeln stimulieren meine Klitoris. Ich fasse in seine nassen Haare und presse mich ganz fest auf ihn. Er stöhnt an meinem Hals, seine Finger krallen sich in meine Haut. Ich höre nicht auf. Dann spüre ich, wie er aufgibt, er atmet laut aus. Ich lasse mich noch härter auf ihn hinabgleiten. Dann kommt er. Er hält die Luft an, und der Höhepunkt fließt wie eine Welle durch seinen Körper. Mit einem Ruck presst er mich auf seinen Schoß, dann atmet er keuchend aus. Ein paar unendliche Sekunden lang hält er mich sehr fest, dann lockert sich jeder Muskel in seinem Körper, und er sackt zitternd zurück an den Spülkasten.

»Meine Güte, was machst du mit mir?«

»Das war gut!«, sage ich und wuschle durch seine Haare.

*

Wenig später sitzen wir gemütlich am Frühstückstisch, obwohl er eigentlich schon spät dran ist. Bis jetzt hat er nicht wieder nach meiner Nummer gefragt, was mich ein klein wenig erstaunt. Als er auch im Auto keinerlei Anstalten macht, kommt es mir doch komisch vor. Wir verabschieden uns mit einem langen Kuss, ich streichle noch mal durch seine Haare, dann ist er weg.

Schon auf dem Weg nach Hause piepst mein Handy.

»Ausgetrickst«, steht da nur, und ich kapiere erst mal gar nichts. Zuerst denke ich an David, diesen Wahnsinnigen, aber dann dämmert es mir. Als Nächstes kommt: »Jetzt kann ich dich Tag und Nacht volltexten.« Dazu ein Smiley mit rausgestreckter Zunge. Ich schaue auf das Display und bin noch immer verwirrt. Wie hat Lukas meine Nummer bekommen?

In meiner Wohnung kommt dann noch: »Ich habe mich von deinem Handy aus angerufen.« Na, wie finde ich denn das? Ich verbanne mein Handy für den Rest des Tages unter ein großes Couchkissen. Am Abend checke ich es mit klopfendem Herzen. Keine neuen Nachrichten. Ein Glück. Dann halte ich es in der Wohnung nicht mehr aus. Ich ziehe mich warm an und laufe los. Kalter Wind fegt mir ins Gesicht und wirbelt den frisch gefallenen Schnee auf. Doch mir tut es gut. Ich laufe in zügigem Tempo durch meine Nachbarschaft, bis hin zu dem vergessenen Park. Mit dem weißen Zuckerguss sieht er wieder richtig hübsch aus. Meine Lungen brennen, doch ich laufe weiter. Was nun? Sollte ich mich nicht freuen, dass er mich mag? Träumt nicht jedes Mädchen davon, einen coolen Musiker kennenzulernen? Warum nehme ich meine Regeln als Vorwand, ihn nicht näher kennenlernen zu wollen? Auch wenn er weit weg wohnt. Vielleicht könnte man es organisieren. Vielleicht wäre es gar nicht kompliziert. Vielleicht, vielleicht, vielleicht.

*

Mein Bett riecht noch nach ihm.

Ich hätte das nicht tun dürfen. Nicht wegen ihm, sondern in erster Linie wegen mir. Hätte ich ihn nicht ein zweites Mal flachlegen müssen, hätte ich das Problem mit der Handynummer jetzt nicht. Eine halbe Stunde später ruft er an. Ich erkenne seine Nummer sofort, doch ich gehe nicht ran.

Er simst: »Willst du nicht mit mir reden?«

Ich lösche die SMS. Nein, das will ich lieber nicht. Nicht, solange ich nicht weiß, was ich ihm sagen soll.

*

Mitten in der Nacht reiße ich die Augen auf. Das Licht der Straßenlaterne wird von meiner Jalousie in feine Streifen geschnitten. Ich mag das vertraute Muster. Meine Augen sind ganz trocken und brennen. Mechanisch schwinge ich die Beine über die Bettkante und stelle mich ans Fenster. Ich ziehe an der seitlichen Kordel, und schon ordnen sich die feinen Lamellen und steigen wie von Zauberhand immer höher Richtung Decke.

Draußen ist es dunkel und still. Die Nachbarn gegenüber haben sich hinter ihren Rollos verschanzt. Lukas ist wieder da. Seine Stimme, sein Geruch, der Moment, in dem sich unsere Blicke in der Konzerthalle getroffen haben.

Männer kommen und gehen, aber manche von ihnen haben feine Widerhaken. Die krallen sich im Kopf, in der Erinnerung, im Herzen fest. Entfernt man sie gewaltsam, reißen sie ein Stück aus einem heraus, das nicht mehr zu ersetzen ist.

Lukas ist einer von denen, ich weiß es. Verdammt. Ich lege eine Wange an die Fensterscheibe. Sie ist kalt, ein bisschen klamm. Trotzdem bewege ich mich nicht.

Als es in meinen Zähnen anfängt zu ziehen, löse ich mich von der Scheibe und hinterlasse einen klebrigen Fleck. Schönen Gruß von der Nachtcreme.

10. Kapitel

Immer wieder David

Am nächsten Morgen stehe ich ziemlich unerholt auf und mache mich fertig zum Arbeiten. Draußen ist es kalt, die Luft klirrt förmlich beim Atmen. Das Thermometer am Fensterbrett zeigt fünf Grad unter Null an, und kurz darauf beginnt es zu schneien. Debo und ich treffen uns am Parkplatz und machen uns zum Laden auf. Sie trägt die von ihrer Tante Hilde geerbte Fuchsfelljacke, die ihr um die Schultern charmante zwei Nummern zu groß ist. Der Fuchs sieht wie grausam überfahren und irgendwie wieder zusammengeflickt aus. Ein Frankenstein-Fell. Und auch schon ziemlich abgeschabt. Ich habe ebenfalls etwas Altes an. Ein Flohmarkt-Schatz, irgend so ein dunkelgraues Fell, keine Ahnung, ob es überhaupt echt ist. Aber warm ist es. Dazu haben wir unsere Secondhand-Designertaschen dabei, ebenfalls schon etwas mitgenommen. Unsere Gesichter werden zur Hälfte von riesigen Sonnenbrillen verdeckt. Gleiches Modell, ich dunkles Violett, Debo warmes Braun. Aus der vorletzten Saison und sechzig Prozent billiger im Internet. Hier erkennt die Marke sowieso keiner, in St. Moritz müssten wir uns jetzt den zischenden Lästereien neureicher Russinnen aussetzen. Deborah pafft, ich jongliere einen Traubenlolli im Mund. Um uns herum auf der Kreuzung kommt der Verkehr zum Erliegen.

*

Die ganze Zeit während der Arbeit brummt in meiner Handtasche das Handy. Ich befürchte, es könnte Lukas sein, und deshalb gucke ich lieber gar nicht drauf. Doch ich habe unrecht. Es ist Jule, die nur nachfragen wollte, ob sie mal im Laden vorbeischauen kann oder ob heute besonders viel zu tun ist. Das erfahre ich, als sie schließlich leibhaftig vor mir und Debo steht, während wir beide gerade die Umkleidekabinen aufräumen.

»Du schaust auch nie auf dein Handy, oder?«

»Ähm nee, heute nicht.«

»Na supi, dann kann ich ja unendlich lange anrufen«, sagt sie und klingt wie Mama. »Hi, Debo! Lange nicht gesehen.«

»Hi, Jule, ja, du hast recht.« Die beiden kennen sich von meinen Partys.

»Wie war denn das zweite Date mit Lukas?«, will Jule jetzt von mir wissen. »Du hast noch gar nichts erzählt.«

»Wer ist Lukas? Und warum weiß ich da nix von?«, fragt Debo.

»Lukas ist Musiker, und Lilly ist ziemlich verschossen in ihn«, sagt Jule taktlos.

»Stimmt gar nicht!«

»Sieht er gut aus?«, will Debo wissen.

»Natürlich«, sage ich.

»Total«, sagt Jule.

»Cool. Und wo habt ihr euch kennengelernt?«

»Auf einem Konzert«, antworte ich schnell, bevor Jule ausplaudert, dass ich nur aufs Konzert gegangen bin, um ihn abzuschleppen.

»Wie romantisch!«, sagt Debo. Jule will den Mund aufmachen, doch ich schaffe es, sie mit einem Blick zum Schweigen zu bringen.

»Ja, es war sehr schön«, sage ich dann.

»Und was wird jetzt aus euch? Wann seht ihr euch wieder?«

»Nun, das wird schwierig. Er wohnt sehr weit weg.«

»Wahnsinn«, seufzt Debo. »Ist er etwa Engländer? Oder Amerikaner? Wie cool!«

»Nein«, antworte ich, während Jule bis zu den Ohren grinst. »Er kommt aus Süddeutschland.«

»Ach so«, meint Debo und wundert sich darüber, dass ich diese läppische Entfernung für einen Hinderungsgrund halte.

»Und was machst du so?«, frage ich Jule, wild entschlossen, das Thema zu wechseln. »Warst du schon Geschenke kaufen?«

»Ach, Geschenke«, seufzt Debo. »Das ist immer so ein sensibles Thema.«

»Nö, ich wollte bloß wissen, was du mit Lukas gemacht hast«, antwortet Jule dreist.

»Ja, das will ich auch wissen«, sagt Debo.

»Ich muss mir mal langsam Gedanken machen. Bei meinem Vater weiß ich zum Beispiel nie, was er sich wünscht.« Die beiden gucken mich fragend an. »Ich will jetzt nichts dazu sagen.«

Debo lässt die Schultern hängen, Jule guckt beleidigt.

»Und wie war das Abendessen bei David?«

»Wer ist David?«

Toll, geht jetzt das Spiel von vorne los?

»In den ist Lilly auch verschossen«, sagt Jule gerade.

»Wow«, haucht Debo. »Zerrissen zwischen zwei Männern, das ist wirklich romantisch!«

»Nein!«, sage ich energisch. »Ich bin nicht zerrissen, Himmel noch mal! Könntet ihr über euch reden, das wäre nett.«

»Hat sie schlechte Laune?«, fragt Debo Jule.

»Ja, weil sie sich nicht entscheiden kann.«

»Ich will mich gar nicht entscheiden.«

»Ach, das würde ich auch nicht wollen«, sagt Debo. »Mich entscheiden zwischen zwei Männern, die mich begehren.«

»Hör sofort auf, so bescheuert zu reden«, motze ich Debo an. »Und du hör auf zu grinsen«, sage ich zu Jule.

»Na gut«, meint Jule spitz. »Dann lasse ich dich mal weiter arbeiten. Ich gehe noch ein paar Besorgungen machen.«

»Viel Spaß«, sage ich muffig.

»Ja, viel Spaß, Jule! Wieso hast du mir das alles nicht erzählt, das ist doch schrecklich spannend?«, fragt Debo mich und guckt vorwurfsvoll.

»Weil es nicht spannend ist«, will ich sagen, doch ich weiß, dass sie so lange nerven wird, bis ich ihr alles erzählt habe. Ihr Lieblingsjurist hat also thematisch Pause, jetzt will sie von mir die neuesten Neuigkeiten hören. Ich gebe mich geschlagen und erzähle ihr von den beiden. Sie ist entzückt und gesteht mir zum guten Schluss, dass sie sich in so einer Lage auch nicht entscheiden könnte. Wobei sie natürlich in ihrer rosawolkigen Welt vergisst, dass ich mich gar nicht entscheiden will. Aber schließlich habe ich keine Lust mehr zu reden, also belasse ich es dabei.

Nach der Arbeit besorge ich noch schnell ein paar Lebensmittel, und dann besuche ich mal wieder meine liebe Couch, meine Bücher und die Flimmerkiste.

*

Mein Handy brummt neben mir auf der Couch. Es ist kurz vor Mitternacht, ich höre Klassikradio über Kopfhörer und schwelge im Weltschmerz allgemeiner und speziellerer Art. Ich denke an Lukas. Und ein kleines bisschen an David. Ich reiße mir die Kopfhörer von den Ohren und schaue aufs Display. Die Nummer zeigt, dass es David ist, also gehe ich ran. Wozu habe ich sie ihm sonst per MySpace geschickt. Und auch in diesem Falle meine Regeln erfolgreich ignoriert. Ich bin echt ein Schlappi.

»Ja?« Warum ruft er so spät noch an? Hoffentlich ist nichts passiert.

»Hi«, kommt es heiser aus dem Hörer. Er klingt, als ob er schon geschlafen hat.

»Hi«, antworte ich im selben Tonfall, »was gibt's?«

»Keine Ahnung«, flüstert er, »ich glaube, ich wollte bloß mal hören, ob du noch wach bist.«

Oh nein, bitte. Wo ist sein Oberwasser geblieben?

»Lilly?«, fragt er.

»Ich bin noch dran.« Ich verknote die Beine im Schneidersitz und warte, dass wieder etwas kommt. Er sagt nichts.

»Geht's dir nicht gut?« Ich versuche, freundlich zu klingen.

»Doch ...« Er atmet schwer in den Hörer. »Ach, keine Ahnung. Sorry. Hast du schon geschlafen?«

»Nein.«

»Heute gar nicht unterwegs?«

»Nein. Keine Lust gehabt.«

»Ich auch nicht.«

»Hm.«

»Hunger?«

»Was?« Ich drücke das Handy näher ans Ohr. Ich glaube, ich habe mich verhört. Hat er »Hunger« gesagt?

»Hast du noch Hunger?«

Nein, bestimmt nicht. Höchstens auf was Süßes. Aber was ist das für eine Frage mitten in der Nacht?

»Vielleicht noch etwas Süßes«, sage ich.

»Und was magst du so?«

»Eis. Häagen Dazs. Und Schokosoße. Und Eierlikör!«

»Das sind ja drei Wünsche auf einmal«, lacht er daraufhin und klingt nicht mehr so verschlafen.

»War ja auch nur so ein Gedanke ...«

»Und darauf hättest du jetzt noch Appetit?«

»Schon, Eis geht immer.«

»Hm, okay. Ich glaube, ich schlaf mal weiter. Nacht!«

»Ja, Nacht«, erwidere ich perplex, da hat er schon aufgelegt.

Ich bleibe ratlos auf der Couch sitzen. Das hat man davon, wenn man auf Psychos steht. Ich drehe meine Haare um den Finger, wie immer, wenn ich nachdenke. Draußen ist es schwarz. Und es schneit. Dicke, tuffige Flocken purzeln anmutig durcheinander. Ich bin müde, irgendwie träge, aber ins Bett will ich noch nicht. Der Fernseher ist stumm geschaltet, immer noch, und ich gucke auf die vorbeiflirrenden Bilder, ohne wirklich etwas wahrzunehmen.

*

Etwas später klingelt es. Mir fällt sofort David ein. Der Wahnsinnige! Bei diesem Wetter geht niemand freiwillig vor die Tür. Ich drücke den Summer. Es ist wirklich David. Leichtfüßig trabt er die Stufen hoch. Seine Kondition möchte ich haben.

»Lieferservice«, grinst er und hält mir eine Tankstellentüte unter die Nase.

»Oh«, sage ich nur und bin überwältigt von so viel Einsatz. In der Tüte finde ich Schokosoße, Eierlikör und drei große Töpfe Häagen Dazs.

»Hast du eine Bank überfallen?«

»Natürlich!«, lacht er und zieht seinen Parka aus. Seine honigblonden Haare sind schneegesprenkelt und die Gläser seiner Brille ganz nass.

»Cool!« Ich bin sprachlos. Er ist cool. Wirklich. Frauen stehen auf so was. Auf dieses »Ich mach was Verrücktes für dich, und dann fühlst du dich besonders«. Ich fühle mich gerade sehr besonders. Er hat sich durch den Schnee zu einer Tankstelle gekämpft, um mir Eis zu kaufen. Seine hellen Schlagjeans sind dunkel und nass um die Waden.

»Fahrrad«, erklärt er.

»Zieh doch aus«, sage ich.

»Gerne.«

Ich organisiere Esslöffel aus der Küche. Er folgt mir ins Schlafzimmer.

»Eis isst man am besten im Bett«, doziere ich, und er guckt interessiert unter seinem Blondhaar hervor. »Und zwar mit großen Löffeln.«

»Und nackt«, fügt er hinzu.

»Das glaube ich nicht«, sage ich hoheitsvoll.

»Doch«, widerspricht er ungerührt, »ich habe bezahlt, ich bestimme.« Aha, er ist wieder ganz der Alte.

»Tss …«, mache ich und ziehe die Bettdecken weg. »Setz dich doch.«

Ich zünde alibimäßig ein paar Windlichter an, während ich ihn beobachte, wie er ins Bett krabbelt und zwei der Eistöpfe öffnet. Seine Beine sind lang, sehnig und nur wenig behaart. Ich mag lange Beine.

»Das Eis wird kalt«, drängelt er, und ich lächle müde.

»Haha.«

Er streckt einen langen Arm aus und zieht mich neben sich, dann bastelt er die Decken um uns herum. »Gut so?«

»Joa.«

»Hier, die Soße oder lieber Eierlikör?«

»Eierlikör!«

Er schraubt die Flasche auf und reicht sie mir rüber. Mit einem Blubb kippe ich eine Portion über mein »Cookies 'n Cream«. Seufz. Lecker. So schmeckt das Paradies. David schluckt grad den ersten Löffel Eis runter, als er mir einen kritischen Seitenblick zuwirft.

»Das Muster da ist eine Zumutung.« Er tippt auf meinen beschlafanzugten Oberarm.

»Du willst doch bloß, dass ich mich ausziehe.«

Er sagt nichts, stattdessen steckt er einen zweiten Löffel in den Mund. »Strawberry-Cheesecake« steht auf seinem Becher. Passt zu ihm. Er hat das Eis in Schokosoße ertränkt. Das passt nun wieder nicht zum Eis.

»Gib mal«, sagt er und nimmt mir mein Cookies 'n Cream aus der Hand.

»Hey!«

»Hier, probier das.« Er drückt mir sein Schoko-Strawberry-Cheesecake-Gemisch entgegen.

»Mag ich nicht!«

»Verzogenes Kind.«

»Du kannst mir mal im Mondschein begegnen!«

»Passiert gerade«, sagt er, zeigt mit dem Löffel in der Hand Richtung Fenster und Nachthimmel und zieht dann einen dritten Becher aus der Tüte. »Baileys angenehm?«

»Ja, gerne!«

Er macht den Deckel für mich ab, als wäre ich armamputiert, und zieht die Folie herunter. Dann nimmt er mir seinen Käsekuchenbecher aus der Hand, reicht mir den Baileys und stellt den anderen zur Seite in eine Mulde in der Decke. Wir mampfen eine Weile schweigsam, und ich schiele hin und wieder zu ihm rüber.

Er gefällt mir. Immer noch. Er hat so eine angenehme Arroganz. So als würde er nicht mit jeder abhängen. Und er isst gern. Genau wie ich.

Ich lutsche mein Eis, er kaut seins. Typisch Mann.

»Lutschen!«, sage ich und sehe, wie ihm das Wort durch Mark und Bein geht. Er leckt sich das Eis von der Unterlippe und schaut mich ungläubig an. »Wie bitte?«

»Eis muss man lutschen! Mit der Zunge, weißt du?«

Er guckt spöttisch zu mir herüber. »Da sagst du was.«

»Was denn?«

»Wir haben uns noch nie geküsst.«

Seine Worte und deren hintergründige Anspielung stehen im Raum zwischen uns. Er beobachtet meine Reaktion, ich sehe in seine Blauaugen hinter der Brille.

»Küsst du nicht gerne?«, will er wissen.

»Doch ...«, sage ich zögernd.

»Aber?«

»Kein Aber.«

»Du küsst nur mich nicht gern?«

Ich schiebe mir als Antwort einen Löffel Eis in den Mund.

»Ich warte«, sagt er.

»Dann warte mal«, sage ich mit vollem Mund.

Er schaufelt sich eine Riesenportion in den Mund, und zwar so temperamentvoll, dass das Metall des Löffels gegen seine Zähne knallt. Dann kaut er wieder. Langsam und genüsslich, dabei guckt er lauernd zu mir herüber.

»Schön machst du das.«

»Beantworte doch einfach meine Frage.«

Ich wippe hibbelig mit den Knien. »Herrgott noch mal. Keine Ahnung, okay?«

Er beobachtet mein albernes Gehabe ganz genau.

»Was ist?«, blaffe ich.

»Ich finde dich gerade ziemlich kindisch«, sagt er ruhig.

Wumms, das hat gesessen. Ich schlucke den Eisgeschmack runter.

»Weißt du ...«, fährt er fort, ich wusste gar nicht, dass er so ernst gucken kann, »ich würde dich wirklich gern mal küssen.«

Ich kann immer noch nicht sprechen.

»Es hat mir gefehlt, das letzte Mal.« Er matscht mit dem Löffel in dem angetauten Eis herum, rührt es zu einer sämigen Masse, wie Softeis. »Ich dachte, du handhabst das so. Nur Sex. Ich habe mich nicht getraut zu fragen.«

Ich fühle mich unendlich blöd. Kindisch, dumm, albern. Er sagt Sachen wie »Ich habe mich nicht getraut« und ist dabei ganz locker, und ich bin noch nicht mal zu 'ner Aussage fähig, ohne mich wie eine verzogene Achtjährige zu gebärden.

»Kannst du gut küssen?«

Er zuckt die Schultern. »Denke schon.«

Ich weiß immer noch nicht, was ich davon halten soll. David ist besonders. Das war er von Anfang an. Ich will nicht, dass er sich auch noch in meinem Kopf festkrallt. Das ist nicht der Plan, verdammt. Er merkt, dass ich das Für und Wider abwäge. Seine Laune sinkt deutlich erkennbar. Ich glaube, er überlegt, ob er einfach geht. Zeit zu handeln. Ich will ihn nicht beleidigen.

»Ich ...«, setze ich an, und er blinzelt genervt hinter seiner Brille hervor. Was soll ich bloß sagen? Meine Zunge ist wie ein dicker Schwamm in meiner Mundhöhle.

»Vergiss es.« Er nimmt einen großen Löffel Eis und kaut angespannt darauf herum.

»David.«

»Nein, schon okay. Keine Entschuldigung nötig.«

»David!« Ich greife nach seinem Oberarm und versuche, seinen Körper zu schütteln. Es klappt nicht wirklich.

»Versteh mich doch.«

Er ist gekränkt. Das sehe ich in seinen Augen. »Ja, schon okay.«

»Nein, nicht okay! Ich will nicht, dass du sauer auf mich bist.«

»Ich bin nicht sauer. Ich habe nur gefragt, mehr nicht.«

»Bist du wohl!«

Er antwortet nicht. Das war dann vermutlich ein Ja.

»Ich suche gerade keinen Freund.«

»Das weiß ich!«

»Du verstehst es aber nicht, glaube ich.«

»Lilly, weißt du was«, sagt er ruhig. Zu ruhig. Das macht mich nervös. »Ich bin der Meinung, du hast keine Ahnung, was du willst oder was nicht. Deine Vorstellungen sind naiv und überzogen.«

Mein Puls explodiert. Was erlaubt er sich da gerade?

»Du schläfst mit Kerlen, um was weiß ich davon mitzunehmen. Aber Knutschen ist für dich vergleichbar mit 'nem Ehegelübde.

Hast du 'ne Ahnung, mit wie vielen Mädels ich auf Partys schon rumgemacht habe? Damals in der Schule hat man auf jeder Party 'ne andere geküsst. Was ist dabei? Du hast mehr Probleme, als du vor deinem albernen Experiment hattest, glaub mir!«

Ich bin zu schockiert, um spontan zu antworten. Und alles, was ich sagen könnte, würde wie eine Rechtfertigung klingen und seine Theorien nur bestätigen. Ich weiß auch nicht, ob ich mutig genug bin, ihm die Wahrheit zu sagen. Also nicke ich nur. Sein Gesichtsausdruck wird sofort weicher. Er nimmt vorsichtig meine freie Hand.

»Ich kann dich echt gut leiden«, sagt er. Wieder nicke ich. Lukas erscheint in meinem Kopf. Soll ich David von ihm erzählen? Sagen: »Hör mal, es sieht so aus: Ich habe jemanden kennengelernt, in den ich mich nicht verlieben will. Und du bist jetzt der Zweite, mit dem es mir genauso geht. Ich weiß, du willst nicht hören, dass man sich in zwei Leute gleichzeitig verlieben kann und trotzdem keinen von beiden an sich ranlassen will. Aber es ist nun mal so. Vielleicht, weil man sich selber gar nicht kennt. Weil man Angst vor zu viel Nähe hat. Und wahrscheinlich würde ich mich im Zweifelsfalle für Lukas entscheiden. Das alles bedeutet, dass du eben nur verlieren kannst.« Doch natürlich tue ich es nicht.

»Ich kann dich auch gut leiden«, höre ich mich sagen.

Er guckt mich lange an. Dann sehe ich, wie er schaltet.

»Oh, ich verstehe«, sagt er leise.

Schlauer Junge. Was immer er verstanden hat, es ist besser so.

»So schnell gebe ich aber nicht auf.«

Wie bitte? Ich werfe ihm einen fragenden Blick zu.

»Deshalb küsst du mich nicht. Weil du mich gut leiden kannst!« Ein leicht triumphierendes Augenbrauenheben. Na toll. Dass er Gedanken lesen kann, hatte ich eigentlich nicht eingeplant.

»Kann ich trotzdem hier schlafen?«, wechselt er das Thema.

»Klar«, erwidere ich. Verdammt. Danach ist die Stimmung eindeutig komisch. Er kaut etwas verkrampft auf seinem Eis, ich kämpfe mit meiner Portion und versuche, ihn nicht anzugucken. Irgendwann sind wir beide satt.

»Ich bring die Sachen mal ins Eisfach.« Mit diesen Worten schäle ich mich aus Decke und Bett, klaube Eis, Soßen und Tüte zusammen und verschwinde Richtung Küche. Als ich zurückkomme, hat er das Bett wieder geordnet und liegt schon lang ausgestreckt auf einer Seite. Seine restlichen Klamotten und seine Brille liegen auf dem Fußboden.

Ich verziehe mich ins Bad: Zähneputzen, Katzenwäsche und wieder zum Nachtlager. Ich puste alle Teelichter aus und krieche unter meine Decke. Schlauerweise habe ich zwei Oberbetten. Eine geteilte Decke bedeutet mein persönliches Martyrium und vermutlich auch das meines Mitschläfers. Ich zerre unwillkürlich so lange daran herum, bis ich mich eingerollt habe und mein Mitschläfer gänzlich deckenlos daliegt. Ob David schon schläft? Er rührt sich gar nicht.

»Nacht«, flüstere ich.

»Nacht«, brummt es zurück.

Ich liege so herum und weiß, dass ich noch nicht schlafen kann. Die Berg-und-Tal-Fahrt in meinem Bauch trägt auch nicht unbedingt dazu bei. Männer können immer schlafen! Auf Technopartys auf 'nem Barhocker, neben röhrenden Staubsaugern oder nach einem opulenten Sieben-Gänge-Menü. Mein Magen gibt die abenteuerlichsten Geräusche von sich. Er grummelt nicht nur, es quietscht regelrecht. Mir ist es megapeinlich, und ich hoffe, David schläft schon. Zuerst fällt mir sein Gewackel auf, dann höre ich unterdrückte Laute.

Na warte.

»Ich hab's schon gemerkt, Blödmann«, sage ich in die Dunkelheit.

Dann lacht er laut los. »Meine Güte, hast du 'ne alte Waschmaschine da drin, oder was?«

Ich haue nach ihm ins Dunkel und treffe seine Brust. Es knallt dumpf, aber es stoppt ihn nicht.

»Hör schon auf!« Mein Magen gluckert schon wieder. Ich sollte Bewegungen vermeiden.

»Schon mal über 'nen Schalldämpfer nachgedacht?«, stichelt er weiter.

Ich will ihn wieder boxen, doch er fängt meine Hand auf.

»Hey, wieso siehst du was? Bist du nicht blind ohne Brille?« So, jetzt soll er sich mal ärgern.

»Unverschämtheit«, flüstert er und lässt meine Hand nicht los. Ich ziehe sie aber auch nicht weg. Er verknotet seine Finger mit meinen und lässt unsere Hände langsam auf seinen Bauch sinken, der übrigens keinerlei Geräusche von sich gibt.

Dann streichelt er mit dem Daumen über meinen, und wieder lasse ich ihn machen, weil ich mich nicht rühren will.

»Ach, Lilly«, sagt er leise.

Ich ziehe es vor, nicht darauf zu antworten.

»Wie kommt man bloß auf solche komischen Ideen?«

Ich antworte wieder nicht, dafür gluckert mein Magen. Er lacht leise in die Dunkelheit, und mir ist es schon wieder peinlich.

»Hör endlich auf zu lachen!«, zische ich. Er hört natürlich nicht auf, er macht es nur lautlos. Ich will meine Hand wegziehen, doch er lässt mich nicht los.

»Jetzt sei mal nicht beleidigt.«

»Bin ich nicht.«

»Doch.«

Ich seufze und überlasse ihm meine Hand. Irgendwann ist er neben mir eingeschlafen, und ich liege immer noch wach. Ich höre ihn ruhig und regelmäßig neben mir atmen. Draußen hat es aufgehört zu schneien, und der Himmel ist jetzt sternenklar. Das helle Licht des Mondes fällt durch meine Jalousien und erhellt schwach den Raum. Ich drehe den Kopf zu David. Er sieht gut aus, auch ohne die obligatorische Brille. Warum muss alles so kompliziert sein, wenn es doch auch einfach geht? Und warum macht man dann selber immer alles noch schlimmer?

*

Am nächsten Morgen werde ich durch die tief stehende Wintersonne geweckt. David, der Meister des Verschwindens, hat sich schon wieder vom Acker gemacht, diesmal sogar ohne weitere Nachrichten. Ich habe trotzdem gute Laune: Diese Woche gibt es Weihnachtsferien! Juhu!

Für heute Abend habe ich Jule versprochen, zu so einem Event von Tobias mitzukommen. Wenn ich es richtig verstanden habe, ist es eine Art Band-Contest. Besondere Lust habe ich nicht, aber ich mache es Jule zuliebe. Sie ist übrigens der Meinung, ich solle Lukas David vorziehen. Aber sie ist für alle Musiker der Welt parteiisch, bloß weil Schatz Bass spielt. Außerdem mag sie hellblonde Männer nicht leiden, sie ist der Meinung, denen fehle ein männliches Attribut. Ich hingegen finde Davids Haarfarbe total hübsch.

*

Am Abend dann scheint besagte Veranstaltung nicht besonders aufregend zu werden, und der Club ist nur halb voll. Mir ist nach Gähnen zumute. Im Übrigen ist der Sound eine Zumutung. Als Nächstes soll Schatz' Band auf die Bühne, Jule ist hibbelig wie ein Teenager.

»Was meinst du, gewinnen sie?«, fragt sie mich. Sie hat mir mal Musik von ihm per E-Mail geschickt, die ich mir gar nicht so genau angehört habe.

»Ich denke, sie haben eine gute Chance«, gebe ich diplomatisch von mir, und Jule lächelt euphorisiert. Schatz begibt sich soeben betont lässig on stage und beginnt, seinen Bass zu stimmen.
Jule gibt einen entzückten Seufzer von sich. Ich hätte nie geahnt,
dass sie so viel Fanpotenzial besitzt.

»Ist ja nicht grad viel los hier«, mäkele ich und drehe mich
einmal um mich selbst, um mir einen Überblick zu verschaffen.
Der Raum ist viel zu groß für die knapp achtzig Besucher.

»Und das sagt jemand mit Platzangst«, meint Jule, ohne die
Augen von der Bühne zu nehmen. Schachmatt.

»Ist ja gut ...«, raune ich. »Noch was zu trinken?«

»Nein, das geht jetzt nicht. Die fangen doch gleich an!« Sie
wirft mir einen vorwurfsvollen Seitenblick zu.

»Bin ja gleich wieder da.« Als ich mit meinem zweiten Sekt
auf Eis zurückkomme, ist Schatz' Band schon zugange. Jule singt
lautstark und völlig schief mit. Ich versuche neben ihr, den Sänger
trotzdem noch einigermaßen akustisch mitzukriegen, und muss
feststellen, dass die Jungs nicht schlecht sind. Die Songs sind ro-
ckig genug zum Abfeiern, und der Sänger hat eine klare Stimme
mit hohem Wiedererkennungswert. Auf der Bühne scheinen sie
ein eingespieltes Team zu sein. Sie machen allerlei Blödsinn und
Akrobatik, und das Publikum geht voll auf sie ab.

»Tobiiiiiaaaaas!«, kreischt Jule neben mir. Schatz zwinkert
rockstarmäßig von der Bühne herunter, und sie kichert. Mir
wird es nun doch zu voll um mich herum. Die Leute sind alle
näher gerückt, als sie gecheckt haben, dass diese Band wohl
nicht ganz so schlecht ist wie die vorangegangenen. Ich stupse
Jule in die Seite und deute mit dem Kopf Richtung Ausgang, wo
es leerer ist.

»Alles klar, Süße.« Sie weiß natürlich, was los ist. Ich bewege
mich aus dem Pulk heraus. Von weiter hinten sieht man allerdings wegen des Kunstnebels fast gar nichts. Ich entscheide mich

dann doch für einen Platz relativ weit vorn, aber so seitlich, dass dort fast nichts los ist.

Schatz' Band erntet für ihr Set schallenden Applaus und einige Zugaberufe. Dann kommt Jule auf mich zugeschossen.

»Los, wir gehen backstage!« Bevor ich Piep sagen kann, hat sie meine Hand genommen und mich zu einer Tür hinter einem Vorhang gezerrt. Der Backstagebereich ist mit Couchen gepflastert und ziemlich verqualmt. In einer Ecke ist ein Buffet aufgebaut, das schon ziemlich abgegrast aussieht. Jule setzt sich händchenhaltend mit Schatz auf die Couch, und ich sehe mich ein bisschen um.

Der Typ, der mir bereits on stage aufgefallen ist, sitzt auf einer wackligen Couchlehne und labert wild gestikulierend auf einen Rastaman ein, der im Dreisekundentakt nickt. Er trägt hauteng Röhrenjeans, viele Ketten, und die langen braunen Haare fallen wild über seine Schultern. Am Kragen des abgewetzten Shirts steckt eine Pornobrille. Er sieht gut aus, und auf der Bühne ist er mit seiner Gitarre ziemlich ausgeflippt. Leider ist der Rest seiner Kapelle eine Zumutung. Gerade zündet er sich lässig eine Zigarette an, die er am äußersten Rand seiner Unterlippe balanciert. Ich lege interessiert den Kopf schief. Er dreht sich just in diesem Moment in meine Richtung, mustert mich frech von oben bis unten und zwinkert mir dann zu. Ich verziehe keine Miene und gucke weg. Zwinkern ist nicht sexy. Als ich ein paar Minuten später einen Blick aufs Buffet riskiere, ist er plötzlich hinter mir.

»Da ist wohl nicht mehr viel zu holen.« Seine Stimme ist samtig und melodisch, und ich frage mich, wieso er in seiner Band nicht singt. Ich zucke die Schultern, ohne mich umzudrehen.

»Jonny«, sagt er, stellt sich neben mich und hält mir die Hand hin.

Na, ob das mal sein Taufname ist? »Lilly.«

»Hübsch, hübsch.«

»Danke.«

Er sieht aus wie ein frischer Ableger der Stones, und ich glaube, ich finde ihn cool, trotz des Zwinkerns. Er schmeißt sich seine Haarpracht über die Schultern und schaut mir etwas zu lange in die Augen.

»Und was treibt dich so hierher?«, fragt er und setzt ein müdes Lächeln auf. Wie alt er wohl sein mag? Ich könnte wetten, er ist um einiges jünger als ich.

»Der Freund meiner Freundin ist Bassist bei einer der Bands.«
Er nickt vielsagend.

»Die zuletzt gespielt hat?«
Jetzt nicke ich.

»Die gewinnen. Sie waren die Besten heute Abend.« Nach so viel Großmut sieht er gar nicht aus. Er organisiert sich ein Bier aus dem Kühlschrank, der neben dem Buffettisch steht, und fragt mich nicht, ob ich auch etwas trinken will. Ich vermerke den Fauxpas auf meiner Für-und-Wider-Liste.

»Wollen wir uns ein ruhigeres Plätzchen suchen?«, schlägt er vor.

»Klar doch.« Besser als mit Jule und Schatz auf der Couch. Er geht voraus, ich laufe hinterher. In einer etwas schummrigeren Ecke lässt er sich auf einen fleckigen Zweisitzer plumpsen. Ich sitze kaum, als er schon voll rangeht. Er nimmt meine Hand und guckt seelenvoll zu mir herüber.

»Du bist echt süß.«

Ich lächle leicht ironisch, und verweise ihn so hoffentlich etwas in seine Schranken. Doch nein, seine Hand wandert meinen Arm hoch und will mir doch tatsächlich als Nächstes über den Busen gleiten. Ich sehe ihn warnend an. Er ignoriert es oder bekommt es gar nicht mit, wer weiß, was er so alles genommen hat. Die andere Hand legt er mit einem Mal auf seinen Schritt und sieht mich herausfordernd an.

»Na, willst du mal an diesen geilen Saftspender?«

Die Worte ebben in meinem Kopf ab, erst dann begreife ich, was er da eben gesagt hat. Ich verhindere einen Lachanfall, indem ich mir schmerzvoll auf die Zunge beiße.

»Nur zu, keine Scheu«, fügt er noch hinzu, und jetzt kann ich echt nicht mehr. Ich muss so doll lachen, dass mir die Tränen kommen. Ist hier irgendwo eine versteckte Kamera? Ich kann nicht mehr! Meint der das etwa ernst? Ich schüttle den Kopf, stehe auf und lasse ihn mit seinem Saftspender auf dem Polstermöbel zurück. Er faucht irgendwas von »dumme Schlampe« hinter mir her, aber ich bin viel zu beschäftigt, darauf zu achten, dass meine Wimperntusche nicht verläuft. Dann doch lieber das verliebte Paar auf der Couch.

*

In einem hat der Spinner allerdings recht, wie sich wenig später herausstellt: Tobias' Band gewinnt haushoch, und Jule platzt bald vor Stolz. Ich erzähle den beiden auf der Heimfahrt von dem saftspendenden Rolling-Stones-Ableger, und Jule kriegt vor Lachen einen Schluckauf. Auf meinem Handydisplay blinkt eine neue Nachricht von Lukas. Ich mache die Augen zu und drücke auf Löschen. Er ist so weit weg, vierhundert Kilometer entfernt in seiner Heimatstadt. Und ich bin hier, und wenn es darauf ankäme, wäre er garantiert nie da. Trotzdem macht es mich ziemlich traurig. Vorn im Auto lachen Jule und Tobias noch über den Saft-Freak, ich sitze hinten auf der dunklen Rückbank, und aus meinem linken Auge läuft eine Träne, ohne dass ich es verhindern kann.

*

Am nächsten Nachmittag widme ich mich dem Thema Weihnachtsgeschenke. Ohne groß überlegen zu müssen, kaufe ich Mama Duschgel und Bodylotion ihrer Lieblingsmarke. Das leistet sie sich nämlich selbst nicht. Mit Papa ist es da schon etwas schwieriger. Nach Rücksprache mit Mama erstehe ich eine Art Bohrmaschine in einem Baumarkt, auf die Papa wohl schon seit einem halben Jahr scharf ist. Ich kann den Karton kaum vom Band hieven, die zwei Maler in der Schlange hinter mir machen sich unverhohlen über mich lustig. Wie soll ich dieses Zentnergewicht bloß in zartes Geschenkpapier verpackt bekommen?

*

Wieder zu Hause erwartet mich eine typische David-Mail.

»Weihnachtsmarkt?« steht da. Mehr nicht. Doch es trifft genau meinen Nerv. Ich liebe Weihnachtsmärkte! Alles durcheinander essen und dann warten, dass einem schlecht wird.

»Juhu!«, schreibe ich ihm zurück und bin gespannt, was nun kommt. Eine Stunde später piepst mein Handy.

»Wann?«

»Um sechs vor unserer Lieblingsbuchhandlung?«

»Okay!«, schreibt er zurück und ein Smiley dazu. Das Radio sagt, dass wir minus vier Grad haben. Also sollte es später noch eisiger werden. Ich ziehe zwei Strumpfhosen übereinander. An der Haustür fegt mir ein stechend kalter Wind ins Gesicht, igitt. Zum Glück ist mein Steppmantel tierisch warm, und die Fell-gefütterten Boots tun das Übrige. Ich schlittere mit meinem Auto gen Innenstadt und wünsche mir stattdessen einen richtig coolen Hundeschlitten mit acht Huskys davor. Glatte Straßen sind echt die Härte. Nachdem ich geparkt habe, kann ich erst mal das Adrenalin aus meinen Stiefeln schütten. David ist schon da. Er trägt einen dicken olivgrünen Parka mit Teddyfell-gefütterter Kapuze. Wie niedlich.

Seine Blondhaare fliegen wild durcheinander und verdecken ihm Brille und Augen. Trotzdem hat er mich sofort gesehen.

»Du siehst aus wie Mickey Maus«, sagt er zur Begrüßung.

»Wieso?«

Er grinst und versucht, seine Haare zu bändigen. »Na ja, dünne Beine, dicke Boots, puschiger Steppmantel. Lustig.«

»Blödmann«, sage ich, und er reicht mir den Arm. Ich hake mich bei ihm unter.

»Wieso? Ich muss doch mit dir rumlaufen!«

Ich verdrehe die Augen und zerre ihn auf die ersten Stände zu. Buntes Schaumzeug, garniert mit Schokolade, Liebesperlen oder Kokosraspeln, kandierte Früchte, gebrannte Mandeln, Popcorn und Cremewaffeln.

»Wow«, hauche ich ehrfürchtig. Irgendwann hänge ich mal meinen Weihnachtsbaum nur mit Süßigkeiten voll.

»Willst du was haben?«, fragt mein Begleiter.

»Weiß noch nicht. Und du?«

Er überlegt deutlich erkennbar und lässt seinen Blick über die Auslage schweifen. »Ich nehm so 'ne riesige Waffel da.«

»Och, ich glaube, ich auch.«

Er will sein Portemonnaie zücken. Ich bremse ihn, indem ich seinen Arm festhalte.

»Nicht, ich lade dich ein.«

»Aber ...«, will er erwidern. Er ist manchmal so altmodisch.

»Nix aber. Ich bin dran.«

Ich bestelle bei der gestressten Verkäuferin zwei von den Waffeln und reiche ihr das Geld rüber.

»Danke«, sagt er wohlerzogen und guckt verlegen.

»Gerne.«

Er beißt in seine Waffel, und schon ist die Hälfte fast weg. Männer! Ich probiere und bin entzückt. Ganz frisch und schrecklich lecker. Es sollte öfter im Jahr Weihnachten sein!

Wir spazieren kauend weiter. Ich kann mich natürlich nicht beherrschen und muss bei den vielen Kramständen gucken. Kerzen in allen Farben und zu unmöglichen Preisen. Stofftiere, Kinderspielzeug und jede Menge Dekozeugs. David hat seine Waffel schon aufgegessen. Am besten finde ich die Schmuckstände. Bunte Steine und Edelmetall ziehen mich magisch an, und ich muss mich zusammenreißen, um David nicht zu langweilen. Er sagt zwar kein Wort, aber er schaut die Sachen nur desinteressiert durch.

Ich sage mir, dass ich auch noch mal mit Debo nach dem Arbeiten gucken kann, und gehe weiter. David muss immer den Kopf einziehen, um nicht gegen tief hängende Dekorationen zu laufen. An jeder Ecke gibt es die obligatorischen Glühweinstände. Schlagermusik schallt aus den Boxen, und die Männergrüppchen renken sich die Hälse nach den vorbeispazierenden Frauen aus. Ich mag das gepanschte Zeug eh nicht.

Der Duft von Zuckerwatte lockt mich zu einem kleinen runden Stand. Ich stopfe den Rest der Waffel in meinen Mund und ziehe David hinter mir her. Große Töpfe mit bunt gefärbtem Zucker stehen hier aneinandergereiht.

»Sieht das lecker aus«, sage ich zu mir selbst.

»Welche Sorte willst du?«, fragt er neben mir. Ich kann mich unmöglich entscheiden, circa dreißig Sorten zur Auswahl sind einfach zu viel!

»Einmal Cola, bitte!«, bestellt David bei dem Herrn der Zuckerwatte, der ebenfalls klein und rund ist. Nachdem er kassiert hat, schmeißt er schwungvoll eine Kelle braun gefärbten Zuckers in die kleine Öffnung und greift nach einem Holzstäbchen.

»Und du?«, fragt David.

»Hm.«

»Na komm, welche Sorte?« Ich mache die Augen zu und tippe wahllos gegen die leicht blinde Plastikfront des Standes.

»Das wäre dann Pfirsich.«

Ich mache die Augen wieder auf und nicke: »Okay!«

David schüttelt den Kopf, der Verkäufer grinst unter seinem Schnurrbart hervor und entblößt eine Reihe gelber Zähne. David und ich zucken gleichermaßen zusammen. Ich gucke schnell auf den Boden, David hat schon wieder bezahlt. Seine Zuckerwatte ist fast fertig, und ich schaue gierig auf das zarte Gespinst, das er gereicht bekommt. Er probiert nicht, er hält sie mir hin. Ich zupfe einen kleinen Bausch ab und lasse ihn auf der Zunge zergehen.

»Köstlich«, seufze ich. Davids Blick klebt an meinem Mund. Dann schluckt er und guckt entschlossen dem Verkäufer beim Kreieren meiner Portion zu.

»Du musst auch probieren!«, sage ich. Er macht es nicht so elegant wie ich, er beißt mittenrein. Zuckerwatte klebt an seiner Nase.

»Ferkel!«, lache ich. Er zuckt die Schultern und grinst wie ein Honigkuchenpferd. Endlich reicht mir der Verkäufer meinen Zuckerflausch rüber. Eine Pfirsichwolke umhüllt mich. Ich atme tief ein und probiere das Kunstwerk. Sehr gut! Wir lassen den Zuckerpavillon hinter uns und reihen uns in den Besucherstrom ein. Ich liebe dieses bunte Lichtermeer, nur die nervige Musik könnte man sich sparen. David klaut sich eine Portion von mir und kaut angestrengt darauf herum.

»Nicht übel«, mampft er.

»Du hast Zuckerwatte auf der Nase.«

Er guckt zu mir herüber. »Wie lange schon?«

»Och, seit vorhin.«

Als Antwort klebt er mir was von dem Zuckerzeug an die Wange. Ich kichere und versuche, mich zu ducken, doch keine Chance. Schon zupft er die nächste Portion ab. Ich rupfe mir das klebrige Zeug von der Wange und esse es schnell auf, bevor es zu einer zweiten Attacke kommt.

»Nein!«, quietsche ich und versuche ihn zu bremsen. Wir knallen aneinander, sein Gesicht ist plötzlich sehr nah an meinem. Er hält mir die zweite Portion vor den Mund. Meine Lippen streifen seine Finger, als das Zuckerzeug auf meiner Zunge schmilzt.

Ich sehe noch, wie er zögert, eine halbe Sekunde und doch eine gefühlte Ewigkeit, und dann küsst er mich. Sein Mund liegt weich auf meinem. Als er anfängt, die Lippen zu bewegen, beginnt es in meinem Bauch zu kribbeln. Er schmeckt nach Zucker und Cola. Und er küsst wirklich gut. Wirklich, wirklich gut.

Ach manno, ich will nicht, dass es aufhört! Trotzdem weiche ich zurück und reiße meine Lippen von seinen los.

Ich sage: »Du bist ein blöder Arsch« und drehe mich um, um zu gehen.

»Lilly!«, ruft er hinter mir her. Ein paar Leute recken neugierig die Köpfe. Wenn er jetzt sagt: »Du wolltest es doch auch«, haue ich ihm aus Hilflosigkeit eine runter.

Stattdessen sage ich nur »Nein!« und gehe weiter.

Im Nu hat er mich eingeholt. Er versucht nicht, mich festzuhalten, er geht nur schweigend neben mir her. Ich reiße unwillig an meiner Zuckerwatte herum. Er soll etwas Blödes sagen, damit ich ihn doof finden kann!

Aber den Gefallen tut er mir nicht. Stattdessen lässt er seine Zuckerwatte in einen Mülleimer fallen. Ich trage meine wie eine Trophäe wütend vor mir her und laufe ziellos weiter, er immer direkt neben mir. Wir schieben uns an essenden Leuten vorbei, und irgendwann werden die Buden weniger. Ich laufe weiter und weiter. Weil ich weg will, und weil ich sauer bin. Auf ihn und auch auf mich. David sagt immer noch nichts. Als wir aus der Innenstadt raus sind, landen wir automatisch im Stadtpark. Hier ist der Boden gefroren, und auf vereinzelten Flächen liegt noch Schnee. Ich lasse mich nach dem strammen Marsch auf eine Parkbank fallen und gucke auf meine dreckigen Boots. David setzt sich neben mich. Meine Zuckerwatte erfriert langsam, habe ich das Gefühl.

»Ich werde mich nicht entschuldigen«, sagt er fest und guckt ins Leere. Er knetet seine nackten Hände durch, und die Gelenke knacken. Ich schnaufe empört.

»Warum bist du dann noch hinter mir hergelaufen?«

»Meinst du, ich lasse dich so alleine im Dunkeln herumspringen?«

»Ich bin schon groß, ich schaffe das!« Mein Ton ist bissiger als beabsichtigt. Er atmet tief ein und pustet dann eine weiße Wolke vor sich her.

»Sag mir, dass es dir nicht gefallen hat.«

Ich schaue trotzig geradeaus. Er rutscht näher und dreht meinen Oberkörper zu sich. »Sag es!«

»Lass mich.«

Er guckt schon wieder böse.

»Du hast gesagt, du hättest es verstanden!«

Er kommt mir ein bisschen ratlos vor. »Die Versuchung war zu groß«, sagt er dann.

»Du bist schuld, dass es jetzt so ist!«

David schüttelt resigniert den Kopf. »Muss denn immer jemand schuld sein?«

»Ja!«

»Warum?«

»Das ist eben so!«

»Und das ist jetzt dein Ernst?«

Ich seufze genervt. Mein Hintern wird kalt, ich will nach Hause.

Jetzt sage ich es ihm endgültig, das mit Lukas. Zuerst versuche ich noch, etwas Passendes zu formulieren, doch ich schaffe es auch im zweiten Anlauf nicht. Ich bin ein Feigling. Sein Blick ist so ratlos wie zuvor. Er hat die Finger ineinander verknotet, sie sind ganz blau und verfroren.

Und ich merke, dass ich es ihm unmöglich so einfach sagen kann. Weil es verletzend ist und weil ich selber oftmals härter denke, als ich fühle. Stattdessen umgreifen meine Handschuh-Hände seine Eisfinger.

»Hast du die anderen auch alle nicht geküsst?«

»Doch ...«, sage ich kleinlaut.

»Aber?«

»Die habe ich nur einmal getroffen.«

»Ja und?«

»Wir haben uns jetzt schon öfter gesehen. Es ist schon so vertraut zwischen uns.«

»Und das findest du doof?«

»Ja.«

»Verstehe.«

»Nein, eben nicht.«

»Doch.« Sein Tonfall ist sarkastisch. »Ich mag dich, du magst mich. Geküsst haben wir uns, und im Bett waren wir auch schon. Wir verbringen gern Zeit miteinander, aber ganz offensichtlich ängstige ich dich zu Tode.«

»Lass das! Okay?«

»Lilly, echt mal! Wo ist dein Problem?«

Ich springe erbost auf. »Mein Problem ist, dass du dich nicht daran hältst, was wir besprochen haben!«

Schon ist er ebenfalls auf die Füße gesprungen. »Können wir das Thema Küssen nicht einfach vergessen?«

»Ja, gut!«, schnauze ich ihn an.

»Gut!«, schnauzt er zurück. Wir funkeln uns an.

»Bist du mit dem Auto da?« Ich nicke.

»Okay, ich bring dich hin.«

Ich laufe neben David her und denke an Lukas. Ob ich mich mit ihm genauso zoffen würde? Am Auto angekommen, krame ich umständlich nach meinem Schlüssel.

»Besser, wir sehen uns nicht mehr«, sage ich in meine Handtasche.

»Abgelehnt«, sagt er nach einer kurzen Sprachlosigkeit.

»Wie, abgelehnt?«

»Abgelehnt wie ›nein‹.« Er hat die Arme vor der Brust verschränkt.

»David!«

»Immer noch nein! Du bist ein elender Feigling.« Er hat arrogant das Kinn vorgeschoben und schaut provozierend direkt in meine Augen. »Ich treff mich so lange mit dir, bis du einsiehst, dass dein toller Plan scheiße ist.«

Ich gucke auf seine weichen Lippen, die noch vor kurzer Zeit auf meinen gelegen haben. Er hat nicht übertrieben, als er behauptet hat, gut küssen zu können.

Oh nein, ich will es schon wieder!

Er merkt es, keine Ahnung wie. Seine Stimme ist sofort versöhnlicher. »Ich will auch nicht sofort wieder 'ne Beziehung, bin doch gerade erst wieder solo.«

Ha, das glaube ich ihm nicht! Er ist überhaupt kein Typ für was Loses. Er ist der personifizierte Beziehungs- und Du-gehörst-ganz-mir-Typ. Und das macht mir Angst. Und, dass er sich so sicher ist. Ich lächle ihm noch mal zu, dann steige ich schnell in mein Auto.

»Elender Feigling«, simst er mir auf der Fahrt zu.

»Du küsst wirklich gut«, antworte ich zu Hause und freue mich bei dem Gedanken an sein perplexes Gesicht.

»Lass uns 'ne Flasche Glühwein köpfen und dann betrunken auf dem Fußboden schlafen«, kommt es zehn Minuten später zurück. Ich muss ziemlich lachen und verschlucke mich fast an meinem Tee.

»Ach nein, das klingt zwar verlockend, aber ich gehe lieber ins Bett.«

Darauf bekomme ich keine Antwort mehr. Ob er wirklich so hartnäckig ist, wie er sagt? Oder kann ich die Sache mit ihm so langsam einschlafen lassen? Ich glaube wenig daran, eher wird es in einem riesigen Krach enden, und danach reden wir kein Wort mehr miteinander. Vielleicht ist es besser so.

Da mein Bett ein guter Platz zum Nachdenken ist, ziehe ich mir meinen karierten Schlafanzug an und krieche unter die zwei Decken.

Mein Schlafzimmer ist kalt und ungemütlich. Ich liege unentspannt auf dem Rücken, und die Oberbetten werden immer schwerer. Soll ich David anrufen?

Nein, das würde alles noch schlimmer machen. Oder? Ich greife nach meinem Handy, das irgendwo neben mir liegen muss. Ohne es zu wollen, lese ich eine der letzten ungelöschten SMS von Lukas.

»Da du wohl nicht weißt, was du willst, werde ich aufhören, dich vollzutexten. Tschüss.« Genau das habe ich heute schon mal gehört. Von David. Ich suche nach seiner Nummer. Jetzt müsste ich nur noch links auf den »Anrufen«-Button drücken, und das wär's. Und dann? Ich seufze leise und lasse den Arm samt Telefon wieder sinken. Man sollte nach null Uhr keine Anrufe mehr tätigen. Alles, was man dann sagt, kann und wird gegen einen verwendet werden. Schließlich lese ich noch eine SMS von Lukas.

»Warum willst du nicht mit mir reden?«

Und noch eine: »Ich bin nächstes WE wieder in der Gegend, können wir uns sehen? Okay?« Angehängt hat er eine lustige Animation, ein kleines Männchen mit einem Blumenstrauß. Und dann lese ich auch noch die vorhergehende:

»Ich will dich wiedersehen. So weit weg voneinander wohnen wir nun auch nicht, was meinst du?«

Also, ich meine, dass vierhundert Kilometer einfach zu viel sind für einen spontanen Besuch am Abend. Ja, das meine ich.

Glaube ich jedenfalls. Im Moment bin ich wohl nicht ganz zurechnungsfähig. Eigentlich könnte ich auch Lukas anrufen.

So, jetzt reicht's aber wirklich! Wütend setze ich mich im Bett auf. Ob das die Hormone sind, kriege ich meine Tage oder was? Mir ist zum Heulen zumute. Ich schniefe ein bisschen ins Dunkle, das Handy immer noch fest in meiner linken Hand.

Gut, wenn man sich zwischen zwei Leuten nicht entscheiden kann, sollte man 'nen Dritten aussuchen. Was in diesem Falle das Julchen wäre. Immer noch schniefend drücke ich die Jule-Kurzwahltaste. Nach längerem Klingeln ist sie schließlich dran, sie hat natürlich schon geschlafen, das höre ich an ihrer Stimme.

»Ist was passiert?«, murmelt sie verpennt.

»Ich bin ein schlechter Mensch«, jammere ich zur Begrüßung.

»Das weiß ich doch«, sagt sie. Im Hintergrund höre ich, wie das Bettzeug raschelt.

»Aber was soll ich jetzt machen?«

Wieder höre ich die Decken knistern. Ich glaube, sie setzt sich im Bett auf. »Welcher von den beiden ist es, und was hat er gemacht?«

»Gar nix!«

»Was?«

»Keiner hat irgendwas gemacht!«

»Aha.«

»Ja!«

»Und was ist jetzt so schlimm?«

»Na ich!«

Jule macht ein Geräusch, das wie eine Mischung aus einem Seufzen und »Hm!« klingt. »Ach Lilly ...«, sagt sie schließlich.

»Ich werde mich nicht mehr mit David treffen«, platzt es aus mir heraus.

»Aha. Und warum nicht?«

»Ich kann nicht!«

»Es ist mal wieder wegen deines Plans, hm?« Die Missbilligung in ihrer Stimme ist unüberhörbar.

»Ja«, antworte ich etwas beleidigt. Sie ist meine Freundin, sie muss zu mir halten. Doch Jule wechselt die Strategie.

»Und was ist mit Lukas?«

»Ach der ...« Ich versuche, ruhig zu klingen, fahre mir jedoch gleichzeitig nervös durch die Haare.

»Ach Lilly ...«, sagt Jule nun zum zweiten Mal.

»Was?«

»Gib ihm doch 'ne Chance.«

»Wem jetzt?«

»Meine Güte, deinem Lieblings-Drummer, dem Typen mit den schönen Haaren, dem Kerl, der dir seit geraumer Zeit verzweifelte SMS schickt!«

»Ich ...«, setze ich an, »ich weiß gar nichts, im Moment. Und wenn ich einen von beiden anrufe, mache ich es noch schlimmer!« Jetzt schniefe ich schon wieder.

»Lilly, weißt du was? Es ist bald Weihnachten, fahr erst mal nach Hause zu deinen Eltern, lenk dich ab, und dann wirst du schon merken, was richtig ist. Man kann gewisse Dinge im Leben nicht lösen, indem man sie totdenkt!«

»Na gut.«

»Schlaf noch ein bisschen.« Jule klingt zwar lieb wie immer, aber ich vermute, sie hat keine große Lust, noch weiter mit mir zu diskutieren. Was auch sehr verständlich ist, schließlich ist es halb vier Uhr morgens.

»Okay«, schniefe ich, »danke dir.«

»Kein Problem, Süße.« Dann legt sie auf. Ich liege den Rest der Nacht trotzdem wach.

11. Kapitel

Ein weiser Rat

Das letzte Wochenende vor Weihnachten muss ich unbedingt noch meine Großeltern in Frankfurt besuchen. Freitagnachmittag packe ich eine kleine Reisetasche und begebe mich auf die Autobahn, von der ich hoffe, das sie staufrei ist. Leider habe ich kein Glück. Ich brauche über vier Stunden, das ist fast schon mein persönlicher Rekord.

Oma und Opa wohnen in einem der schickeren Wohnorte in einer Jugendstilvilla, die in mehrere Eigentumswohnungen unterteilt ist. Ich muss geschätzte dreihundert Mal um den Block fahren, um endlich einen Parkplatz zu ergattern. Freitagabend scheint hier niemand mehr vor die Tür zu gehen.

Die beiden wohnen ebenerdig, weil Opa nur noch schwer Treppen laufen kann. Oma öffnet mir die Tür mit einem leicht vorwurfsvollen Blick.

»Lilly, endlich, ich habe mir schon Sorgen gemacht!«

»Ach, es war Stau, wie immer.«

Sie zieht mich in ihre Arme und riecht nach teurem französischen Parfum. Über ihrem hellblauen Kaschmir-Rolli liegt weich eine dreireihige Perlenkette. Die mittlerweile blond getönten Haare sind adrett in sanften Wellen um ihren Kopf frisiert. Oma ist von Natur aus dunkelhaarig, doch als ihre Haare grau wurden, entschieden sie und ihr Friseur sich für einen goldigen Vanilleton.

Oma legt einen Arm um meine Taille und lässt die schwere Tür hinter uns zufallen.

»Bring erst mal deine Sachen in dein Zimmer, und dann essen wir. Du hast bestimmt Hunger.«

Ich nicke darbend. Ich werde im Gästezimmer nächtigen. Oma sagt gerne, dass es mein Zimmer ist, weil niemand anderes dort schläft. Sie hat sogar Bettwäsche in meiner Lieblingsfarbe Lila gekauft. Ich stelle nur schnell meine kleine Reisetasche auf der Tagesdecke ab und mache mich auf ins Wohnzimmer. Dass Opa mal mit Antiquitäten gehandelt hat, ist nicht zu übersehen, die Wohnung atmet es aus allen Poren. Die Parkettböden sind gepflastert mit echten Persern, man findet Chippendale-Sofas, chinesische Vasen, große Ölbilder in Goldrahmen, unzählige Bücher, alles echt und alles alt.

»Lilly-Schatz«, ruft Oma. Das kam eindeutig aus dem Esszimmer. Ich schlage einen Haken und biege scharf links ab.

»Dein Opa war schon auf der Suche nach dir.«

»Wo ist er denn?«

»Keine Ahnung, er hat das Talent, immer wieder zu verschwinden.« Bevor ich ihn suchen kann, hat er mich gefunden.

»Lilly, da bist du ja.«

»Ich hab nur eben meine Tasche ins Zimmer gebracht.«

Opa humpelt noch stärker, seit ich ihn das letzte Mal gesehen habe. Seine Augen werden auch immer schlechter. Er trägt eine Brille mit überdimensional dicken Gläsern, die ihn aussehen lassen wie einen gelehrten Maulwurf aus einem Kinderbuch.

»So ein großes Mädchen«, sagt er, als er mich umarmt. Das sagt er immer.

»Setzt euch doch endlich«, drängelt Oma.

»Jajaja.« Opa macht eine wegwerfende Handbewegung und quetscht sich auf einen der Rosenholzstühle. Der runde chinesische Esstisch ist beladen mit kleinen feinen Häppchen, die Oma in ihrem Hang zur Perfektion symmetrisch angeordnet und fachkundig dekoriert hat. Sie liebt den Mythos des »Schnittchens« in all seiner Herrlichkeit. Ich habe sie noch nie eine ganze Scheibe Brot am Stück essen sehen, bei ihr gibt es nur mundgerechte

Happen. Aber die werden natürlich trotzdem mit Messer und Gabel gegessen, in unserem Falle mit massivem Silberbesteck, das so schwer ist, dass man nach dem zweiten Gang Muskelkater im Handgelenk bekommt. Opa schneidet sein fünfmarkstück-großes Ei-Gurken-Brot so energisch durch, dass ich fürchte, sein Messer landet direkt auf der Lackoberfläche des Esstisches. Oma schüttelt den Kopf, sagt aber nichts.

Das Essen verläuft weitgehend ruhig. Ich habe aufgehört zu zählen, wie viele der kleinen Kunstwerke ich schon verdrückt habe. Dazu trinken wir Tee, auch das ist immer so. Ich bekomme die Fruchtvariante, Oma hat Pfefferminz und Opa Brennnessel. Nach gut einer halben Stunde sind alle fertig. Opa platziert das Besteck auf seinem Teller, zieht sich die Serviette aus dem Hemdkragen, brummt etwas von »Tagesschau«, nickt uns noch mal zu, und weg ist er. Oma wartet, bis er aus dem Zimmer ist, dann springt sie behände von ihrem Stuhl auf, zwinkert mir zu und verschwindet in der Küche. Was kommt denn nun? Zwei Sekunden später ist sie schon wieder da, mit einem Piccolo und zwei langstieligen Gläsern. Der Altersunterschied von 15 Jahren zwischen den beiden wird in letzter Zeit immer deutlicher. Während sie noch sehr agil und lebensfroh ist, wirkt Opa müde und regelrecht unlustig. Wahrscheinlich sind es auch die Schmerzen, die ihm sein fast steifes Bein macht.

Oma verteilt den Prosecco auf beide Gläser, dann reicht sie mir eins herüber.

»Schön, dass du uns mal wieder besuchst, Liebes«, sagt sie, und dann stoßen wir lächelnd an.

»Ich freu mich auch, Oma.« Doch dann muss ich sofort fragen, was mich am meisten beschäftigt.

»Warum fahrt ihr über Weihnachten weg?«

Oma scheint auf meine Frage vorbereitet zu sein, und trotzdem habe ich das Gefühl, dass es ihr schwerfällt, darüber zu reden.

»Du weißt, dass dein Opa viel herumgekommen ist. Seine Leidenschaft für Antiquitäten, die er auch zum Beruf gemacht hat, bot ihm diese Gelegenheit. Aber er hätte auch in seinem Laden bleiben können und die Dinge nur verkaufen. Doch er war kein Kaufmann, eher wohl ein Abenteurer.« Sie lacht, als sie sich an früher erinnert.

»Er hat seine ›Geschäftsreisen‹, wie er sie nannte, geliebt. Ich habe immer gesagt, er geht auf ›Beutezug‹. Er hat dem verarmten Adel in der Nachkriegszeit seine Schätze abgeluchst, er hat vieles an Preziosen über dubiose Verwicklungen erstanden, und er hatte unzählige Bekannte im ganzen Land sowie in Frankreich, Italien, Polen und Österreich. Das war seine Welt. Nur hinter seiner Ladentheke wäre er verkümmert wie eine Topfpflanze. Und genau deshalb machen wir diese Reise.«

Ihr Blick wird ernst, während sie den zierlichen Stiel des Sektglases in ihren Händen dreht. »Die Ärzte sagen ... Na ja, sie meinen halt, dass es nicht gut um ihn steht. Seine Nieren, die wollen nicht mehr so. Das macht ihn oft müde. Und sein Herz. Und das Bein, aber das weißt du ja. Ich habe ihn gefragt, ob er noch mal mit mir verreisen würde. Und in diesem Moment ist er richtig aufgeblüht. So als hätte er vergessen, dass wir beide steinalt sind. Er hat sofort nach Karten gesucht und mir die ganze Gegend erklärt.«

Sie hört auf, mit dem Glas zu spielen, und stellt es energisch auf den Tisch. »Vielleicht ist es seine letzte Reise. Und ich hätte ihn schon viel früher fragen sollen.«

Ich weiß erst mal nicht, was ich sagen soll.

»Liebes, jetzt schau nicht so traurig. Freu dich für uns.«

»Ja, Oma, mach ich doch. Aber es ist auch schade, dass ihr nicht da sein werdet.«

Sie nimmt meine Hand und drückt sie. »Du weißt, wir haben immer gern mit euch gefeiert. Aber ...«

»Ja«, unterbreche ich sie, weil ich nicht hören will, was nach dem »Aber« kommt.

»Jochen, Angelika und Simone sind doch bei euch, ihr müsst also nicht alleine feiern.«

»Na ja …« An die drei will ich jetzt nicht denken.

»Hast du schon gehört, dass sie auswandern?«

»Ja, was für ein bescheuerter Plan.«

»Na Lilly, so was sagt man nicht.«

»Tss …«

»Man denkt es höchstens«, sagt Oma und kichert. »Wollen wir mit deinem brummigen Opa etwas fernsehen?« Ich nicke.

Im Wohnzimmer ist die Tagesschau schon vorbei, und der Krimi hat angefangen. Oma fragt, ob ich lieber etwas anderes sehen möchte, aber ich verneine dankend. Erstens hat alles bereits angefangen, und zweitens gucke ich Krimis ganz gern. Zur Halbzeit schält Oma uns Äpfel und serviert noch eine Runde Tee. Kurz vor zehn ist das Abendprogramm offiziell beendet. Opa geht schlafen, Oma liest noch ein wenig, und ich verziehe mich in mein Gästezimmer. An der schwarzen Fensterscheibe kleben von außen Eiskristalle, so kalt ist es.

Ich schlafe wie ein Murmeltier bei einer gemütlich gurgelnden Heizung und wache am nächsten Morgen erholt zwischen dicken Daunenfedern auf. Opa sitzt schon im Esszimmer und hat den ganzen Tisch mit Landkarten gepflastert. In der Küche hat Oma mir ein Frühstück zubereitet, das ich sonst nur aus Hotels kenne. Frisches Obst, kleine Pfannkuchen, Rührei, frische Brötchen, vier Sorten Marmelade und jede Menge Wurst und Käse. Außerdem noch eine Schale Müsli. Dazu gibt es Kaffee aus Kolumbien mit ganz viel Zucker und Milch. Ich esse so viel, dass ich kaum aufstehen kann, und Oma sieht zufrieden aus.

»Könntest du mir einen Gefallen tun?«, fragt sie dann.

»Klar doch.«

»Holst du unsere Koffer vom Dachboden? Dein Opa würde es sicherlich selbst machen wollen, aber wenn sie schon mal unten sind, wird es ihn auch nicht weiter stören. Und mir wäre es lieber, wenn er sie nicht mehr diese wacklige Treppe herunterschaffen muss.«

»Kein Problem, Oma, mach ich doch gerne.«

»Das ist lieb.« Sie beginnt, die Küche aufzuräumen, und ich helfe ihr, obwohl sie protestiert. Dann klappe ich draußen im kalten Hausflur der obersten Etage die Treppe zum Dachboden herunter und suche nach den Koffern. Es dauert keine Viertelstunde, da stehen die zwei guten Stücke im Esszimmer.

»Kind, die sollst du doch nicht schleppen«, sagt Opa etwas brüskiert, sieht dann aber doch ganz erleichtert aus.

»Ach, ist doch kein Problem.« Oma zwinkert mir verschwörerisch zu und umarmt mich zum Dank.

»Wollen wir ein bisschen in die Stadt fahren? Vielleicht ein Geschenk für dich kaufen?«

»Quatsch, Oma, ich brauche nichts.«

»Unsinn, jedes Mädchen möchte hübsche Dinge haben.«

»Ich glaube, ich möchte lieber hier bleiben und gar nichts machen. Außerdem fahre ich doch heute Nachmittag schon wieder. Ist das nicht ein bisschen kurzfristig?«

»Nein. Wir kaufen dir jetzt etwas zu Weihnachten. Ich bestelle ein Taxi.«

»Wir brauchen kein Taxi. Ich habe ein Auto, ihr habt ein Auto ...«

»Wir fahren Taxi.« Damit ist das Thema für sie beendet. »Zieh dich warm an, in einer halben Stunde geht es los.«

*

In Frankfurt City ist es wie in jeder Großstadt, von allen Ecken springt einen das Thema Weihnachten förmlich an. Oma und ich stürzen uns ins Gedränge. Oma steuert zielstrebig auf ihr Lieblingsgeschäft zu. Was in meinem Falle »viel zu teuer« bedeutet.

»Ich brauche doch gar nichts«, sage ich, nachdem ich, paralysiert vom Blick auf diverse Preisetiketten, wieder flüssig sprechen kann.

»Man braucht doch immer irgendetwas. Wie wäre es mit einem neuen Mantel?«

»Die Sachen sind mir alle viel zu elegant, Oma.«

»Ach so.« Sie guckt ein bisschen beleidigt. Also lenke ich ein.

»Schau mal, wie ich aussehe. Das passt doch gar nicht zu mir.« Sie sieht prüfend an mir herunter, dann nickt sie.

»So habe ich das noch gar nicht gesehen.« Dann entdeckt sie etwas, und in ihren Augen blitzt es triumphierend.

»Du hast ein Loch in deinem Handschuh!«

»Ja, ich weiß«, sage ich kleinlaut, weil ich denke, dass es ihr vor den anderen Leuten peinlich sein könnte. Doch da habe ich die Rechnung ohne Oma gemacht.

»Du brauchst also ein neues Paar!« Sie guckt noch triumphierender.

»Ähm ... ja, jetzt, wo du es sagst.«

»Gut, wir suchen dir eine neues Paar und den passenden Schal dazu. Trägst du Mützen?«

»Okay. Mützen? Eher selten.«

Oma marschiert zielstrebig auf eine Verkäuferin zu und erkundigt sich, wo wir selbiges finden können. Eine Etage höher bin ich überwältigt von dem Angebot. Oma wickelt mir geschätzte zweihundert Schals zur Probe um, und ich lasse es mit mir machen, weil ich es irgendwie lustig finde. Als ich ihr sage, dass ich einen schwarzen möchte, schränkt sich die Auswahl zwar etwas ein, Oma scheint das aber in Ordnung zu finden. Zum guten Schluss bekomme ich ein Set aus Schal und Handschuhen von einer bekannten englischen Firma aus reinem Cashmere mit einem

Hauch Seidenanteil. Es kostet zusammen so viel, dass ich mir erst noch überlegen muss, ob ich es wirklich trage oder doch lieber nur einrahme und angucke. Oma bezahlt unbeeindruckt und fragt mich danach, ob wir noch Kaffee trinken gehen wollen. Als absoluter Kuchenfan stimme ich begeistert zu. Ich verputze ein Stück Käse-Mandarinen-Kuchen und eine Donauwelle, Oma nimmt Schwarzwälder Kirsch. Vom Café aus lässt sie sich eine Stunde später ein Taxi rufen, und am frühen Nachmittag sind wir wieder zu Hause. Opa hat mittlerweile diverse Routen auf seinen Landkarten eingezeichnet und dazu eine überdimensionale Lupe zu Hilfe genommen. In der Küche hat er sich Wurstbrote gemacht, alles ist krümelig, und die Wurst hat er nicht wieder in den Kühlschrank geräumt. Wenigstens hat er sich nicht gelangweilt.

Oma reicht mir die elegante Papiertasche. »Aber erst zu Weihnachten auspacken«, sagt sie mit gespielter Strenge. Ich lache und umarme sie mal wieder.

»Danke, es ist toll. Ich werde es in Ehren halten.«

»Unsinn, es soll dich warm halten. Fang bloß nicht an, die Sachen zu schonen.«

»Na gut.«

»Und bedank dich noch bei deinem Opa.«

»Okay.«

Ich schaue im Esszimmer vorbei, wo Opa mit der Nase knapp über einer Karte hängt.

»Danke für das Weihnachtsgeschenk, Opa!«, sage ich.

Er richtet sich auf und guckt ein bisschen verdutzt. »Geschenk?«

»Oma und ich haben ein Geschenk für mich ausgesucht.«

»Ach so!« Er schiebt sich seine Brille zurecht. »Ja, gern geschehen, Lilly-Schatz, weißt du doch.« Dann greift er wieder nach seiner Lupe, und ich spaziere weiter in mein Gästezimmer. Dort packe ich schon mal meine Sachen wieder ein, denn spätestens in einer Stunde will ich wieder fahren. Dann mache ich das Bett und drehe die Heizung aus.

Oma sitzt im Wohnzimmer auf einer der Couchen und liest eine Modezeitschrift. Ich setze mich ihr gegenüber auf eine andere Couch. Sie lässt das Magazin sinken und schaut mich eine Weile prüfend an.

»Lilly, hast du eigentlich einen Freund?«, fragt sie dann.

»Nein.«

»Du wirkst so, als beschäftigt dich etwas, und da dachte ich, dein Freund und du, ihr hättet euch gestritten.«

»Ich habe aber keinen festen Freund.«

»Gibt es einen Unterschied zwischen Freund und festem Freund?«

»Hm, nein.«

»Was ist es dann, was dir auf dem Herzen liegt?«

Wie soll ich ihr das erklären? Sie weiß nichts von meiner One-Night-Stand-Einstellung, und ich werde sie auch nicht einweihen. Aber eigentlich ist es ja auch nicht das, was mich beschäftigt.

»Ich weiß im Moment nicht so ganz, was ich tun soll«, sage ich deshalb vage.

»Fragst du dich, ob die Entscheidungen, die du triffst, richtig oder falsch sind?«

»Ja, genau.«

»Hm.«

»Und dann denke ich darüber nach und mache damit alles noch viel schlimmer.«

»Du vertraust also deinem Bauchgefühl nicht?«

»Ich vertraue gar keinen Gefühlen.«

»Warum nicht?«

»Sie sind doch bloß das Resultat irgendwelcher körpereigenen Hormone.«

Oma schaut mich an, dann lacht sie leise.

»Gefühle, mein liebes Kind, sind der rote Faden, der sich durch unser Leben zieht.«

»So etwas glaube ich nicht.«

»Du musst es nicht glauben, du musst es nur zulassen. Glaub mir, Lilly, jede gefühlsgeleitete Entscheidung ist entschuldbarer – vor sich und den anderen – als eine, die nur durch den Verstand getroffen wurde. Gefühle dürfen Fehler machen, sie gehen einher damit. Aber das macht den Menschen aus. Sonst wären wir doch alle Roboter!«

»Ich weiß nicht.«

»Wie heißt er?«, fragt Oma plötzlich.

»Wie heißt wer?«

»Derjenige, den du vom Kopf her nicht willst und der sich trotzdem in dein Herz geschlichen hat.«

So altmodisch kann auch nur Oma sprechen. Ich hoffe, meine nächsten Worte schockieren sie nicht zu sehr.

»Es sind zwei, Oma.«

»Ach so«, sagt sie und sieht nicht sehr beeindruckt aus. »Das erklärt einiges.«

»Und das wäre?«

»Na, du kannst dich nicht für einen der beiden entscheiden.«

»Das stimmt leider nicht so ganz. Eigentlich möchte ich keinen von beiden. Jedenfalls nicht so richtig. Es wäre schön, aber andererseits spricht so vieles dagegen. Und ich bin mir nicht sicher, ob ich nicht will, dass es so bleibt, wie es jetzt gerade ist. Obwohl ich beide mag und sie auch echt gut finde.«

»Nun, das ist kompliziert.«

»Sag ich doch.«

»Und warum nicht?«

»Warum ich keinen der beiden will?«

»Ja.«

»Ich weiß es nicht.«

»Nun, das ist wirklich kompliziert.«

»Ja, schrecklich.«

»Und was sagt dir dein Gefühl?«

»Oma!«

»Ja, Lilly, du willst das nicht hören. Aber was sagt dein Herz?«

»Gar nichts«, gebe ich bockig von mir.

»Ist es dir peinlich?«, will sie wissen. »Jeder Mensch hat Gefühle, das ist nichts, wofür man sich schämen müsste.«

»Aber ...«, sage ich und habe dann doch keine Ahnung, was ich erwidern soll, ohne wie ein Psycho zu klingen.

»Willst du meine ehrliche Meinung hören?«

»Ja.«

»Bleib noch eine Weile für dich, Lilly. Sag nicht Ja oder Nein, sag einfach gar nichts. Diese beiden jungen Männer werden warten, wenn ihre Gefühle mehr als nur die Oberfläche kratzen. Sie werden es akzeptieren, denn wer möchte nur halbherzig gewollt werden?«

Ich bin mir nicht ganz sicher, ob das für meine Generation im Zeitalter unzähliger Fan-, Kontakt- und Chatbörsen immer noch so gilt, trotzdem nicke ich brav.

»Wenn sie dich wirklich mögen, geben sie dir die Zeit, die du brauchst.«

»Danke, Oma.«

»Es ist vielleicht keine perfekte Lösung, aber wenn du dich dadurch besser fühlst, soll es mir schon reichen.«

»Danke dir.«

»Ach, Moment, da fällt mir etwas ein!« Oma springt hektisch von der Couch auf und verschwindet aus dem Wohnzimmer. Ich höre sie im Schlafzimmer herumwühlen, dann ist sie wieder da und hält mir etwas Glänzendes hin.

»Hier, das ist die Kette, die ich als junges Mädchen getragen habe. Sie ist nicht wertvoll oder besonders schön, aber ich habe sie in einer Zeit getragen, in der auch ich einige Entscheidungen zu treffen hatte. Und viele davon waren nicht so falsch. Jetzt sollst du sie tragen.«

Ich greife nach den dünnen silbernen Gliedern, und mit einer fließenden Bewegung gleitet die Kette auf meine Handfläche. An ihr hängt ein kleiner Anhänger, ein stilisiertes Kreuz aus Ranken, die so filigran gearbeitet sind, dass sie in all ihren Details zu erkennen sind. In der Mitte der sich kreuzenden Ranken sitzt in einer Zargenfassung ein winziger blauer Stein. Gekrönt wird das Ganze von einer hellgrauen Perle, die sich am unteren Ende des Anhängers an den Stängel anschließt. Ich finde sie wunderschön.

»Danke, Oma!«, hauche ich ehrfürchtig.

»Leg sie an!«

»Okay ...« Ich kämpfe mit dem Verschluss, der schon ein wenig eingerostet wirkt. Doch dann schaffe ich es.

»Sie steht dir.«

»Wow, danke!« Ich umfasse den Anhänger, der sich perfekt in die Kuhle meines Schlüsselbeins schmiegt.

»Gerne, mein Kind.«

»Ich werde sie in Ehren halten!«

»Das freut mich.«

Eine halbe Stunde später mache ich mich schwer beschenkt wieder auf den Weg in meine Wohnung. Dieses Mal brauche ich zum Glück nicht so astronomisch lange. Kurz vor sieben schließe ich meine Haustür auf.

Heute Abend werde ich nichts Großartiges mehr unternehmen, denn morgen muss ich arbeiten. Es ist verkaufsoffener Sonntag und der vierte Advent. Ich rechne damit, dass die Leute wie die Verhungernden die Innenstädte stürmen werden, insbesondere die männliche Hälfte der Menschheit. Es ist immer wieder erheiternd, völlig hilf- und ahnungslose männliche Kunden zu beraten, denen der Angstschweiß auf der Stirn steht. Wie kommt man aber auch als Mann auf die Idee, seiner Liebsten zu Weihnachten einen Pullover oder ein Shirt zu kaufen, so was geht doch fast zu hundert Prozent schief. »Ein nicht kalkulierbares Risiko«, um es mit Männerworten auszudrücken.

Nach der Arbeit wollen wir Mädels noch zu unserem Lieblingsmexikaner, der fabelhafte Cocktails zaubert.

In der Küche schnappe ich mir einen Joghurt und nehme mir fest vor, es nach der Kuchenorgie auch dabei zu belassen. Aus Mangel an Ablenkung durch ein fesselndes Abendprogramm verputze ich allerdings noch ein ganzes Marzipanbrot und eine halbe Tafel Schokolade. Gut, dass ich keine Waage besitze. Es gibt nichts Deprimierenderes, als sich wegen jedem halben Kilo rauf oder runter wahnsinnig zu machen.

Am nächsten Morgen kann ich ausschlafen, denn wir öffnen nur von 12 bis 18 Uhr. Ich lege Omas Kette an und betrachte sie im Spiegel. Sie ist so schön! Die Geschenktüte habe ich natürlich brav in meinem Kleiderschrank verstaut, die Versuchung, sie auszupacken, war aber schon sehr groß. Obwohl ich schon um neun aus den Federn gefallen bin, bin ich jetzt trotzdem plötzlich spät dran und erwische gerade noch per Dauerlauf meine Bahn.

Im Laden trägt Gundis zur Feier des Tages noch mehr Armbänder. Debo hat einen Haarreifen mit einem kleinen Rentiergeweih auf dem Kopf, und Sina hat ihre langen blonden Haare zu Schnecken aufgesteckt, in denen silbernes Lametta glitzert. Nur ich bin wieder Nerd-mäßig undekoriert. Doch dieses Jahr hat Debo vorgesorgt.

»Guck, hier, für dich!«, sagt sie und drückt mir einen Reifen in die Hand, während wir uns noch Begrüßungsküsschen geben.

»Och nö, Debo«, maule ich, als ich sehe, dass es sich um einen Haarreifen handelt, an den ein abstehender Heiligenschein montiert ist. »Das sieht echt zu bescheuert aus.«

»Sollen wir tauschen?«, fragt sie und hält mir ersatzweise ihr Geweih hin. Ich seufze kapitulierend.

»Ja, gut.«

Sina, die daneben steht, grinst bis zu den Ohren.

»Sie lacht mich schon aus!«, sage ich anklagend zu Debo und zeige auf Sina, die prompt so tut, als wäre nichts gewesen.

»Das bildest du dir doch nur ein«, sagt Debo abschließend. Ich schleiche an Gundis vorbei, die auch irgendwie so guckt, als würde sie mich auslachen.

»Hopp, hopp, Lilly«, sagt sie und macht eine Bewegung, die mich wohl die Treppe hochscheuchen soll. Ich brumme etwas vor mich hin, und oben angekommen höre ich die drei von unten kichern. Diese Luder, das haben sie bestimmt geplant. Jetzt laufe ich den ganzen Tag als Rentier herum. Ich hoffe nur, es kommt niemand vorbei, den ich kenne.

Ich deponiere Tasche und Mantel und setze den unsäglichen Kopfschmuck auf. Oh nee, der wackelt sogar beim Gehen. Kaum bin ich wieder unten, wird es im Laden plötzlich voll. Gundis schickt uns auf unsere Posten, und los geht es mit der Arbeit.

Meine erste Kundin braucht unbedingt noch »etwas zum Drüberziehen«, wie sie sich ausdrückt. Farbe egal, Hauptsache warm. Sie sieht sich hektisch um, reißt wahllos an den Sachen und wirkt wie ein aufgeschrecktes Huhn kurz vor der Schlachtung. Ich zeige ihr mehrere Strickjacken, die ihr aber alle zu bunt sind. Eine schwarze Jacke aus reiner Wolle ist ihr zu trist, das gleiche Modell in zartem Pastellblau zu blass. Eine grüne Variante gefällt ihr, allerdings verträgt sie keine Wolle auf der Haut, will aber auch nichts darunterziehen müssen. Ich empfehle ihr ein Modell aus Kaschmir und Seide, wahlweise in Steingrau, dunklem Rot, Schwarz oder Dunkelblau. Das verträgt sie auch nicht, erklärt sie und wirkt schon leicht genervt. Also zeige ich ihr ein paar Modelle aus dickem Teddystoff. Sie zieht ein vorwurfsvolles Gesicht und erklärt, dass sie Kunstfaser gar nicht mag. Ich versuche, ruhig zu bleiben, und zeige ihr zum guten Schluss die Varianten aus reiner Viskose, worauf sie mich anblafft, was ich ihr da verkaufen wolle, sie hatte doch nach etwas Warmem gesucht.

Schließlich verlässt sie unzufrieden den Laden und beschwert sich bei Gundis an der Kasse, dass ich keine Ahnung hätte und mich mit dem Sortiment wohl nicht auskennen würde. Zum Glück weiß Gundis, dass ich unser Sortiment wie meinen eigenen Kleiderschrank kenne, und deshalb lässt sie sie reden und nickt nur höflich. Ich will mich nicht ärgern und falte deshalb schnell alle Sachen weg, die ich der Schnepfe gezeigt habe.

*

Als es endlich sechs Uhr ist, komplimentieren wir die letzten Kunden aus dem Laden und machen uns auf zum Mexikaner. Gundis kommt natürlich nicht mit, genauso wenig wie Sylvia, die mit ihrem Mann ins Theater will. Debo, Sina und ich spazieren über den Weihnachtsmarkt bis zu unserem Ziel. Von drinnen ertönt bereits laut Musik. Wir setzen uns und essen jeder eine Kleinigkeit, dann ziehen wir weiter zur Bar. Ich bestelle einen Caipi, weil das mein Lieblingscocktail ist.

»Was ist mit Holger?«, frage ich Sina, weil sie gar nicht ihr Handy am Ohr hat.

»Wir haben uns geeinigt«, sagt sie und guckt triumphierend.

»Echt?«

»Ja, er hat mir versprochen, weniger eifersüchtig zu sein und mir nicht ständig hinterherzutelen.«

»Cool, dass er so auf dich eingeht«, sagt Debo.

»Das war ja wohl auch nötig«, sagt Sina. »Zumal er keinen Grund zur Eifersucht hat. Ich gucke ja weder links noch rechts.«

Ihr Blick bleibt irgendwo an der Theke hängen und straft ihre Worte Lügen. »Uh, klasse Typ auf elf Uhr.«

Debo und ich recken die Köpfe. Debo muss sich auf die Zehenspitzen stellen, weil sie so klein ist. Mich trifft der Schlag: Das ist Jakob mit ein paar Freunden. Und er sieht richtig klasse aus. Gut geschnittene Jeans, teures Oberhemd, Brille. Ich glaube, er hat sogar seine Haare gegelt. Er scheint unsere Blicke gespürt zu haben, denn plötzlich sieht er zu uns rüber. Sina setzt ihr charmantestes Lächeln auf. Ich bin immer noch versteinert. Dann hebt er die Hand und grüßt mich. Sina guckt überrascht zu mir, ich grüße schüchtern zurück, und Debo haucht ein »Nicht schlecht«.

»Du kennst ihn?«

»Ja, von der Uni«, sage ich schnell. Ob ich mal zu ihm hinübergehen soll? Doch er kommt mir zuvor und spaziert zu uns herüber. Sina zieht den nicht vorhandenen Bauch ein und hält die Luft an.

»Guten Abend, die Damen«, sagt Jakob und nickt charmant in die Runde. »Lilly, wie geht es Ihnen? Ist ja eine Überraschung, dass wir uns mal außerhalb der Universität treffen.« Meine beiden Freundinnen hängen an seinen Lippen.

»Gut geht's mir, danke. Mädels, das ist Dr. Lechmann.«

»Jakob, bitte«, sagt er schon wieder so unverschämt charmant.

»Das sind Sina und Deborah.« Die beiden lächeln und nicken.

»Freut mich.« Er schaut mich fragend an. »Und, schon mal wieder im Theater gewesen?«

»Ja, in der Premiere von *Der Sturm*.«

»Ach, da wollte ich auch rein, habe aber leider keine Karte mehr bekommen.«

»Ich habe noch eine an der Abendkasse erstanden. Das ist zwar immer ein Abenteuer, weil man nie weiß, ob man Glück hat, aber oftmals ist es das wert.«

»Daran habe ich gar nicht gedacht.«

»Meistens klappt es.«

»Interessant. Würden Sie mich mal mitnehmen?« Debo und Sina wissen jetzt gar nicht mehr, was los ist, und ich habe keine Ahnung, was ich antworten soll.

»Ich könnte natürlich auch auf normalem Wege Karten organisieren«, lacht er.

»Ja, gerne!«, sage ich schließlich. Warum eigentlich nicht? Er ist ein toller Typ, und ich mag ihn gut leiden. Da kann ich doch mal mit ihm ausgehen? Charmante Gesellschaft kann man nicht genug haben.

»Schön, dann gucke ich morgen mal ins Programm!«, sagt er. »Ihre E-Mail-Adresse steht ja in der Kursliste.«

»Klasse!«

»Gut, dann wünsche ich Ihnen allen schöne Feiertage. Amüsieren Sie sich gut!«

»Danke!«, sagen wir brav im Chor, und er geht wieder.

»Das ist ein Dozent von dir, oder?«, will Sina wissen.

»Ja.«

»Warum sind meine Dozenten alle hässlich?«

»Du studierst eben das Falsche!«, kichert Debo.

Ich beobachte den charmanten Dr. Lechmann noch ein bisschen, während Sina schon wieder Holger simst und Debo ihrem Georg. Dann will Debo plötzlich gehen, weil sie dringend zu Georg muss, dem es wohl »sehr schlecht geht«, wie sie ganz betreten sagt. Sina scheint auch keine große Lust mehr auf einen dritten Cocktail zu haben. Mittlerweile ist Jakob mit seinen Freunden weitergezogen, und ich glaube, ich werde müde. Also machen wir uns alle auf den Heimweg. In zwei Tagen ist Weihnachten. Juhu!

12. Kapitel

O, du Fröhliche!

Weihnachten ist ein guter Zeitpunkt, um sich zu betrinken. Es ist nicht so, dass ich es beabsichtige, aber zur fortgeschrittenen Stunde hilft echt nur noch nachschütten! Wenn der Vorrat an Liebenswürdigkeiten und Toleranz aufgebraucht ist – und das ist meist schon nach dem Essen der Fall –, überlegt man sich weniger, was man trinkt, sondern eher, was gleich und was als Nächstes. Irgendwann schlafe ich dann schlagartig ein. Meistens auf der Couch, aber auch schon mal auf dem Teppich, an einen Sessel gelehnt. Und natürlich schnarche ich. Meine Eltern schweigen über diese Zwischenfälle. Wie von Geisterhand geführt, wache ich am ersten Weihnachtstag in meinem Bett auf, meistens im Schlafanzug, einmal auch komplett in Klamotten.

Was übrigens ein gutes Stichwort ist: Ich habe nämlich ein Problem – ich habe nichts anzuziehen! Das ist nicht wörtlich gemeint, das ist es bei Frauen nie, aber trotzdem ist es sehr real. Die penible Ordnung in meinem riesigen Kleiderschrank scheint mich hämisch anzugrinsen. Leute, die einen Blick hineinwerfen, sind immer sehr beeindruckt. Ich würde von mir trotzdem nicht sagen, dass ich ordentlich bin. Überhaupt ist es doch meist so: Leute, die behaupten, sie seien nicht ordentlich, sind es meistens doch. Und Leute, die behaupten, sie seien es, sind es oftmals gar nicht.

Egal, ich habe Dringenderes zu überlegen. Das schwarz-blaue Kleid habe ich nun schon drei Jahre hintereinander angezogen. Weil meine Mutter es hübsch findet, obwohl es ein wenig gruftig ist. Aber wenn ich das noch mal trage, können meine Eltern möglicherweise die Fotos der einzelnen Jahre nicht mehr auseinanderhalten. Es muss also eine andere Lösung her. Leider habe ich keine Kleidchen für den »guten Anlass«, geschweige denn einen schicken Hosenanzug oder ähnliche Ensembles. Ich sehe darin nicht mondän aus, sondern eher, als ginge ich zu meiner eigenen Konfirmation. Ein Umstand, der mich gewaltig nervt.

Nachdem ich eine Schneise der Verwüstung in die militärische Aufgeräumtheit meines Kleiderschranks geschlagen habe, finde ich doch noch etwas Passendes: ein chinesisch anmutendes Kleid, tiefrotgrundig, mit aufwändigen Verzierungen und den typischen Stoffknöpfen. Es geht fast bis übers Knie und hat seitlich einen kleinen Schlitz. Dazu packe ich eine blickdichte schwarze Strumpfhose und Lackballerinas ein, ebenfalls schwarz. Das sollte festlich genug sein. Für die restlichen Tage schmeiße ich meine Alltagsklamotten in zwei Reisetaschen. Dann noch Schlafanzug, Pantoffeln, Kosmetik, Schuhe – und natürlich die Geschenke nicht vergessen. Schlussendlich ist es wie immer: Ich bekomme die Reißverschlüsse kaum zu.

Zehn Minuten später schließe ich meine Wohnung ab und schleife zwei halbgeschlossene Taschen zu meinem Auto. Im Radio dudelt abwechselnd *I'm driving home for Christmas* und *Last Christmas*, und das auf jedem Sender. Stellt man um, beginnt eins der beiden Lieder oder hört gerade auf. Auf den Autobahnen herrscht Ausnahmezustand, und das liegt nicht nur an Weihnachten. Wieder hat es begonnen, zart zu schneien, und auf den Schnellstraßen fährt der vorbildliche deutsche Autofahrer jetzt konstant 45 km/h. Ich krame nach dem vorsorglich gekauften Röhrchen Baldrian und nehme schon im Auto die erste Tablette. Und das, bevor die Feierlichkeiten überhaupt begonnen haben.

Direkt nach dem Start klebe ich hinter einem majestätisch breiten Mercedes in dezentem Silber, dessen etwa Lenkrad-hoher Fahrer mit Hut weder seinem ABS noch dem modernen Asphalt zu trauen scheint. Er bremst irritiert bei jeder Schneeflocke, die seine ausladende Windschutzscheibe kreuzt. Erwähnte ich bereits, dass ich genervt bin?

Als ich endlich mein Elternhaus erreiche, habe ich das Glück, direkt vor dem Haus einen Parkplatz zu ergattern. Juhu! Kein Taschenschleppen, bis die Hände abfallen. Ich verschließe mein Autolein, und dann sehe ich zuerst nur Grün. Unsere Haustür ist von einer überdimensionalen Tannenranke umrahmt, die den Eingang eher versperrt als verziert. Man muss sich wahrscheinlich ducken, um überhaupt noch ins Haus zu gelangen.

»Du kommst aber spät«, begrüßt mich meine Mutter.

»Es ist elf Uhr morgens«, sage ich.

»Mittags«, korrigiert sie mich, »aber ihr Studenten habt sowieso ein ganz anderes Zeitgefühl.«

Aha, das Fräulein Mutter hat miese Laune, und das schon morgens, äh – mittags. Ich seufze das erste Mal.

»Hallo, Mama.«

Diese Weihnachten wird einiges anders, und ich mag solche Veränderungen nicht.

Oma und Opa sind inzwischen auf großer Reise, doch dafür kommt der Bruder meines Vaters mit seiner Familie. Ich habe bei dem Gedanken noch immer sehr gemischte Gefühle. Normalerweise treffen wir uns am ersten oder zweiten Weihnachtstag, und dann auch nur nachmittags zum Kaffee. Dieses Mal werden sie also die ganzen Feiertage bei uns sein, da sie ja gleich im neuen Jahr nach Spanien auswandern.

Onkel Jochen und Tante Angelika sind meinen Eltern peinlich. Onkel Jochen trägt ein Toupet, so billig, dass es jedermann mühelos als solches identifizieren kann. Tante Angelika hat eine x-mal durchgestufte Bon-Jovie-Mähne in Taillenlänge, mit der sie auf jedem Heavy-Metal-Konzert mächtig Eindruck machen könnte. Doch die beiden haben nicht nur peinliche Frisuren, sie sind auch ziemlich geizig. Es scheint immer, dass sie extra zwei

Tage nichts essen, bevor sie uns besuchen kommen. Mama kocht dann immer tonnenweise, um ja nicht mit ihnen ins Restaurant gehen zu müssen, weil sie findet, die beiden sähen aus, wie aus der Altkleidersammlung gezogen.

Die einzig Normale war bisher ihre Tochter Simone, die jetzt aber in der Pubertät steckt. Seitdem kopiert sie meinen Look, indem sie nur noch Schwarz trägt, und Mama hat mal durch die Blume verlauten lassen, dass Onkel Jochen und Tante Angelika deswegen sauer auf mich sind. So viel zum Thema schlechtes Vorbild. Als wenn das Kind in der »Bravo« nicht genug abgedrehte Musiker mit schwarzen Balken um die Augen gesehen hätte. Aber ich bin natürlich schuld. Und genau wegen dieses Gesamtpakets hat Mama jetzt schlechte Laune.

»Hallo, Kind.« Sie küsst mich flüchtig auf die Wange. Sie sagt gerne »Kind« zu mir. Über die tiefenpsychologische Bedeutung bin ich mir noch nicht ganz im Klaren. Doch jetzt will ich erst mal mein Gepäck loswerden. Dabei fällt mir ein, dass wir nur über ein winziges Gästezimmer für unsere reizende Verwandtschaft verfügen. Oder haben sie sich gnädigerweise im Hotel einquartiert? Obwohl, das kostet ja Geld, von daher ist es eher unwahrscheinlich.

»Wie sollen die denn zu dritt im Gästezimmer schlafen?«, frage ich und zerre meine Taschen hinter mir her. Der Teppich zu meinen Füßen wirft Falten, die ich erfolgreich ignoriere. Mal sehen, ob Mama noch saurer gucken kann.

»Simone schläft in deinem Zimmer«, erwidert sie trocken, ohne sich umzudrehen.

»Was?« Ich bin empört. Wo soll ich dann schlafen?

»Du in deinem Bett, Simone auf der Couch.«

Na, ganz super. Ich und ein quengeliger Teenager, der wahrscheinlich die ganze Nacht telefonieren oder simsen muss. Ich beschließe, aus Protest nicht zu antworten.

»Such doch schon mal die Bettwäsche raus«, fügt Mama hinzu.

»Darf ich vielleicht vorher noch meinen Mantel ausziehen?«

Sie dreht sich überrascht zu mir um. »Weihnachten muss jeder mithelfen.«

Das beantwortet meine Frage nicht. Sie hat echt schlechte Laune. Ich versuche einen beleidigten Blick, doch sie pustet sich nur ihren Pony aus der Stirn und verschwindet wieder in die Küche. Ich, immer noch im Mantel, bleibe zurück.

»Wann kommen die denn an?«, brülle ich durch das »Jingle-Bells«-Gedudel.

»So in 'ner Stunde!«

Hmpf. So früh schon. Ich reiße an den Henkeln meiner Reisetaschen und schleife noch mehr kleine Läufer hinter mir her. Mir doch egal. Dann schubse ich die Tür zu meinem Kinderzimmer auf, das eigentlich kaum noch nach mir aussieht. In einer meiner wilden Phasen habe ich alle Wände dunkellila gestrichen und schwarze Samtvorhänge vor das große Fenster gehängt. Als ich ausgezogen bin, hat Mama von Papa alles renovieren lassen. Jetzt sind die Wände in einem dezenten Pastellgelb, und Streublümchen zieren die weißen Gardinen. Nur der alte Schreibtisch ist noch wirklich von mir. An ihm habe ich schon meine ersten Buchstaben geübt. Die Schlafcouch auf der gegenüberliegenden Seite haben meine Eltern mal von irgendjemandem geschenkt bekommen. Hübsch ist anders. Das Bett, in dem ich nächtigen werde, ist aus hellem Holz und stammt aus einem der großen Möbelhäuser. Es riecht nach Kleber und knarrt. Zum Glück schlafe ich nicht oft hier. Mama meint, ich müsse doch froh sein, dass ich in meinem Elternhaus noch ein eigenes Zimmer habe. Ich sage ihr nicht, dass ich ohne dieses Zimmer ein Argument hätte, nicht für fünf Tage herzukommen. Und dass es sowieso nicht mein Zimmer ist, weil 95 Prozent des Interieurs nicht von mir sind. Aber das denke ich natürlich nur. Dann ziehe ich endlich meinen Mantel aus.

Der Kleiderschrank, in den ich meine Klamotten hängen will, ist zum Platzen voll mit Plunder. Bettwäsche, Schuhe, ausrangierte Bügeleisen und die Sommertischdecken für den Gartentisch. Gut, lege ich meine Sachen eben auf den Boden! Meine gute Kosmetik deponiere ich aber doch lieber auf dem Schreibtisch.

»Lilly! Warst du das mit den Teppichen?«, schallt es aus dem Flur.

Natürlich war ich das, oder ist hier sonst noch jemand drübergelaufen? Ich überhöre meine Mutter und packe stattdessen hingebungsvoll meine Badutensilien aus. Dabei summe ich »O, du Fröhliche ...«.

»Lilly! Räum das sofort auf!« Dann knallt die Tür zum Flur zu. Ich liebe Weihnachten.

Als ich ein paar Minuten später mein Zimmer verlasse, liegen die Teppiche wieder ordentlich sortiert auf dem Holzboden. Aha, Papa ist auch da. Der Geräuschkulisse nach zu urteilen, sind beide in der Küche. Papa kann zwar nicht kochen, aber er hilft trotzdem mit. Außerdem ist er für die Getränke zuständig, die im Keller lagern.

»Na?«, sagt er, als ich das Reich der hausgemachten Spezialitäten betrete.

»Na?«, gebe ich zurück, und dann grinsen wir. Mama zieht ein Gesicht und klatscht Papa das tropfende Salatsieb vor die Brust.

»Würdest du das bitte abtrocknen?«

Kochen interessiert mich nicht so brennend. Stundenlang Gemüse klein zu schneiden langweilt mich. Außerdem macht man eine Menge Geschirr schmutzig, das man danach alles wieder abwaschen muss. Bevor man mich zur Mithilfe abkommandieren kann, klingelt es an der Tür.

»Nein, oder!? Das darf ja wohl nicht wahr sein!« Mamas erster empörter Blick gilt der Uhr am Backofen, der zweite Papa, als wenn er etwas für seine blöde Verwandtschaft könnte.

»Ich mach dann mal auf«, sage ich.

Vor der Tür stehen erwartungsgemäß Tante Angelika, Onkel Jochen und Simone. Onkel Jochen sieht aus wie der fleischgewordene Prototyp eines Räubers aus einem Märchenbuch, was nicht ausschließlich an seinem struppigen Toupet liegt. Er hat nicht nur einen Vollbart, sondern auch sonst überall Haare, sogar an den Ohren und auf den Händen. Er ist geschätzte 2,50 m groß und ziemlich ungelenk. Außerdem trägt er gern karierte Flanellhemden und dazu seltsame weite Leinenhosen aus ökologisch angebauter Baumwolle.

»Hohoho«, dröhnt er mir entgegen und knallt mir freundschaftlich die Hand auf die Schulter.

»Herzlich willkommen«, ächze ich unter seiner Riesenpranke.

Tante Angelika dagegen ist winzig. Meinen Schätzungen zufolge pendelt sich ihre Nasenspitze ungefähr auf Bauchnabelhöhe ihres Gatten ein. Sie trägt immer noch Schulterpolster in ihren doppelreihigen Blazern. Mama behauptet, dass es dieses Modell in Versandhauskatalogen im Dutzend besonders billig gibt. Ihre Löwenmähne hat sie brav zum Pferdeschwanz gebunden.

»Hallo, Lilly!«, sagt sie durch geschlossene Zähne und nicht besonders freundlich.

»Tante Angelika.« Ich strecke ihr die Hand hin, während Onkel Jochen mit eingezogenem Haupt unter der Tannenranke an mir vorbei ins Haus drängt.

»Kommt doch rein«, sage ich nachträglich. Tante Angelika muss sich nicht bücken, um ins Haus zu gelangen. Etwas verloren steht Simone vor der Schwelle. Ein schlankes junges Mädchen, ganz in Schwarz, mit einem noch immer etwas pausbäckigen Kindergesicht und großen, traurigen Augen. Ihre Haare sind tiefschwarz gefärbt mit einer breiten türkisblauen Strähne in ihrem langen Pony, die sich ein klein wenig mit ihren rosigen Wangen beißt.

»Hey!«, sage ich sanft, weil sie so unschlüssig guckt.

»Hallo«, nuschelt sie, und dann kommt sie doch näher. Ich trete extra zurück, um ihr zu signalisieren, dass sie auch reinkommen darf. Mit gesenktem Kopf geht sie an mir vorbei. Ihr voll bepackter dunkler Rucksack ist übersät mit Patches, Buttons und allerlei Schlüsselanhängern in Form kleiner Stofftiere.

»Zieh die Schuhe aus«, sagt Tante Angelika zu ihr, kaum dass ich die Haustür geschlossen habe. Simone zerrt an den Reißverschlüssen ihrer Docs.

»Wo sind denn die Herrschaften des Hauses?«, fragt Onkel Jochen und behält seine schlammigen Slipper an.

»In der Küche natürlich«, zwitschert Mama. Auf so viel unterkühlte Höflichkeit in der Stimme wäre vermutlich sogar die Königin der Nacht eifersüchtig. An meinem Onkel jedoch prallen die eisigen Spitzen mit einem lautlosen Klirren ab. Grazil wie ein Elefantenbaby trampelt er über frisch gesaugte Teppiche Richtung Wohnbereich, Tante Angelika folgt ihm dicht auf den Fersen. Simone und ich bleiben zurück. Ihre rosa Socken sind bedruckt mit großen Katzengesichtern.

»Und wie geht's so?«, frage ich, um die peinliche Situation zu überbrücken. Außer zu Weihnachten haben wir nur an den übrigen klassischen Feiertagen Kontakt.

»Ganz okay«, sagt sie und sieht auf ihre rosa Füße.

»Komm, ich zeig dir, wo du deine Sachen lassen kannst.« Ich lächle sie aufmunternd an. Haben sie das Kind verhauen, bevor sie losgefahren sind? Simone guckt jedenfalls so. Ich gehe vor, und sie schleicht hinter mir her.

»Hübsch«, piepst sie, als ich ihr die Schlafcouch präsentiere. Vorsichtig stellt sie ihren ziemlich mitgenommenen Army-Rucksack darauf ab.

»Hm«, antworte ich, weil ich da nicht unbedingt ihrer Meinung bin. Aus der Küche ertönt Onkel Jochens penetrant fröhlicher Bass. Simone setzt sich vorsichtig auf die hässliche Couch.

»Und hier schlafe ich.« Das sage ich, damit sie weiß, dass ihr das Zimmer nicht alleine gehört. Das Holzgestell quietscht, als ich mich auf der Bettdecke niederlasse.

»Okay.«

Gut, das sieht nicht nach Widerstand aus. Sie hat auch bis jetzt noch nicht einmal nach ihrem Handy gekramt. Ich bin ein wenig erleichtert. Stattdessen schielt sie nach dem Berg schwarzer Klamotten, der sich neben dem Bett auf dem Fußboden auftürmt.

»Kannst du gern mal durchgucken«, sage ich zu ihr.

»Gerne!« Simone strahlt und sieht noch jünger aus, als sie sowieso ist. Gerade will sie aufspringen, da ertönt Onkel Jochens Stimme aus der Küche.

»Simone!«

Wir erschrecken uns beide, und Simone verdreht die Augen.

»Ich ...«, setzt sie an und deutet mit dem Kopf Richtung Tür.

»Ich komme mit«, sage ich, weil sie mir leid tut. In der Küche versprüht Onkel Jochen so viel gute Laune, dass die restlichen drei Erwachsenen ihre Skepsis bezüglich der Festtagslage nicht zu überspielen brauchen.

»Würdest du kurz mal deine Tante und deinen Onkel begrüßen?« Tante Angelikas Mund lächelt, ihre Augen nicht.

»Hallo«, piepst Simone und guckt wieder auf ihre Katzensocken. Mamas Blick gefriert nun endgültig zu einer Maske aus Eis. Sie ist allergisch gegen das Wort »Tante« in Verbindung mit ihrer Person. Ich warte darauf, dass sie Tante Angelika den mühsam angesetzten Fischfond über den Kopf schüttet.

»Hallo, Kindlein!«, begrüßt sie stattdessen Simone. Ich bin »Kind«, Simone ist »Kindlein«. Gut, dass ich keine weiteren Cousinen habe. Papa sagt lieber gar nichts.

»Lilly zeigt euch das Gästezimmer«, höre ich Mama sagen, »dann könnt ihr euch erst mal ein bisschen frisch machen. Natürlich könnt ihr Lillys Bad mitbenutzen.«

Was? Nein! Das geht nicht. Wenn ich mir vorstelle, dass Onkel Jochen in all seiner Haarigkeit auf meinen Badematten steht, bekomme ich Ekelpusteln, und zwar am ganzen Körper. Ich mache den Mund auf, um zu protestieren, da landet schon die Pranke meines Onkels auf meiner armen Schulter.

»Das ist eine tolle Idee. Lilly, zeig uns den Weg!« Schwungvoll dreht er mich um. Hilfe, ich will nach Hause, in meine eigenen vier Wände. Ich wünsche mir Stille, mein eigenes Bett und Schokolade! Stattdessen werde ich von Onkel Jochen unsanft Richtung Tür geschoben. Noch mal Hilfe!

»Na Lilly, wie geht's dir so?«, fragt er hinter mir.

»Gut.«

»Wie läuft's in der Uni?«

»Gut.«

»Wie läuft's in der Liebe?«

»Gut.«

Dann sind wir am Gästezimmer.

»Bitte«, sage ich und lasse die Tür schwungvoll an den angrenzenden Kleiderschrank knallen.

»Och, ist das schön!« Onkel Jochen guckt, als habe er noch nie zwei bezogene Betten in einem schmucklosen Zimmer mit Spitzengardine gesehen.

»Das sind aber nur zwei Betten«, bemerkt Tante Angelika spitz.

»Simone schläft mit in meinem Zimmer.«

»Och, was ist das schön!« Diesmal knallt Onkel Jochen nicht mir die Hand auf die Schulter, sondern seiner eigenen Tochter. »Simone! Dann kannst du dich die ganze Nacht mit Lilly unterhalten!«

Ja! Super Idee! Hilfe!

Simone entwindet sich Onkel Jochens Griff und Tante Angelika sieht aus, als habe sie soeben in einen sehr sauren Apfel gebissen.

»Und wo ist das Bad?«

Mein Bad. Es ist mein Bad!

»Direkt gegenüber.«

»Ja, dann hol ich mal unser Gepäck.« Mit diesen Worten bewegt sich Onkel Jochen hoch motiviert aus dem Zimmer.

»Ich muss auch noch auspacken«, sage ich in keine bestimmte Richtung und bin schon aus der Tür. In meinem – ehemals – eigenen Reich lasse ich mich auf das quietschende Bett fallen. Ich will nach Hause!

*

Geschlagene vier Stunden habe ich tatsächlich meine Ruhe. Simone hat sich wortlos zu mir gesellt, und gemeinsam haben wir ferngesehen. Ich vom Bett, sie von der Couch aus. Ehrlich gesagt, läuft es besser als erhofft, ihre Gesellschaft ist angenehm. Angenehm, weil wortlos. Ich bin ja bekanntlich ein wenig sprechfaul. Um Punkt vier Uhr reißt Mama die Tür auf, ohne zu klopfen.

»Deckst du bitte den Tisch!« Ihr missbilligender Blick gilt der Tatsache, dass ich im Bett liege. Bei uns liegt man tagsüber nicht im Bett herum, es sei denn, man ist krank oder Schlimmeres. Wir sind eine anständige Familie. Doch apropos krank: Kindlein Simone ist erkältet. Ich hab es ihr beim Atmen schon angehört, und Mama wird es sicherlich auch nicht lange verborgen bleiben. Mit an Sicherheit grenzender Wahrscheinlichkeit werde ich mich anstecken. So ist es immer: Hat jemand in meinem Umfeld eine Erkältung, so habe ich sie als Nächste. Ist leider so.

»Ich helfe dir«, sagt Simone und ist schon auf den Füßen, bevor ich mich überhaupt bewegen kann.

»Das ist lieb von dir, Kindlein«, lächelt Mama.

Wieso ist sie nett zu ihr und zu mir nicht? Ich schnaufe missmutig.

»Lilly, gleich, ja?«

»Jaha.«

»Gut.« Weg ist sie. Dass sie immer das letzte Wort haben muss! Ich habe nichts gegen das Tischdecken an sich. Aber warum muss denn immer alles sofort sein? Im Wohnzimmer lagern Onkel Jochen und Tante Angelika auf den Sofas, ebenfalls vor dem Fernseher. Sie gucken einen Shopping-Sender, auf dem in diesem Moment ominöse Haarschneidemaschinen verkauft werden.

Papa bastelt geschäftig an einer ganz offensichtlich funktionstüchtigen Lichterkette herum. Soll heißen, er übersieht ganz geflissentlich, dass Onkel Jochen die Füße auf der Lehne hat, ohne eine Wolldecke darunterzulegen. Das ist bei uns nämlich Pflicht. Mal sehen, was passiert, wenn Mama das ganze Spektakel erblickt. Simone und ich verteilen das bereitgestellte Geschirr auf dem ausgezogenen Tisch. Um Besteck zu holen, müssen wir in die Küche.

»Hast du Simone schon das Bett bezogen?«

»Nein.«

»Das kann ich auch selber machen«, sagt Simone.

»Nein, Kindlein. Lilly macht das schon.« Aber gerne doch. Jetzt hat Mama Onkel Jochen gesehen.

»Jochen, mein Lieber, würde es dir etwas ausmachen, eine Decke unter deine Füße zu legen? Die Couchen bekommen so leicht Flecken.«

»Kein Problem!« Onkel Jochen greift nach der erstbesten Wolldecke in seiner Nähe, lässt sie beim Anheben komplett auseinanderfallen, quetscht sie unkoordiniert wieder zu einem

Knäuel zusammen und drapiert sie auf der Lehne. Mama kann nur machtlos zusehen und zieht es vor, wieder in die Küche zu verschwinden.

»Findest du es gut, dass ihr nach Spanien zieht?«, frage ich Simone. Sie zuckt nur die Schultern.

»Ich muss ja eh mit.«

»Kannst du denn Spanisch?«

»Ich werde auf eine deutsche Schule gehen.«

»Ach so.«

Mehr scheint Simone nicht verraten zu wollen, und ich will sie nicht nerven, also belasse ich es dabei.

Nachdem wir mit dem Tischdecken fertig sind, müssen sich alle umziehen und anhübschen. Das ist der nächste Punkt der Tagesordnung. Ich ziehe das chinesische Kleid an, Simone hat ihr Konfirmationskleid mitgebracht. Tante Angelika trägt einen ihrer vielen Plastik-Hosenanzüge, Papa hat einen Anzug an und Mama das Kleid vom letzten Jahr. Onkel Jochen hat sich gar nicht erst umgezogen, sondern behält stattdessen die Lage auf dem Esstisch genau im Blick. Nicht, dass er helfen würde. Vielmehr sieht es aus, als überlege er, wo er sich am besten hinsetzt, um an alle Schüsseln gleichzeitig heranzukommen.

Wir starten mit einer Fischsuppe. Tante Angelika scheint beschlossen zu haben, nur eine bestimmte Sorte Fisch, nämlich Lachs, zu essen. Sie pickt sich aus dem großen Topf nur ebensolche Stücke heraus, um gleichzeitig zu ignorieren, dass es sich um eine Suppe handelt und nicht um Fischstücke mit ein wenig Brühe. Mama trinkt jetzt schon Sekt und Weißwein durcheinander.

Der Hauptgang ist eine überdimensionale Pute, dazu gibt es Rotkohl, Babykartoffeln mit Rosmarin vom Blech und eine ganz köstliche Soße. Onkel Jochen schnauft vor Anstrengung und hat Schweißperlen auf der Stirn. Er nimmt dreimal nach, doch die Pute kann er nicht bezwingen. Mama guckt durch das Gerippe triumphierend zu ihm herüber, während Onkel Jochen immer noch angestrengt kaut. Zum Nachtisch gibt es Käsekuchen und rote Grütze, alles überstäubt mit Puderzucker. Onkel Jochen und Tante Angelika schaffen jeder zwei Stücke, dann geben sie endgültig auf. Simone hat fast gar nichts gegessen.

Mama drängt zur Bescherung. Ich glaube, sie will es endlich hinter sich haben. Ich stelle fest, dass ich bis jetzt ziemlich wenig getrunken habe. Vielleicht liegt es auch an Simone, die mit ihrer Apfelschorle die Einzige ist, die den Überblick behält. Sie bekommt von ihren Eltern eine Konzertkarte und ein Abo für eine Mädchenzeitschrift. Die Erwachsenen schenken sich gar nichts und Simone und ich auch nicht. Ich bekomme von Mama und Papa Geld und zwei ziemlich coole Paar Schuhe: ein Paar Peeptoe-Ballerinas und ein Paar Lederstiefel. Ich bin höchst entzückt.

Onkel Jochen schlägt vor, ein paar Spiele zu spielen, doch Mama und Papa gucken wenig begeistert. Irgendwann schaltet Papa den Fernseher ein. Ich werde schon müde. Wenig später verziehen Simone und ich uns ins Bett.

»Lilly?«, fragt sie, nachdem wir eine Weile in unseren Betten liegen. »Darf ich dich was fragen?«

»Ja klar.«

»Hm.« Sie zögert ein bisschen. »Wie alt warst du bei deinem ersten Mal?«

»16, glaube ich.«

»Hm.«

»Warum?«

»Ach, nur so.«

»Wirklich?«

»Hast du ihn geliebt?«

Oh, so eine Frage, und dann um diese Uhrzeit!

»Liebe ist ein großes Wort. Wir haben uns sehr gemocht, so würde ich es sagen.«

»Also warst du richtig mit ihm zusammen, ja?«

»Ja, schon ein Weilchen, bevor wir's dann gemacht haben.«

»Hm!«

»Und du? Hast du einen Freund?«

»Weiß ich nicht so genau.«

»Na ja, seid ihr zusammen?«

»Ich glaube nicht.«

»Aber du findest ihn gut?«

»Ja.«

»Und wie heißt er?«

»Florian.«

»Und, hast du ihn schon etwas kennengelernt?«

»Ja, auf einer Party bei einer Freundin von mir.«

»Das klingt doch gut. Was habt ihr gemacht?«

»Die hat so einen Partyraum, den hat sie komplett mit Matratzen ausgelegt. Später hat dann jemand das Licht fast ganz gelöscht, und wir lagen alle da rum. Er hat mich geküsst. Und ich glaube, er war es.«

Ich höre ihr fassungslos zu. »Wie? Er war es?«

»Der mir die Hose runtergezogen hat.«

»Was?«

»Ja, ich glaube, er war's. Er hat direkt hinter mir gelegen.«

»Ihr hattet Sex?«, frage ich ziemlich geplättet. »In einem Raum voller Leute?«

»Ja, aber mit Gummi.«

Ach so, das rechtfertigt den Umstand natürlich. »Und du glaubst nur, dass er es war?«

»Ich hab mich nicht getraut nachzusehen, das wäre uncool gewesen.«

»Ach so.«

»Aber deswegen ist man nicht zusammen, oder?«

»Hm, ich glaube nicht.«

»Schade«, sagt Simone leise. Dann dreht sie sich auf die andere Seite. Ich bin immer noch baff. Bald höre ich sie regelmäßig atmen. Sie ist eingeschlafen! Echt krass, ich habe ja schon viel gemacht, aber dieses kleine Weib toppt alles.

*

Einen Tag vor Silvester bekomme ich Halsschmerzen. Ich wusste es! Tante Angelika, Onkel Jochen und Simone sitzen wahrscheinlich schon in Spanien am Strand, aber die Erkältung hat Simone hier gelassen. Ich versuche noch, mit allerlei Mittelchen meinen Gesundheitszustand in die richtige Richtung zu pushen, aber Fehlanzeige. Die Nacht wird fürchterlich, und ich kann am nächsten Morgen kaum noch sprechen. Ich stehe mit dickem Schal und tropfender Nase in der Küche, und Mama sieht wenig begeistert aus.

»Dein Vater und ich wollten heute Abend zusammen kochen«, sagt sie.

Ja und? Warum guckt sie dabei so komisch? Ist »zusammen kochen« bei ihnen ein Synonym für wilden Sex auf dem Küchenboden oder was?

»Gut, fahre ich eben nach Hause!«, sage ich hoheitsvoll, und mein Hals sticht bei jedem Wort.

»Nein, bleib hier und leg dich ins Bett. Du kannst nachher was mit essen, wenn du Hunger hast«, lenkt sie ein.

Ich schlurfe wieder in mein Bett und verschlafe den Rest des Tages.

*

Abends habe ich drei neue SMS auf dem Handy. Die erste ist von Julia, die wissen will, wann wir uns treffen. Schande, das hatte ich komplett vergessen! Wir wollten zur Silvesterparty von Tobias' Bruder. Ich simse ihr mein ganzes Elend und hoffe auf ihr Verständnis. Die zweite ist von Marius, der schreibt, dass er ganz spontan nach Amsterdam fährt, um dort zu feiern. Hm, Holland. In letzter Zeit scheint er sich ganz schön häufig dort aufzuhalten. Ob er etwa doch endlich einen netten Kerl kennengelernt hat? Da werde ich mal dranbleiben.

Die dritte ist von David. Der Text sagt deutlich, dass er sauer ist, trotzdem will er wissen, was ich heute Abend mache. Darauf antworte ich erst mal nicht, stattdessen dämmere ich weiter vor mich hin, putze meine laufende Nase, und kurz nach sieben bringt Mama mir tatsächlich Essen ans Bett. Ich schmecke allerdings rein gar nichts. Als um null Uhr das Feuerwerk losgeht, liege ich im Bett und schmolle. Was für ein blöder Mist, ich könnte jetzt auf 'ner netten Party sein! Stattdessen sehe ich aus wie frisch von der Seuchenstation entlassen und fühle mich genauso elend.

Ich vegetiere noch zwei Tage übellaunig vor mich hin, dann hat Mama keine Lust mehr auf meine ungeduschte Anwesenheit, und wir zoffen uns heftig. Sie sagt, ich solle mich etwas zusammenreißen, an einer Erkältung wären höchstens die Indianer gestorben. Ich bin sauer, weil sie mich nicht genug bemitleidet. Sie meint, ich solle erst mal mit mir selber klarkommen, und ich frage sie, was das mit Halsschmerzen zu tun hat. Sie sagt, ich sei unerträglich, weil ich mit mir selbst unzufrieden bin. Ich antworte ihr, dass sie mir lieber 'nen Tee kochen soll, anstatt Psychologin zu spielen. Dann meint sie, ob ich mal überlegt hätte, wie ich andere Menschen behandle. Ich sage ihr, dass ich mich im Gegensatz zu gewissen anderen Personen nicht nur primär mit mir selbst beschäftige. Das Ende vom Lied ist, dass ich wütend meine Sachen in die zwei Reisetaschen stopfe und Hals über Kopf abreise. Wenn ich ehrlich bin, ärgere ich mich ziemlich über die Dinge, die sie mir an den Kopf geworfen hat.

Was denkt sie eigentlich? Wenn ich will, brauche ich nichts und niemanden. Ist man, wenn es wirklich darauf ankommt, nicht letztendlich immer allein?

In meiner Wohnung erwarten mich eisige Kälte und ein fast leerer Kühlschrank. Ich drehe die Heizung voll auf und behalte Mantel und Schal so lange an, bis das Wohnraumklima etwas erträglicher geworden ist. Meine Stirn glüht, ich glaube, ich habe Fieber.

In den nächsten Stunden wird es noch schlimmer. Mein Hals fühlt sich an, als hätte ich ein Stück Stacheldraht verschluckt. Jede Bewegung schmerzt in den Gliedern, und außerdem habe ich Kopfschmerzen, die ihresgleichen suchen. Und mein Kühlschrank ist immer noch leer.

Ich suche in der Küche nach etwas Essbarem, muss mich aber schließlich mit einer nicht mehr ganz taufrischen angebrochenen Packung Zwiebäcke begnügen, die ich in Marmelade ertränke, damit sie überhaupt nach etwas schmecken. Danach habe ich immer noch Hunger. Ich esse noch zwei Schokoladenweihnachtsmänner, eine Dose Thunfischsalat, der hauptsächlich aus Mais besteht, und trinke eine Kanne Pfefferminztee mit Honig. Ich bin zwar satt, aber lecker ist anders. Meine Taschen packe ich nicht mehr aus. Ich schlafe auf der Couch in meinen Klamotten ein. Der Fernseher läuft die ganze Nacht, und am nächsten Morgen fühle ich mich regelrecht verstrahlt. Mein Kopf glüht immer noch, und meine Medikamente neigen sich so langsam dem Ende zu. Mist!

Auf meinem Handy habe ich eine neue SMS. Sie ist von David. Er will wissen, ob ich noch lebe. Ich simse ihm »Nein« zurück, und prompt ruft er an.

»Was hast du mit deiner Stimme gemacht?«, fragt er.

»Krank«, krächze ich.

»Och, armes Häschen«, erwidert er eine Spur zu mitleidig.

»David, dann lass mich doch in Ruhe!« Ich habe keine Kraft für diese Spielchen. Und den Rest meiner Lebensenergie brauche ich heute, um irgendwie vor die Tür zu kommen und meine Versorgung zu sichern.

»Dir geht's ja echt schlecht«, meint er plötzlich ernst.

»Ja!«

»Brauchst du etwas?« Ja klar, brauche ich etwas! Ich wünsche mir jemanden, der für mich kocht. Der für mich zur Apotheke sprintet. Der mir Tee macht. Und der sich neben mich setzt, und dem es nichts ausmacht, dass meine Nase läuft, ich nicht richtig sprechen kann und nicht gerade aussehe wie frisch aus dem Beauty-Salon.

»Weiß nicht«, sage ich stattdessen.

»Was soll ich mit der Antwort anfangen? Brauchst du Hilfe, ja oder nein?«

»Hm, ich ...«, druckse ich herum. Eigentlich brauche ich doch niemanden, oder wie war das noch? »Also, wenn du für mich zur Apotheke gehen könntest?«

»Sag mir, was du brauchst.«

Als er auflegt, lasse ich mich erleichtert zurück in die Polster fallen. Wenigstens das Medikamentenproblem ist gelöst. Dann setze ich mich abrupt wieder auf. Oh nein, wie sehe ich aus? Meine Haare sind fettig, und ich bin mir sicher, ich müffele auch sonst aus den Klamotten. Als ich von der Couch aufspringe, wird mir schwarz vor Augen. Ich stütze mich an der Wand ab, in meinem Kopf dreht sich alles, und vor meinen Augen tanzen kleine Lichtblitze. Als es vorüber ist, gehe ich mit langsamen Schritten ins Bad und schäle mich aus meinen Sachen. Oh, wie herrlich kann eine heiße Dusche sein!

Ich schalte gerade den Fön aus, da klingelt es schon. Eigentlich wollte ich mich noch ein klitzekleines bisschen schminken, aber dafür ist nun keine Zeit mehr.

»Ach, du meine Güte ...«, sagt David, als er über die Schwelle tritt.

»Frohes neues Jahr«, krächze ich.

»Danke, dir auch«, grinst er und hält mir die Tüte hin.

»Hast du den Bon? Ich geb dir das Geld sofort wieder.«

»Warte ...« Er kramt in seinen Parkataschen herum, dann zieht er einen verknüllten Zettel hervor. Ich gebe ihm einen Zwanzig-Euro-Schein und hindere ihn erfolgreich daran, mir die 1 Euro 36 Wechselgeld wiederzugeben.

»Geh jetzt lieber, du steckst dich noch an«, sage ich, obwohl es mir gut gefallen würde, wenn er mir noch etwas Gesellschaft leisten würde.

»Ich kriege nie 'ne Erkältung.« Mit diesen Worten zieht David den Reißverschluss seiner Jacke auf. »Ich gucke mir noch ein bisschen an, wie du leidest.« Was würde ich nur ohne David und seine bekannt charmante Art machen?

»Na toll. Dann macht es dir sicher nichts aus, wenn ich mich wieder hinlege?«

»Nein, gar nicht.«

Ich schlurfe wieder Richtung Couch, suche aus meiner Wundertüte die passende Medikation heraus und lege mich nach erfolgreicher Einnahme der Dosis wieder in die Horizontale. David setzt sich mir gegenüber auf einen Hocker. Eine Weile sieht er mir schweigend beim Rumliegen zu, und ich merke, wie er die ganze Zeit überlegt. Fast könnte man meinen, er wolle mir etwas sagen, aber sicher bin ich mir nicht.

»Tut mir leid, ich kann nicht so viel sprechen, mein Hals tut so weh.«

»Schon okay. Wenn ich wieder gehen soll, weil du schlafen willst, sag Bescheid.« Ich nicke.

»Hast du heute schon was gegessen?«

»Keinen Hunger ...«, krächze ich, obwohl das nicht ganz stimmt.

»Ach?«, fragt David und glaubt mir nicht. Er steht auf und marschiert Richtung Küche. Ich höre, wie er den Kühlschrank aufmacht.

»Hast du keinen Hunger, weil du nichts dahast, oder bist du auf Diät?«, fragt er, als er wieder im Zimmer ist.

Ich zucke kleinlaut mit den Schultern. Unpassenderweise knurrt auch noch in diesem Moment mein Magen lautstark.

»Warum fällt es dir eigentlich so schwer, Leute um einen Gefallen zu bitten?«

»Keine Ahnung, frag mich etwas anderes.« Sehe ich so aus, als hätte ich gerade Lust, über mich selbst zu meditieren?

»Überleg doch wenigstens mal!«

»Ich will dich nur nicht so für mich einspannen.« Das habe ich nämlich eigentlich gar nicht verdient.

»Ich habe dir meine Hilfe doch angeboten!«

»Ja, ich weiß.« – Und es ist auch schön, dass du da bist. Wirklich.

»Dann nimm sie doch an.«

»Ja.«

»Okay, worauf hast du Appetit?«

Hühnersuppe mit ganz viel Gemüse! Und großen Stücken Fleisch, frisch und salzig! Und etwas, was die Seele wärmt.

»Ja?«, fragt David noch mal nach.

»Hühnersuppe«, sage ich dann doch.

»Hühnersuppe.«

»Du wolltest es ja wissen.«

»Na gut, so schwer wird so eine Suppe schon nicht sein. Ich kaufe Huhn und Gemüse und ...« Er denkt laut nach. »Wie bekommt man die Brühe?«

»Ich glaube, indem man das Huhn auskocht.«

»Auskocht? Du meinst, ein ganzes Huhn? Am Stück?«

»Keine Ahnung.«

»Hm.« David schielt zu meinem Rechner hinüber. »So etwas kann man doch bestimmt im Netz nachgucken.«

»Bestimmt.« Bei dem Gedanken an heiße, frische Suppe wird mir schon gleich viel wohler. David lässt sich vor meinem Rechner nieder und findet auch sofort ein Rezept mit Einkaufsliste, das er sich komplett ausdruckt. Dann macht er sich auf den Weg.

Als er weg ist, ist es plötzlich wieder seltsam leer in der Wohnung. Ich glaube, ich muss ganz dringend Jule anrufen.

»Süße, wie geht's dir? Ist die Erkältung schon besser geworden?«, fragt sie.

»Nein, gar nicht. Eher schlimmer.«

»Oh nein, kann ich dir etwas Gutes tun?«

»David ist da, er kauft gerade ein.«

»Sag das noch mal.«

»Ja, David ist für mich zur Apotheke gefahren, und jetzt kauft er alles ein für Hühnersuppe!«

»Er ist einfach so vorbeigekommen?«

»Nein, er hat vorher angerufen.«

»Und du findest das ... wie?«, fragt sie ungläubig.

»Ich bin mir noch nicht ganz sicher, wie ich das finden soll.«

»Wieso lässt du ihn dann zu dir kommen?«

»Weil ich Hilfe brauchte! Und vielleicht gefällt es mir auch ein bisschen, ihn hier zu haben.«

»Jetzt hast du dich doch in ihn verguckt.«

»Weiß ich nicht.«

»Hört sich aber so an.«

»Ich will nicht darüber nachdenken.«

»Macht er denn irgendwelche Andeutungen in diese Richtung?«

»Verbal, meinst du?«

»Ja.«

»Nee, er ist wohl eher der Typ, der Taten sprechen lässt.«

»Und er geht jetzt wirklich für dich einkaufen? Obwohl ihr nicht mal zusammen seid?«

»Sieht so aus.«

»Hm.«

»Was denkst du?«

»Vielleicht solltest du wirklich mal einfach auf dein Herz hören, statt immer nur deinen Kopf sprechen zu lassen.«

»Dafür bin ich nicht der Typ.«

»So ein Quatsch. Dafür ist jeder der Typ! Er tut dir gut, er ist für dich da. Du findest, er sieht gut aus. Und er ist nett zu dir!«

»Ich dachte, du wärst eher für Lukas.«

»Meinungen ändern sich eben.«

»Bloß, weil er für mich einkauft?«

»Nein, weil ihm nicht egal ist, was ihn eigentlich nichts angehen müsste.«

»Den Satz habe ich jetzt nicht verstanden.«

»Du bist ja auch in schlechter Verfassung, Lilly. Versuch ihn doch mal weitab von deinen strengen Regeln zu betrachten. Was fühlst du, wenn er gleich wieder da ist? Findest du es schön, dass er bei dir ist? Musst du bei ihm auch das starke, große Mädchen spielen, das alles alleine kann? Oder glaubst du, er mag dich immer noch, wenn du mal einfach bloß ein Mensch mit Stärken und Schwächen bist?«

Wo hat Jule eigentlich gelernt, so druckreif zu sprechen?

»Ja, ich werd's mal probieren«, sage ich.

»Du schaffst das, Süße!«, lacht Jule.

Eine halbe Stunde später ist David wieder da. Er hat sogar noch Joghurt, Brot, Käse, Wurst, Saft und Milch mitgebracht. So gesund war mein Kühlschrank schon lange nicht mehr ausstaffiert. Er hat ein ganzes Suppenhuhn erstanden, das er mir triumphierend unter die Nase hält.

»Guck mal, das kommt gleich ganz in den Topf.«

»Man kocht auch die Füße mit?«

»Die sind doch abgeschnitten, Dummerchen.«

»Aber hier, die Knöchel sind noch dran! Und diese rosa Haut sieht etwas eklig aus ...«

»Das wird schon, wenn es erst mal gekocht ist!«, meint David zuversichtlich und geht zurück in die Küche, um sich mit dem Huhn auseinanderzusetzen. Ich höre ihn klappern und wurschteln und finde es ziemlich gemütlich. Einmal scheppert es, und er flucht leise. Ich stelle ihn mir zwischen all dem Gemüse vor und muss lächeln. Ich mag es, dass er hier ist. Er passt so gut hierher. Er wirkt in meiner Wohnung nicht wie ein Besucher, er verschmilzt eher mit ihr. Er geht an alle meine Sachen, und ich finde es gar nicht schlimm. – Hilfe, habe ich das gerade wirklich so gedacht? Vielleicht ist das Fieber schuld, dass ich so sentimental drauf bin?

Während die Suppe kocht, kommt David zu mir ins Wohnzimmer, und wir gucken eine Runde Fernsehen. Meine sentimentalen Anwandlungen von eben versuche ich zu ignorieren. David erzählt ein paar lustige Sachen und hat sich zu mir auf die Couch gesetzt. Ich schäme mich ein bisschen, weil ich so scheußlich aussehe, doch er verzieht keine Miene.

Dann ist das Meisterwerk vollbracht. Ganz ehrlich, es schmeckt ausgezeichnet! David platzt fast vor Stolz. Ich verschlinge die erste Portion, ohne den üblichen höflichen Smalltalk, und David freut sich umso mehr. Beim Nachschlag schaut er auf sein Handy. Dann isst er ein wenig schneller. Kaum merklich, aber mir fällt es auf. Plötzlich klingelt es an der Haustür. Ich gucke überrascht, David läuft wie selbstverständlich zur Tür und drückt den Summer.

Es ist Mama! Mit zwei Tüten Lebensmitteln und einem Vorrat an Medikamenten. Sie sorgt sich also doch ...

»Kind, wie geht's dir?«, fragt sie, nachdem David sich ihr souverän vorgestellt hat.

»Gut«, krächze ich. »David hat mir Hühnersuppe gekocht.«

»Ach, wirklich?« Mama wirft ihm einen interessierten Blick zu, und David wird noch ein Stück größer.

»Und Sie sind ein Kommilitone von Lilly?«

»Mama!«, sage ich. Sie soll ihn nicht ausfragen.

»Nein, wir kennen uns über einen gemeinsamen Freund. Ich studiere Biologie und Theologie auf Lehramt.«

»Ach, wie nett.« Mama scheint zufrieden. Akademiker sind ihrer Meinung nach immer ein guter Umgang.

»Kind, ich wollte nicht so unfreundlich sein zu Silvester«, sagt sie dann.

»Schon okay«, antworte ich. »Ich war ja auch nicht gerade nett.«

Sie setzt sich zu mir auf die Couch und umarmt mich.

»Werd schnell wieder gesund, kleine Maus! Und wenn was ist, dein Vater und ich sind immer für dich da.«

»Danke, Mama, das ist so lieb von dir«, sage ich, schon wieder total sentimental.

»Gut, dann lasse ich euch beide mal wieder allein. Du wirst ja bereits gut umsorgt. Das ist wirklich sehr nett von Ihnen«, sagt sie dann noch zu David.

»Ach, kein Problem«, meint der bescheiden.

»Pass auf dich auf! Mami hat dich lieb!«

»Äh, ja Mama, mach ich!« Dann rauscht sie davon. David guckt wieder auf seine Uhr.

»Wenn du weg musst, geh nur, ich habe dich sowieso schon viel zu lange aufgehalten.« David guckt ein klein wenig ertappt.

»Nein, es ist nur ...«, setzt er an.

»Ich finde es sehr schön, dass du hier bist«, sage ich mutig. »Nicht nur, weil du mir geholfen hast, sondern auch, weil es schön ist, dass du mir Gesellschaft leistest.« Oje, das war nicht einfach. Über Gefühle zu reden war noch nie meine Stärke.

»Lilly, ich ...«, setzt er ein zweites Mal an.

»Ich weiß, mir fällt es auch nicht leicht, so etwas zu sagen. Aber ich meine es ernst.«

»Lilly, ich muss gleich los, weil ich mich noch mal mit Miriam treffen will. Das ist meine Ex, du weißt schon.«

So, ich glaube, ich habe mich gerade verhört. Vielleicht bekomme ich ja eine Mittelohrentzündung? Das hat er jetzt nicht wirklich gesagt, oder? Ich mache hier nicht den emotionalen Kasper, und er serviert mich ab ... Habe ich eigentlich was verpasst?

»Ich wollte es dir schon vorhin sagen«, entschuldigt er sich.

»Wie schön für dich.« Ich bin tapfer. Ich lasse mir nichts anmerken. Gefühle sind etwas für Loser, ich wusste es vorher. Wie stehe ich denn jetzt da?

»Lilly, du hast mich die ganze Zeit abblitzen lassen. Und sie und ich wollten länger schon miteinander reden.«

Ja, habe ich. Und was sehen wir zum Schluss? Es wäre besser gewesen, ich wäre dabei geblieben. Herzlichen Glückwunsch, Sie ziehen das große Los und machen sich zum Vollidioten. Scheißkerl!

»Ich hätte echt nicht mehr damit gerechnet, dass du ... na ja, dass du so denkst, wie du es gerade gesagt hast.« David scheint sich sichtlich unwohl zu fühlen in seiner Haut. Ich gönne es ihm.

»Viel Spaß bei deinem Date«, sage ich. »Und vielen Dank für deinen brüderlichen Einsatz bei mir.«

»Jetzt werd mal nicht unfair! Es ist kein Date.«

»Wiedersehen«, sage ich. David springt auf.

»Gewöhn dir endlich mal ab, so zu sein, wie du gar nicht sein willst! Und gib mir keine Schuld! Du hast mich nicht gewollt und nicht umgekehrt. Irgendwann hört jeder mal auf, einem Traum nachzulaufen!«

Déjà-vu, das kommt mir doch alles bekannt vor? Ich denke an Mark und wie unsanft ich aus meinem persönlichen Luftschloss gefallen bin. Auch ein Traum, der nicht wahr geworden ist.

»Ich bin ehrlich zu dir, weil sich an meiner Sympathie für dich nichts geändert hat. Und weil ich glaube, dass unter der harten Schale aus Stacheln und Eis eine liebenswerte Frau steckt, die einfach nur zu viel Angst vor sich selber hat. Und die sich schützen will.«

Er hat recht mit allem, was er sagt. Er hat mich mal wieder durchschaut, und er mag mich trotzdem. Und ich habe es geschafft, ihn zu vergraulen.

»Ich muss jetzt los, ich lasse Leute nicht gern warten.«

»Viel Spaß«, sage ich und vermag es nicht, ihn anzusehen.

»Ich melde mich mal bei dir und erkundige mich nach deinem Gesundheitszustand, ja?«

»Ja, das wäre nett.«

»Gute Besserung.«

»Danke noch mal.«

»Keine Ursache.« Die Tür fällt ins Schloss, und er ist weg. Er hat mit mir Schluss gemacht, bevor es etwas zum Schlussmachen gab.

Ich kann doch jetzt nicht schon wieder Jule anrufen? Nein, ich will ihr nicht auf den Keks gehen, sie wird sowieso denken, dass ich schuld bin, dass jetzt alles ist, wie es ist. – Und genau so wollte ich es doch auch! Ich wollte allein sein. Frei! Mir nehmen, was ich will und kriegen kann, und ansonsten meine Ruhe haben. Und jetzt habe ich sie tatsächlich. Meine Wohnung ist still und leer, und zum ersten Mal finde ich es unerträglich und nicht erholsam wie sonst.

Am Abend simst Jule und will wissen, »wie es so läuft«.

Ich schreibe ihr zurück, dass alles verdammt blöd gelaufen ist und ich jetzt nicht darüber reden will. Sie antwortet etwas, das ich nicht lese, stattdessen schiebe ich mein Handy verächtlich unter eins der Zierkissen. Ich verbringe den Abend und den ganzen nächsten Tag mit Nichtstun. David hat sich noch nicht gemeldet. Ich ertappe mich dabei, dass ich auf eine Nachricht von ihm warte. Was ist bloß los mit mir? Kann ich etwa nicht mehr alleine sein?

Am dritten Tag wird mein Hals besser, die emotionale Schieflage ist allerdings unverändert. Ich lebe immer noch von dieser Hühnersuppe. Morgens habe ich schon wieder die erste feste Nahrung in Form eines Butterbrots essen können. Es geht also bergauf. Sollte es jedenfalls. In Wahrheit schleiche ich herum wie Falschgeld, gucke wahlweise auf das schwarze Handydisplay oder Löcher in die Luft. Manchmal bilde ich mir ein, dass er gleich bei mir klingeln wird. So als Überraschungsbesuch. Er wird mir erzählen, dass die andere 'ne dumme Kuh ist und dass es ihm leid tut. Und ich würde ihm vielleicht verzeihen. Aber nur, weil er so gut kochen kann, natürlich.

Doch de facto passiert gar nichts. Ich sitze herum, nehme meine Medikamente, dusche hin und wieder mal oder esse etwas. Niemand meldet sich bei mir. Die Wohnung und ich, wir haben nur uns. Der große Unterschied zwischen »allein« und »einsam« ist, dass das Erste etwas Selbstbestimmtes ist und dass man in das Zweite so hineingerät, ohne zu wissen, wie das nun passiert ist und wie man da wieder herauskommt.

13. Kapitel

Süße Versuchung

Nach fünf Tagen kann ich keine Hühnersuppe mehr sehen. Ich schütte den Rest in die Toilette, spüle den Topf und räume ihn wieder ins Regal. Schluss mit dem Sterbender-Schwan-Gehabe! Ich muss mal wieder unter Leute, sonst fange ich an, mit den Möbeln zu reden.

Ich räume die Wohnung auf, während ich überlege, was ich heute Abend anziehe. Janine, eine Kommilitonin, feiert in ihren Geburtstag rein, und am Montag geht dann die Uni wieder los. Leider muss ich alleine zur Party, denn Jule ist mit Tobias im Ballett. Die Tickets waren ein Weihnachtsgeschenk von ihm. Ich putze gerade den Küchentisch, da fällt mein Blick auf zwei Seiten bedrucktes Papier: »Hühnersuppe – Das Penicillin der Juden« steht da als Überschrift.

»Drei Liter kaltes Wasser, ein Suppenhuhn (ohne Innereien), eine Knoblauchzehe, eine Zwiebel, vier Möhren, eine Sellerie-stange, ein Bund frische Petersilie, 200 Gramm Sternchen-nudeln.«

Es ist das Rezept, nach dem David gekocht hat. Ich lese noch den Rest der Anleitung durch, vielleicht aus Sentimentalität, vielleicht aus Neugier. – Ich glaube, ich sollte lieber nicht kochen lernen, wenn mir bei jedem Anblick eines Rezepts so schwer ums Herz wird wie bei diesem hier.

Ich brauche mal wieder viel zu lange, um mich für ein Outfit zu entscheiden, außerdem hätte ich fast vergessen, meine Haare nachzutönen. Als ich nach dem Mantel greife, zögere ich doch noch einen Moment. Dann gebe ich mir innerlich einen Tritt: Ich bin ein großes Mädchen, ich bin wieder voll genesen, und heute wird sich amüsiert. Punkt!

Die Party ist schon in vollem Gange, als ich ankomme. Völlig unvernünftig habe ich meine neuen Peeptoe-Ballerinas angezogen. Na ja, ich bin ja mit dem Auto da und die Feier findet drinnen statt. Was soll mir schon passieren? Alles ist richtig nett, Janine hat von ihren Eltern das ganze Haus zur Verfügung gestellt bekommen, und ich glaube, die halbe Uni ist da. Und dann, wie aus dem Nichts, steht David vor mir.

»Hi Lilly, wieder gesund?«

»Ja, danke der Nachfrage.«

»Ich wollte mich melden, aber irgendwie ...«

»Schon gut. Dank deiner Hühnersuppe habe ich ja überlebt.«

Er lächelt nur als Antwort.

»Und wie war's bei Miriam?« Ich will es nicht wissen. Aber ich muss trotzdem fragen.

Er sieht mich lange an, scheint zu überlegen, ob ich Streit suche.

»War ganz nett«, sagt er schließlich.

»Und heute bist du allein hier?«

»Selbst wenn sie eingeladen wäre, müsste sie heute arbeiten. Nachtdienst. Sie ist Krankenschwester.«

Schön, so genau wollte ich es eigentlich gar nicht wissen.

»Und du bist auch solo hier, nehme ich an?«

»Ja.«

»Wieder auf Männerfang?«

Was soll denn diese Frage? Er kennt doch meine Einstellung. Glaubt er etwa, er hätte mir mein Herz gebrochen? Dass ich nicht lache. Was mich nicht umbringt ... und so weiter.

»Ich fange Männer nicht, sie laufen mir so zu«, antworte ich deshalb.

»Nun, dann hoffe ich, du hast deine Hundekekse nicht vergessen.« Dann dreht er sich um und geht.

Was erlaubt er sich, so mit mir zu reden? Er hat eindeutig angefangen! Ich wollte ja nett sein, und er vergeigt es.

Wütend und verletzt schiebe ich mich an den Leuten vorbei zum Garten. Ich brauche frische Luft, kalten, harten Sauerstoff, sonst falle ich in mich zusammen. Draußen ist es schön, aber kühl. Janine hat sogar Lampions aufgehängt. Weiter hinten in Richtung der dunklen Tannen versinkt das ausladende Grundstück in dumpfer Schwärze. Der Garten muss so groß wie unser gesamtes Haus plus das der Nachbarn sein. Wenn nicht noch größer.

Wenn David meint, er muss sich mit mir streiten, soll er auch mit den Konsequenzen leben. Vielleicht ist es nur verletzte Eitelkeit bei ihm. Oder geknickter Stolz bei mir. Was auf dasselbe hinausläuft. Trotzdem pikst und sticht es, und zwar an einer Stelle, die mit dem Kopf nicht zu erreichen ist.

Ich spaziere ganz in Gedanken weiter, das kalte Gras kitzelt mich an meinen großen Zehen. Am Ende des Gartens ist es wirklich völlig dunkel. Kein Wunder, dass ich mich zu Tode erschrecke, als sich eine Gestalt aus der Schwärze der tief hängenden Äste löst.

»Nicht erschrecken«, sagt eine männliche Stimme.

»Du meine Güte ...«, japse ich, während mein Herz rast.

»Sorry, das war nicht meine Absicht.«

Noch kann ich sein Gesicht nicht erkennen, aber der süßliche Geruch von Marihuana erklärt, warum er sich hier in der Botanik herumdrückt. Ein weiterer Schritt in meine Richtung offenbart schwarz gefärbte Haare mit langem Pony quer über der Stirn und ein gewinnendes Lächeln. Süß, aber zu jung.

»Christoph.« Er schmeißt den Rest des Glimmstengels hinter sich und streckt mir seine Rechte hin.

»Lilly.«

»Nett, dich kennenzulernen, Lilly.« Er baut sein Lächeln noch weiter aus und schaut mir unverschämt lange in die Augen. Wer hat dem Kind eigentlich Manieren beigebracht? Ich gucke sicherheitshalber weg, denn wenn er alt ist, ist er 17.

»Magst du was trinken?«, prescht er weiter vor.

»Hier draußen?«

»Von mir aus. Ich hole uns was. Wir können aber auch reingehen.«

»Nein, danke«, sage ich bestimmt. Er soll mir nichts holen. Er soll weggehen. Oder noch besser, ich gehe. Es hat schon beim ersten Blick geknistert, und das ist nicht gut, denn er hat noch Welpenschutz. So was macht man nicht. Also möglichst unfreundlich sein, dann verliert er das Interesse. Wahrscheinlich.

»Wirklich?«, hakt er nach. Oh Mann, von diesem Augenaufschlag könnte ich echt noch was lernen.

»Na ja, höchstens wenn du 'nen Tee organisierst«, erwidere ich möglichst pampig. So, vielleicht reicht das ja schon, dass er mich für eine Zicke hält.

»Klar doch!«

»Danke«, sage ich frustriert. Das hat ja wohl nicht geklappt.

»Mitkommen und reingehen oder draußen bleiben und warten?«

»Draußen bleiben«, sage ich schnell. Ich will gar nicht wissen, wie er im Hellen aussieht. Ich weiß schon, dass er so ziemlich genau mein Typ ist. Also, ich meine, er wäre es, so in fünf bis zehn Jahren.

»Bin gleich wieder da.« Entschlossen geht er durch das hohe Gras zurück in die Zivilisation. Erwähnte ich bereits, dass ich Röhrenjeans an Kerlen sehr sexy finde? Verdammt.

Zwei Minuten später ist er schon wieder da. Vor sich her trägt er einen dampfenden Becher und eine Flasche Bier.

»Hier.« Er reicht mir die Tasse, wobei er sich unnötig nah vor mir aufstellt. »Bist du eine Freundin von Janine?«

»Ja.«

»Von der Uni?«

»Ja.«

»Cool.« Er nippt nicht nur an seiner Flasche, er leert sie gleich halb.

»Und du?« Ich ernte einen fragenden Blick. »Woher kennst du Janine?«

Er zögert. Aha, wohl ein kleines Geheimnis?

»Ich bin ihr Bruder.«

Na, ganz toll! Wieso kann der Abend nicht einfach besser werden? Ich stehe also gerade im Dunkeln mit dem minderjährigen Bruder meiner Gastgeberin in der Botanik herum und versuche, die Funken, die zwischen uns sprühen, niederzutrampeln.

»Du musst deinen Tee trinken«, sagt er leise, »sonst ist er gleich kalt.«

Argh. Sogar seine Stimme ist ... verdammt. Anstatt diesen Gedanken zu Ende zu denken, schütte ich den heißen Tee in meinen Mund.

»Hast du einen Freund?«

Also, ich finde ja, er geht ziemlich ran. Trotzdem schüttle ich verneinend den Kopf.

»Warum nicht?«

»Und warum hast du keine Freundin?«

Er sieht nach oben, fast als wolle er nachdenken, doch die Antwort kommt dann recht schnell. »Hat sich momentan nicht so ergeben.«

»Aha.«

»Und bei dir?«

»Hat sich auch gerade nicht so ergeben.«

»Cool.«

»Ach ja? Wieso?« Zickenmodus nicht vergessen, wir wollen ihn ja auf Distanz halten.

»Nur so.« Er lächelt verschmitzt und sieht nicht im Mindesten verschreckt aus. Den Blick, den er mir schenkt, muss ich erst mal verarbeiten.

»Lass uns reingehen«, sagt er mit Schlafzimmerstimme und streckt doch tatsächlich seine Hand in meine Richtung aus.

»Ich will nicht rein.«

»Dann bleiben wir draußen.«

Okay, Klartext reden: »Nein, ich meinte, ich komme nicht mit, wenn du reingehst.«

So, jetzt scheint er es verstanden zu haben. Der Blick, den er mir von oben herab zuwirft, wandert von meinem Gesicht zu meinen nackten Zehen und wieder zurück.

»Hast du ein Problem mit mir?«

»Wie alt bist du eigentlich?« So, jetzt ist es raus.

»19«, lügt er ziemlich dreist.

Ich muss mir ein Lachen verkneifen.

»Okay, 18.« Er lügt immer noch. Ich mache Anstalten zu gehen.

»Nein, bleib hier! 17, aber in drei Monaten 18. Ist das ein Grund, sich nicht mit mir zu unterhalten?«

»Es ist ein Grund, sich nicht von dir an die Hand nehmen zu lassen.«

»Das war doch ...« Er merkt selber, dass alles, was er darauf erwidern könnte, dummes Zeug wäre, also klappt er den Mund wieder zu. Stattdessen bohrt er die rechte Schuhspitze in den weichen Grasboden.

Jetzt würde wiederum ich lügen, wenn ich behauptete, sein verdrießliches Gehabe nicht extrem süß zu finden. Aber Männer wollen ja gar nicht süß gefunden werden. Deshalb versuche ich, aus der etwas unschönen Situation möglichst galant herauszukommen.

Doch wieder kommt er mir zuvor.

»Pass auf«, setzt er an und zieht den erdverkrusteten Schuh aus dem Boden, »mir ist kalt, dir wahrscheinlich auch. Ich würde mich gerne noch mit dir unterhalten. Du dich mit mir vielleicht auch. Also, warum tun wir nicht einfach so, als wäre es kein Drama, sich auf 'ner Party ein bisschen gegenseitig vollzutexten und dann einfach wieder getrennte Wege zu gehen.«

Für 17 dreiviertel war das eine extrem erwachsene Ansage. Vielleicht bin ja doch ich diejenige, die kindisch ist. Also nicke ich zustimmend. Er geht voraus. Ohne die Hand auszustrecken. Ich eiere hinterher. Wo kommen die Maulwurfshügel auf einmal her, die waren doch vorhin noch nicht da?

Drinnen ist es noch voller geworden. Ich hoffe, dass Janine uns nicht sieht. Christoph erkämpft sich einen Platz auf einer der Couchen und bedeutet mir, sich neben ihn zu setzen. Als ich ein unwilliges Gesicht mache, zieht er an meiner Jeans, bis ich, halb auf ihn fallend, in eine klitzekleine Lücke zwischen ihm und die Lehne plumpse. Also, sehr beweglich bin ich jetzt nicht mehr.

»Wie habe ich das gemacht?«, will er wissen.

»Was?«, frage ich, weil ich viel zu sehr damit beschäftigt bin, ihn anzustarren. Dieser lange Emo-Pony, die helle Haut, die unglaublich türkisfarbenen Augen. Und dann hat er auch noch seitlich ein Unterlippenpiercing, was ich im Dunkeln gar nicht gesehen habe. Oh nein. Ich will ihn haben. Nackt. Und zwar pronto.

Er muss schon wieder etwas gesagt haben, denn seine Lippen bewegen sich. Also nicke ich.

»Das war aber keine Antwort.«

Wieder nicke ich mechanisch.

»Ach, egal«, sagt er. Und dann streckt er seinen Arm auf der Lehne hinter mir aus.

Nimmt wohl mal jemand diesen Kerl von mir weg, bitte! Oder nimmt jemand mich von ihm weg? Und wo ist eigentlich Janine?

Ich muss jetzt sofort etwas Alkoholisches haben. Völlig egal, wie ich nach Hause komme. Blöder Tee.

»Holst du mir noch was zu trinken?«, frage ich und gucke sicherheitshalber nicht direkt in seine Richtung.

»Klar doch. Was magst du haben?«

»Sekt.«

»Okay.« Weg ist er. Und ich kann endlich wieder atmen.

Es dauert ziemlich lange, bis Christoph wiederkommt. Ich kämpfe derweil mit den mir zugewandten Kniekehlen anderer Partygäste und deren Füßen, die mich immer wieder treten. Es ist einfach viel zu voll hier, das ist ja schlimmer als in der U-Bahn zur Rushhour. Außerdem sehe ich gar nichts mehr! Nur noch bejeanste Kniebeugen, manno.

Dann endlich entdecke ich drahtige, lange Beine in schwarzen Röhrenjeans. Endlich, der Alkohol.

Christoph, der Jungmann von Welt, serviert mir den Schaumwein in einem Wasserglas monströsen Ausmaßes. Es könnte aber auch eine kleine Blumenvase sein. Gefüllt ist es bis Untergrenze Oberkante und schwappt gefährlich. Doch vermutlich meint er es bloß gut mit mir.

»Oh, danke«, sage ich artig und muss den Glasbehälter mit beiden Händen umfassen. Sekt tropft auf meine Hose, und meine Finger kleben am Glas fest. Als er sich wieder neben mich quetscht, schwappt alles gleich noch mal über. Julchen würde dazu sagen: »Ist doch egal, solange man es waschen kann.«

Jetzt kleben also nicht nur meine Hände und die Oberschenkel, sondern auch die Unterarme. Ich sollte mit einer Strichliste beginnen. Christoph hat sich noch ein Bier mitgebracht.

»Prost!« Er lässt die Flasche gegen mein Glas klingen und bedenkt mich mit einem schmachtenden Augenaufschlag.

Ich nicke ihm zu und nehme vier große Schlucke. Das Glas ist nur unmerklich leerer geworden. Wie viel ist da drin? Eine ganze Flasche? Ich nehme probehalber noch mal zwei Schlucke. Wenigstens ist es guter Sekt. Lecker! Also weitertrinken. Nach wenigen Augenblicken hat Christoph seinen Arm wieder an besagte Stelle hinter mich gelegt, und ich habe es nicht mal bemerkt. Er unterhält sich lautstark von unten nach oben mit einem Partygast, der vor ihm steht. Doch ich höre nicht zu, ich kümmere mich um meinen Alkoholvorrat. Einmal glaube ich, im diffusen Gedränge fremder Beine Davids Schlaghose erkannt zu haben, doch sicher bin ich mir nicht. Irgendwann spüre ich Christophs Finger an meinem Rücken. Er hält kurz inne, dann umschließt seine Hand meine Schulter.

Ich werfe ihm einen eindeutigen Blick zu, doch er tut so, als bemerke er es nicht, und unterhält sich weiter. Der Plan war ja eigentlich, sich einfach nur zu unterhalten und auf höflicher Distanz zu bleiben. Stattdessen quatscht er mit einem anderen und fasst mich dabei an. Na warte, mein Sekt und ich wir stehen jetzt einfach auf und gehen.

Mit einem Schwung bin ich auf den Füßen, die Menschen weichen empört vor mir zurück. Das Sektglas kann zum Glück nicht mehr schwappen, und das ist allein mein Verdienst.

»Hey!«, sagt Christoph empört, und schon steht er in voller Größe neben mir. Wieder weicht die Menge grummelnd aus.

»Was, hey?«, frage ich.

»Zicke«, sagt er.

»Touché«, sage ich. Er grinst, und eine lange Strähne fällt ihm über die Nase, auf der winzige blasse Sommersprossen zu sehen sind. Ich will mich nackt mit ihm in einem Bett wälzen.

»Komm mit!« Er reißt mich an meiner Hand hinter sich her. Keine Ahnung, wie er es schafft, die Leute vor sich so schnell auseinanderzuschieben.

»Wo gehen wir denn hin?«, rufe ich in seine Richtung.

»An einen Ort, wo wir uns ungestört unterhalten können.« Na, viel Glück, in diesem Haus gibt es keinen Quadratmeter, der nicht von Menschen besetzt ist.

»Und wo wäre das?«

»In meinem Zimmer.«

Oh Mist, hatte ich vergessen: Er wohnt ja hier. Gar nicht gut. Überhaupt nicht gut. Jetzt heißt es, Verstand einschalten und stark bleiben. Trotz überzeugender Ponyfrisur und hübschem Gesicht. Ich stolpere die Stufen in die erste Etage hoch, der Sekt scheint zu wirken. Meine Zehen sind ganz voller Erde, das hatte ich noch gar nicht bemerkt. Oben angekommen, reißt Christoph eine Tür auf und erstarrt im selben Moment. Ich pralle gegen seinen harten Rücken, als er meine Hand loslässt.

»Sag mal, seid ihr bescheuert!«, brüllt er in die Dunkelheit. Ich dränge mich neben ihn, und werfe einen Blick in das Zimmer. Auf seinem zerwühlten Bett liegen zwei Gestalten. Der Typ hat lediglich die Hose heruntergezogen, das Mädel unter ihm hat ihr Shirt hochgerissen, und ihr Busen quillt unter seinem Oberkörper hervor. Ihre Hose liegt direkt davor auf dem Boden, sie hat nur noch ihre gestreiften Söckchen an. Sie fiept wie eine kleine Maus, jedes Mal, wenn er ihr Becken in die Matratze drückt. Die beiden scheinen uns nicht bemerken zu wollen.

»Lass sie doch«, sage ich und versuche, Christoph aus dem Türrahmen zu ziehen.

»Das ist mein Zimmer!«, schnauzt er ersatzweise mich an.

»Scheißegal.« Ich lege ihm versöhnlich die Hand um die Taille und drehe ihn um. »Man muss auch gönnen können.«

»Na, und was hab ich jetzt davon?«

»Nix.«

»Eben!«

»Ja, willst du jetzt den Typen von dem Mädel runterziehen, ihm eine knallen und beide halbnackt in den Flur verbannen?«

Christoph sieht immer noch böse aus. »Zum Beispiel!«

»Das ist doch albern.«

»Aber ich wollte doch mit dir ...«

Ja, ich auch.

»Wir wollten uns doch in Ruhe unterhalten«, sagt er noch mal.

»Das können wir auch woanders.« Ich will mich von ihm lösen, um uns einen Ersatzplatz zu suchen.

»Warte.«

»Ja?«

»Beweg dich nicht.«

Oh Gott, habe ich etwa irgendwo ein Insekt auf mir sitzen? Ein überflüssiges Mitbringsel aus dem Garten, das bis dato unerkannt auf mir geparkt hat?!

»Warum?«, hauche ich wie erstarrt. Er guckt wortlos auf meinen Arm, der immer noch um seine Taille liegt.

Was soll ich jetzt sagen? Stattdessen schaue ich zu ihm hoch. Er spielt mit seinem Piercing.

»Ist das jetzt dein Ernst?«

Er nickt. Herrje, er macht mich fertig. Ehrlich. Manche Kerle haben es echt drauf. Und bei ihm ist wahrscheinlich alles angeboren. Obwohl ich es nicht will, lasse ich die Hand sinken. Christoph legt sie kommentarlos wieder zurück.

»Und was soll das werden?«, will ich von ihm wissen.

»Weiß nicht.«

Das ist definitiv keine Antwort. Und meine Hand liegt immer noch da, wo sie nicht hin soll. Ich bin noch dabei, in meinem Kopf eine gouvernantenhafte Rüge zu formulieren, als mir jemand energisch auf die Schulter tippt. Oh nein, das ist jetzt bestimmt Janine. Doch sie ist es nicht.

»Könnte ich dich kurz sprechen?« Ohne mir Zeit für eine Antwort zu lassen, zieht David mich von Christoph weg, den er gar nicht beachtet.

»Hey, Moment mal!« Christoph und David duellieren sich mit Blicken, meine Anwesenheit beschränkt sich lediglich auf körperliche Präsenz.

»Entschuldige, es dauert nur einen Moment«, sagt David würdevoll zu ihm und versucht mich gleichzeitig mit seinem Blick zu töten. Ich habe nicht mal Zeit, irgendwas Verbindliches zu Christoph zu sagen, da schleift David mich am Arm hinter sich her.

»Sag mal ...«, keife ich.

David ignoriert mein Gehabe, stößt eine Tür auf, zieht mich hinein, kracht die Tür wieder zu und schließt sie ab. Oh, ein Badezimmer. Wie nett.

»Weißt du, wie alt der ist?«, faucht er mich nachträglich an.

»Und woher willst du das wissen?«, fauche ich zurück.

»Weil der in 'ner Hardcore-Band spielt, in der ein Freund von mir an den Drums sitzt!«

»Ach so.« Mist. Die Welt ist doch ein Dorf.

»Und du weißt auch, wie alt er ist?«

»Ja!«

»Wie, ja? Und es ist dir egal?«

»Meine Güte, er wird in drei Monaten 18.«

David guckt mich erst perplex an, dann bekommt er einen so heftigen Lachanfall, dass er sich auf den Toilettendeckel setzen muss, um nicht umzufallen. Meine erdigen Zehen versinken in einer hellrosafarbenen Flauschbadematte, und ich gebe ihm noch genau 15 Sekunden, sich wieder einzukriegen, bevor ich ihm wortlos den Seifenspender an den Kopf werfe. Ich fange an zu zählen und komme bis dreizehn, als er endlich aufhört und den Kopf wieder in meine Richtung dreht.

»Er ist 16.« David beobachtet mein Mienenspiel mit einer Mischung aus Spott und ehrlichem Mitleid.

»Da hat er dich wohl ganz schön verarscht, hm?«

»Hat er.«

»Jaja, du und deine viel gerühmte Menschenkenntnis.«

»Halt einfach die Klappe, okay?« Mir ist auf einmal gar nicht mehr nach Sekt, deshalb stelle ich das Glas auf dem Waschtisch ab.

»Bist du etwa ohne Auto hier?«

»Nein.« Er soll bitte aufhören, mich zu nerven.

»Und was soll dann der Sekt?«

»Sag mal, was interessiert dich das eigentlich?«

»Nur so. Ist doch 'ne berechtigte Frage.«

»Gut, von mir aus. Ich lasse das Auto hier stehen. Irgendwie werde ich wohl nach Hause kommen, zur Not fahre ich Taxi.«

»Von hier bis zu dir? Hast du im Lotto gewonnen?«

»Nein!«

»Aha.« Davids Blick wandert an mir herunter, um sich ein Urteil über meine allgemeine Verfassung zu bilden, und bleibt an den erdigen Zehen hängen.

»Keine Zeit zum Duschen gehabt heute?«

»Können wir wohl mal aufhören, von mir zu reden?«

»Soll ich dich vielleicht nachher nach Hause fahren? Ich hab nichts getrunken.«

»Nein, danke!«

»Ach, komm schon, als wenn du Lust hättest, nachher mit Bus und Bahn zu trampen.«

Natürlich hat er recht, er hat ja sowieso immer recht. Beim Gedanken an schlecht beleuchtete Bahnhöfe und unzuverlässige Fahrpläne wird mir nicht unbedingt warm ums Herz, insbesondere wenn ich an meine nackten Zehen denke. Mein Widerstand schwindet, und David merkt das genau.

»Ich könnte so tun, als wären wir zusammen hier gewesen, und dich formvollendet anständig bis zur Haustür eskortieren.«

»Hör auf, mich zu verarschen.«

»Das meine ich ganz ernst.«

»Ich habe heute genug von anständigen Männern.«

»Oh bitte, vergleiche mich nicht mit diesem Grünschnabel da draußen.«

Grünschnabel? Was ist das bitte für ein Wort? Und benutzt man das heute überhaupt noch?

»Was guckst du so amüsiert?«, will David wissen.

»Grünschnabel?«, wiederhole ich.

»Ja, der Emo-Boy. Steht der überhaupt auf Mädchen?«

»Hör auf zu lästern. Natürlich steht er auf Mädels, sonst hätte er dich doch gar nicht so eifersüchtig machen können.«

»Na ja, vielleicht sieht er in dir eher eine mütterliche ...« Er spricht den Satz vorsichtshalber nicht zu Ende, doch das muss er auch gar nicht. Im Kopf vervollständigt er sich von alleine. Ich schiele erneut nach dem Seifenspender. Aber nein, ich lass mich von ihm nicht provozieren, die Zeiten sind vorbei.

»Oh, so friedliebend heute?« Irre ich mich, oder guckt David enttäuscht.

»De-es-ka-la-tion«, sage ich.

»Hübsches Wort.«

»Ich will nach Hause.«

»Dann komm!« David steht auf, legt einen Arm um mich, und ich lasse ihn machen. Mit gesenktem Haupt schiebe ich mich durch den Flur bis zur Haustür. Draußen gebe ich David die Autoschlüssel. Er fährt mich schweigend bis vor die Haustür und geht noch bis zum Eingang mit.

»Bis dann«, sagt er und will sich sofort umdrehen.

»Danke, dass du mich gefahren hast, David.«

»Schon gut.«

»Nein wirklich, das war sehr lieb von dir.« Er lächelt nachsichtig. »Du bist zwar ein bisschen verrückt im Kopf und ich komme bei einigen deiner seltsamen Ideen nicht ganz mit, aber letztendlich kann man sich leider nicht aussuchen, wen man gut leiden mag.« Dann dreht er sich um, winkt noch einmal über die Schulter und überquert die Straße Richtung Bahnhof. Ich schaue ihm nach, bis er nicht mehr zu sehen ist.

14. Kapitel

Frauen küssen besser

Den nächsten Abend verbringe ich wild tanzend auf einer Gothic-Party in einem Club. Ich glaube, ich habe Nachholbedarf von Weihnachten und Silvester. Lukas' SMS sind immer weniger geworden. Das Letzte, was ich von seiner Band gehört habe, ist, dass sie schon wieder einen überregionalen Wettbewerb gewonnen haben und nun ein paar lokale Radiosender ihren Debütsong spielen.

Jetzt ist es halb fünf morgens, ich bin noch auf eine sogenannten »After-Hour« mitgegangen und weiß nicht, ob ich müde und erledigt oder müde und aufgekratzt bin.

Fröstelnd räkele ich mich auf einer speckigen Ledercouch, die aussieht, als hätte sie auch schon mal eine Nacht auf dem Sperrmüll verbracht. Die meisten Leute hier in der Sitzecke sind komplett breit. Entweder vom Alkohol oder von Drogen oder von beidem.

Marie neben mir hat ihren Kopf nach hinten auf die Lehne gelegt, aber ihre Augen sind geöffnet. Sieht komisch aus, aber diese Frau kann wirklich nichts entstellen. Marie ist eine der seltenen echten Blondinen. Ihre Haare sind wie fein gesponnenes Gold. Nicht diese gelbe, grobe Wolle, die die Fußballerfrauen als Extensions am Kopf kleben haben. Heute hat sie sie zu zwei Schnecken hochgesteckt, die sich mittlerweile aber schon in Auflösung befinden. Ihre Haut ist von einem beneidenswerten durchscheinenden Puderrosa. Sie ist eine der Frauen, bei denen man die Adern überm Busen sehen kann. Ihr Körper, ihr Gesicht und die Haare haben die typischen Merkmale von Blondinen aus dem kühlen Norden: hoch gewachsen und schlank mit zarten Knochen und aparten Gesichtszügen. Doch ihre Augen haben ein helles Bernsteinbraun, das bei Tageslicht fast grünlich schimmert. Marie könnte jeden haben, was sie auch hin und wieder ausnutzt.

Mein Blick wandert an ihr herunter. Ihre Füße stecken in den für Gothicmädchen üblichen »Pornohufen«: Lackboots mit schwindelerregend hohen Absätzen und kleinem Plateau vorn. Die langen Beine schmücken halterlose Strümpfe, die mittlerweile schon Löcher haben. Dazu trägt sie einen Lackmini, der einen perfekten Blick auf die Rundungen ihres kleinen Hinterns bietet. Ein Lacktop bedeckt ihren Busen, die Arme stecken in Stulpen. Ich trage einen schwarzen Rock mit langem Schlitz, dazu Netzstrümpfe und ein enges Samttop.

Sie muss meinen Blick bemerkt haben, denn sie dreht den Kopf zu mir und lächelt mich verschwörerisch an. Irgendjemand verteilt Wolldecken. Marie und ich teilen uns eine. Das Ding ist verfilzt und von schmuddeligem Orange, außerdem kratzt der Stoff ein bisschen. Marie zieht ein skeptisches Gesicht, ich zupfe mit spitzen Fingern an der ehemals glänzenden Satineinfassung. Wenigstens wird es jetzt sofort wärmer um meine Beine. Wir wuseln unter der Decke herum und Marie zieht ihre Schuhe aus. Ich halte das für eine gute Idee und mache es ihr nach. Dann faltet sie die langen Beine auf die Polster und legt den Kopf an meine Schulter.

Ich bleibe wie erstarrt sitzen und traue mich nicht, mich zu bewegen. Warum macht sie mich so nervös? Wir kennen uns schon eine Weile, zum ersten Mal ist sie mir auf der Party eines gemeinsamen Freundes aufgefallen. Wir haben nur kurz gequatscht, aber ich war gleich beeindruckt von ihr. Sie ist ziemlich bekannt in der Szene. Die Männer laufen ihr nach, und sie lässt nichts anbrennen. Ihr ganzes Auftreten hat etwas Unwiderstehliches. Jeder möchte sie anfassen, egal ob Mann oder Frau.

Heute Abend habe ich sie auf der Party getroffen und bin einfach noch mit ihr mitgegangen. Jetzt seufzt sie leise und legt den rechten Arm um meinen Bauch. Ich halte so lange die Luft an, bis ich nicht mehr kann, dann muss ich doch atmen, auch auf die Gefahr hin, dass sie ihren Arm wieder wegnimmt. Doch nichts passiert. Vorsichtig ziehe ich meinen Arm hoch und lege ihn ihr über die bedeckten Schultern.

Die Leute in der Sitzecke labern, rauchen und trinken, doch um mich herum verschwimmt alles zu einem dumpfen Brei. Niemand stört sich an uns.

Maries Hand rutscht wie von selbst tiefer, sie fährt in den seitlichen Schlitz meines Rockes und landet auf der Innenseite meines Oberschenkels. Jetzt werde ich doch etwas nervös. Ich hatte noch nie etwas mit 'ner Frau. War das jetzt eine Anmache? Nachdenklich kaue ich noch auf meiner Unterlippe, als Marie plötzlich nah an meinem Hals flüstert: »Du hast schöne Haut.«

»Danke«, hauche ich, und mein Herz rast. Sie streicht mit den Fingern den gummierten Spitzenrand meiner Strümpfe entlang. Ich versuche immer noch, meine Atmung in den Griff zu bekommen. Dann plötzlich lässt sie von mir ab und setzt sich kerzengerade auf. Die Decke rutscht in ihren Schoß. Ich gucke überrascht zu ihr hinüber.

»Belästige ich dich?«, fragt sie ernst.

Ich kann nur den Kopf schütteln.

»Sicher nicht?«, hakt sie nach. Ich nicke und gucke wohl wie ein verschrecktes Huhn, denn sie lacht leise und streichelt meine Wange. Ihr Mund ist klein, aber die Lippen sind voll und sinnlich. Wie es sich wohl anfühlen würde …?

Sie scheint meine Gedanken zu lesen, denn sie beugt den Kopf zu mir herüber, und schon liegt ihr Mund auf meinem. Ihre Lippen sind unglaublich weich, so zart, wie ich es bei einem Mann noch nie erlebt habe. Ich lege eine Hand in ihren Nacken und ziehe sie näher an mich heran. Ihr Mund öffnet sich über meinem, und ich suche nach ihrer Zunge. Sie küsst wunderbar. Nun bin ich es, die ihr die Hand auf den Oberschenkel legt. Ich streichle die nackte Haut und berühre zufällig ihren String. Sie zuckt sofort und drückt sich mir entgegen. Erst zögere ich, dann lege ich die ganze Innenfläche meiner Hand über ihren Schritt. Auch hier ist es weich.

Sie löst ihren Mund von meinem, nimmt meine Hand und flüstert: »Komm mit!«

Ich lasse mich von ihr hochziehen, während die Decke achtlos auf dem Boden landet. Hand in Hand bahnen wir uns den Weg an den sitzenden Gestalten vorbei Richtung Flur. Die Wohnung ist ein richtiger Saustall. Die Küche steht voll von verklebtem Geschirr, das Bad ist überladen mit Kosmetik, und überall liegen Klamotten und Schuhe rum. Marie führt mich Richtung Schlafzimmer. Sie scheint sich hier gut auszukennen.

Im Schlafzimmer sind die Vorhänge zugezogen, aber richtig dunkel ist es nicht. Zum Glück, denn sonst hätten wir uns wahrscheinlich auf das ineinander verknotete Pärchen auf dem Bett gesetzt. Wir wollen uns gerade einen anderen Platz suchen, als die beiden ihre Sachen zusammenraffen und kichernd verschwinden.

Marie zieht mich zu den Sitzkissen an der Heizung unter dem Fenster. Sie will sich hinsetzen, doch ich halte sie fest und drehe sie so, dass sie sich mit dem Rücken an die Wand lehnt, die im rechten Winkel zum Fenster verläuft. Sie lässt es mit sich machen, und ich schmiege meinen Körper an ihren.

Meine Hände umfassen die Rundungen ihrer Brüste, während ich meine Nase in ihre Halsbeuge lege. Marie schiebt meinen Rock bis zur Taille hoch und kneift mit beiden Händen in meinen Hintern. Langsam ziehe ich ihr Oberteil hoch, ich will sie nicht überrumpeln. Doch sie reagiert nicht, stattdessen lässt sie von meinem Hintern ab und legt ihre Arme um meinen Hals. Ich vergrabe meine Finger in der weichen Haut ihrer Brüste. Meine

Güte, ich hätte nicht gedacht, dass es sich so gut anfühlt. Bei den eigenen Brüsten ist es nur einen Bruchteil so aufregend.

Marie küsst mich erneut und dreht mich dabei mit sanftem Griff um die Taille herum. Nun lehne ich an der Wand. Sie beugt sich herunter und leckt meinen nackten Bauch entlang bis zum Bund meines Rocks. Dann kniet sie sich vor mich hin. Ich mache die Augen zu, weil ich mir denken kann, was jetzt passiert, und ich bin mir noch nicht ganz sicher, wie ich es finden werde. Ihre Zunge leckt die Innenseiten meiner Oberschenkel entlang. Als ich ihre Finger an den Bändern meines Strings fühle, zucke ich kurz zusammen.

»Alles okay?«, will sie prompt wissen.

»Mach weiter«, flüstere ich.

Und das macht sie dann auch. Nachdem sie mir den String heruntergezogen hat, vergräbt sie ihre Zunge sofort in meinem Intimbereich. Sie pikt nicht desorientiert herum, ich spüre den Unterschied sofort. Frauen wissen wohl eben doch eher, was Frauen wollen. Sie lässt ihre Zunge immer wieder weich um meine Klitoris spielen, ohne sie zu überreizen.

Ich kann mich nicht beherrschen und stöhne leise. Sie lächelt, dann macht sie weiter. Immer im gleichen Rhythmus. Ich möchte mein Becken kreisen lassen, doch ich habe Angst, dass sie dann aufhört. Also zwinge ich mich stillzustehen. Als ich kurz davor bin zu kommen, schiebt sie zwei Finger in mich rein. Alles in mir zieht sich zusammen, und ich stöhne noch mal leise. Sie bewegt Zunge und Finger im selben Takt. Rein und lecken, raus und Pause. Ich komme heftig und heiß, meine Beckenbodenmuskeln krampfen sich um ihre Finger. Sie hält ganz still und wartet, bis ich ausatme. Dann zieht sie die Finger zurück.

»Wahnsinn«, bringe ich mühsam zustande, und meine Stimme klingt belegt. Sie kommt wieder hoch und gibt mir einen Kuss auf den Mund.

»Gern geschehen.« Ich lächle leicht verunsichert zurück und kann nicht verhindern, dass es in meinen Wangen pocht. Zum Glück ist es dunkel, so wird sie mein peinliches Erröten nicht bemerken. Zur Ablenkung lege ich ihr die Hände um die Hüften und drehe sie wieder an die Wand.

»Jetzt bin ich dran«, flüstere ich mutig. So schwer wird das schon nicht sein.

»Hm, wie reizend«, schnurrt sie und biegt ihr Becken vor.

Ich ziehe ihr den String runter. Sie ist wie ich komplett rasiert, was mir sehr angenehm ist. Haare im Intimbereich finde ich wenig erotisch. Ich akzeptiere sie zwar, wenn ich sie antreffe, aber zum Oralverkehr verleiten sie einen nicht gerade. Doch bei Marie ist alles perfekt.

Ihre Schamlippen sind klein und niedlich und doppelt gepierct. Faszinierend. Ich lecke an dem Stahl entlang, der sich so martialisch durch das weiche Fleisch gebohrt hat. Dann mache ich es so wie sie, indem ich meine Zunge ganz weich lasse und damit immer wieder um die Klitoris herum fahre. Es scheint ihr zu gefallen, denn sie biegt sich mir noch mehr entgegen.

»Weiter, Baby«, flüstert Marie, und ich nehme den Rhythmus wieder auf. Die Abstände ihrer kleinen Seufzer werden immer kürzer, und ich frage mich, ob sie bald kommen wird. Ich lasse kurz von ihr ab, nehme zwei Finger in den Mund und befeuchte sie. Dann lecke ich sie weiter, während meine Finger sich langsam vortasten. Sie drängt sich mir entgegen und dirigiert mich in sich rein. Es ist warm und feucht, und ihre Muskeln kontrahieren.

Dann seufzt Marie wie ein kleines Tier und bricht mir fast die Finger, als sie kurz, aber heftig kommt. So fühlt es sich zumindest an. Ich warte noch einen Moment, bevor ich Hand und Zunge von ihr löse.

Sie zieht mich hoch, küsst mich und haucht ein »Danke« in mein Ohr. Ich nehme ihre Hand, weil mir danach ist, und wir verlassen das Zimmer. Zufrieden wie zwei satte Katzen kuscheln wir uns wieder unter unsere Decke auf der Couch. Niemand scheint etwas bemerkt zu haben. Oder es ist ihnen sowieso egal. Es hat mir sehr gefallen mit Marie ... Ob sie bemerkt hat, dass es meine erste Erfahrung mit einer Frau war?

Ich döse an Maries Schulter, und nach einer weiteren Stunde löst sich die Gesellschaft langsam auf.

Müde schlurfe ich in geliehenen Pantoffeln zu meinem Auto und hole bequemere Stiefel heraus. Von den hohen Schuhen habe ich für heute genug, und Auto fahren kann man damit auch nicht. Als ich wiederkomme, steht Marie schon im Mantel im Flur und hat allen noch ansprechbaren Gästen Tschüss gesagt. Sie umarmt mich so freundschaftlich wie immer und haucht ein »Bis bald, Süße« an meine Wange. Dann ist sie weg. Ich verabschiede mich ebenfalls und schleiche wieder zurück zum Auto. Draußen ist es bereits taghell, und ich sehe aus wie eine Leiche. Mit dicker Sonnenbrille fahre ich nach Hause und falle stehenden Fußes ins Bett.

*

Am Montag muss ich Jule haarklein von Janines Party erzählen. Wegen dem frühreifen Sechzehnjährigen lacht sie mich aus, aber als sie das mit David hört, guckt sie wieder ernst.

»Warum willst du ihn eigentlich nicht?«, fragt sie.

Ich zucke mit den Schultern, weil ich selbst keine Antwort weiß.

»Was soll das heißen«, fragt sie ungeduldig.

»Er will eine Beziehung, ich nicht.«

»Bist du dir sicher?«

»Ja.«

»Und was wäre noch mal so schlimm daran?«

»Jule, lass das Thema, es nervt!«

Sie schüttelt verständnislos den Kopf und dreht sich von mir weg. Danach ist sie die ganze Zeit schweigsam, und ich bin sauer deswegen.

*

Meine Laune hebt sich erst, als ich am Donnerstag nach der Uni den Typen vom Zug wiedersehe, auf den ich schon länger neugierig bin. Endlich ist meine Chance gekommen, denn er sitzt in einem Vierer-Abteil, flankiert von zwei älteren Damen in bunten Ausflugsklamotten. Der Platz ihm gegenüber ist noch frei. Zumindest der Sitz. Platz davor gibt es wegen seiner zwei Meter langen Beine eher nicht. Ist mir allerdings auch egal.

»Darf ich?«, frage ich und gucke die Dame freundlich an. Hoffentlich rutscht sie jetzt nicht durch.

»Natürlich.« Sie nickt, bleibt aber sitzen.

Ich klettere über zwei Paar kräftige Schenkel jeweils von rechts und links. Er hat gar keine Zeit zu reagieren, und einziehen kann er sein Fahrgestell auch nicht. Ich pflanze mich quasi zwischen seine Beine. Das erste Mal, dass ich eine Gefühlsregung in seinem Gesicht erkennen kann. Was genau es ist, kann ich nicht sagen. Ich schaue ihn an und lächle. Und das Wunder passiert: Er lächelt zurück. Es ist ein feines Lächeln, das so gar nicht zu seinem bisherigen seltsamen Gehabe passt. Wir fahren so ein Weilchen durch die Landschaft, er beobachtet mich hin und wieder durch die Reflexion in der Scheibe.

Sein Lächeln und seine Blicke machen mich euphorisch. Heute will ich es wissen! Als er mich direkt ansieht, schaue ich auf mein rechtes Knie, dann wieder in seine Augen, dann lehne ich mein Knie an seines, für Außenstehende muss es wie zufällig wirken. Die Ladys neben uns checken sowieso nichts, sie schnattern über ihre Enkel und die Vorteile von Vierer-Tickets. Der Adamsapfel meines Gegenübers hüpft. Er trägt einen gepflegten Dreitagebart. Sexy. Dann lehnt er sein anderes Bein gegen mein noch freies linkes Knie. Er versteht.

Er lächelt mich wieder an. Es ist kein »Baby, bist du scharf auf mich«-Lächeln, sondern eher ein »Hab ich dich richtig verstanden«-Lächeln.

Als Antwort entledige ich mich meiner Jacke und stopfe sie durch den offenen Reißverschluss in meine Tasche. Er reagiert, indem er sich ein klein wenig aufrechter hinsetzt. Unsere Knie lösen sich nicht. Dann beginne ich das eine vorsichtig zu bewegen, nur die Ahnung einer streichelnden Berührung. Er beißt sich kaum merklich und ganz kurz auf die Lippen, benetzt sie mit seiner Zunge.

Ich werde noch mutiger und tue so, als würde ich unbedingt meine Tasche auf den Boden stellen müssen, und beuge mich nach vorn. Unmittelbar zwischen seine Beine. Die alten Ladys gucken kurz zur Seite, nehmen aber keine weitere Notiz davon. Allein diese Haltung sollte in ihm so allerlei Fantasien auslösen. Sein Brustkorb weitet sich, während er heftig einatmet. Ich lehne mich wieder zurück und streiche mit der Hand ein paar Mal über meinen Hals, als wollte ich mich dort ganz vorsichtig kratzen. Er starrt auf die Hand. Dann auf meinen Mund. Ich schaue in seine Augen, forme die Worte »Komm mit!« mit den Lippen und nicke Richtung Gang. Ich glaube, er hat es verstanden.

»Darf ich?« Ich stehe auf und greife nach meiner Tasche. Die Ladys finden es nicht ungewöhnlich, denn die Bahn hält bald am nächsten Bahnhof. Ich gehe vor. Hinter mir höre ich ihn etwas brummen, dann steht auch er auf. Die Damen machen Platz. Ich gehe den Gang hinunter und bin selbst ein wenig erstaunt über mich. Soll ich es wirklich tun? Meine Zweifel währen nur ein paar Sekunden. Ich finde ihn echt heiß. Ja, ich will es! Jetzt! Und so weiß ich in diesem Moment genau, wonach ich suche.

Diese Locations sind leider immer ein bisschen unberechenbar. Ich suche einen Vorraum, in dem keine Fahrgäste stehen, gar nicht so einfach, doch dann haben wir Glück.

Er ist mir brav im Sicherheitsabstand gefolgt. Ich öffne kritisch die Tür der Toilette. Bingo, sie ist sauber und riecht nur schwach nach Desinfektionsmittel. Dann ist er auch schon da. Wie ein großer schwarzer Schatten steht er hinter mir. Ich lasse meine Tasche von meiner Schulter auf die Ablage rutschen. Ich habe heute flache Schuhe an und komme mir klein vor. Er schiebt mich vorwärts und zieht die Tür zu. Ich genieße das Gefühl seiner großen Gestalt hinter mir.

»Komm her«, flüstere ich. Seine Schultertasche lässt er auf den Boden gleiten. Ich greife hinter mich, um mich an ihm festzuhalten, der Zug wackelt ein wenig. Er legt die Arme um mich, seinen Mund vergräbt er in meinen Halsmuskeln. Er beißt mich! Mein ganzer Körper besteht nur noch aus Gänsehaut. Seine Hände greifen nach meinem Busen. Er dreht mich halb, drückt mich seitlich sanft an die Wand. Was er da an meinem Nacken macht, ist zum Verrücktwerden. Mal sind es seine Zähne, mal seine Lippen, seine Zunge, sein Atem. Er hat das total raus. Ich lasse ihn einfach machen. Meine rechte Schläfe berührt die Wand. Seine Hände fahren unter meinen Pullover. Sein Griff ist hart, aber nicht grob. Er weiß, was er tut. Jetzt umgreifen seine Hände meine Hüften, kräftig, ich spüre jeden einzelnen Finger. Währenddessen lässt er nicht von meinem Hals ab. Dann ist er am Bund meiner Jeans. Zwei Handgriffe, und er lässt sie an meinen Beinen runterrutschen.

Mit einem schnellen Griff in meinen Nacken hat er mich gedreht, ich hänge über dem Waschbecken, nur abgestützt auf den Ellenbogen. Meines ausgestreckten nackten Hinterns bin ich mir durchaus bewusst. Seine Hände fahren meinen Rücken entlang. Ich merke, wie er mich betrachtet. Dann ist er wieder über mir. Durch seine Jeans spüre ich das harte Ding an meinem Po. Er küsst und beißt meinen Rücken entlang, seine kräftigen Hände kneten meine Haut. Es ist ein Gefühl zwischen Lust und Schmerz, doch er beherrscht diese Gratwanderung. Er ist es, der den Ton angibt, fast als wolle er mich bestrafen dafür, dass ich ihn verführe. Seine Hände massieren meinen Hintern so hart, dass er hinterher wahrscheinlich ein wenig blau sein wird. Dann presst er sich wieder an mich. Ich blicke in den Spiegel und sehe ihn hinter mir. Sein liebevoller Blick gilt meinem Allerwertesten. Ich hatte einen angespannten Gesichtsausdruck erwartet, doch nichts dergleichen.

Er folgt seinen Händen mit den Augen, als er mich zu streicheln beginnt. Ich spüre seine Hand zwischen meinen Beinen, dann höre ich ihn an seiner Hose nesteln. Eine Plastikhülle raschelt. Ein Kondom! So lobe ich mir das. Ich mache die Augen nicht auf, will mich überraschen lassen. Er zieht mich hoch, und noch bevor ich etwas sagen kann, sitze ich auf dem Waschtisch. Er geht vor mir in die Hocke und zieht mir erst meine Schuhe aus, rupft mir dann die Hose von den Beinen und zieht mir die Schuhe wieder an. Wie einem kleinen Kind. Dann richtet er sich auf, spreizt mir die Beine und stellt sich dazwischen. Seine Augen sind ganz auf mich gerichtet.

Dann senkt er leicht den Kopf und beginnt, mich zu küssen. Sanft und vorsichtig. Er lockt meine Zunge, saugt daran, knabbert an meinen Lippen. Dann seine Hand in meinem Nacken. Ein fester Griff in meine Haare. Seine Zunge tief in meinem Mund. Er rückt ein wenig näher. Ich spüre die Spitze des Kondoms. Ich will, ich will, ich will. Sofort! Ich möchte die Hände ausstrecken, ihn näher zu mir ziehen.

Er reagiert sofort. Er packt meine beiden Handgelenke, hält sie dann mit einer Hand fest, die andere Hand umgreift wieder meinen Nacken. Er beißt erneut in meinen Hals. Wieder spüre ich die Spitze des Kondoms. Er lässt die Hüften kreisen. Dann ist er richtig. Langsam begreife ich, warum er so zögerlich ist. Ich werde hiernach eine Woche nicht sitzen können, wenn er ihn überhaupt in mich reinkriegt. Langsam drängt er sich vorwärts. Ich merke, wie sehr er sich konzentriert. Immer wenn es kaum weitergeht, weil es zu eng ist, lässt er von meinem Hals ab, um stoßweise zu atmen. Sein Penis ist so dick, dass ich fast sofort kommen könnte, allein durch dieses Gefühl. Ich dränge mich ihm entgegen, dann stößt er etwas fester zu.

Ich lasse den Kopf nach hinten fallen, ich kann kaum noch, dabei fangen wir gerade erst an. Er stöhnt an meinem Ohr. Jetzt ist er halb in mir drin. Ich bewege mich ihm entgegen. Er stößt noch mal zu, ein Schmerz explodiert in meiner Lendengegend, und er gibt ein ersticktes Geräusch von sich. Ich halte die Luft an. Oh mein Gott, wie pocht es da unten! Er bewegt sich nicht. Sein Mund liegt feucht an meinem Hals. Er hat meinen Schmerz gespürt.

»Es geht wieder«, flüstere ich. Er küsst sanft meinen Hals hinab, meine Hände hält er allerdings immer noch fest. Dann beginnt er sich zu bewegen. Es tut immer noch ein kleines bisschen weh. Das Gleitmittel auf dem Kondom erleichtert zum Glück das Eindringen, ich bin vor lauter Anspannung wieder ganz trocken geworden.

Er ist immer noch nicht ganz in mir drin. Die Bisse in meinen Hals sind ein Ablenkungsmanöver, ich merke, wie er sich beherrscht. Dann hört er auf, sich zu bewegen. Ich stelle erleichtert fest, wie das Pochen schwächer wird, stattdessen beginne ich, das ganze Ausmaß seines Schwanzes in mir wahrzunehmen. Es ist, als berühre er tausend Nerven, die ich vorher nie gleichzeitig gespürt habe. Ich spanne die Beckenbodenmuskeln an, um das Gefühl noch mal zu toppen. Auch ihm scheint es zu gefallen. Er wandert mit seinem Mund von meinem Hals Richtung Gesicht und küsst mich gierig.

Ich spanne wieder meine Muskeln an. Dann bewegt er sich plötzlich noch mal in meine Richtung. Sein Schwanz gleitet weiter und weiter in mich hinein. Als ich glaube, dass es nicht mehr weitergeht, stößt sein Unterleib an meinen. Das Gefühl ist so intensiv, dass es schon wieder wehtut.

Zu allem Überfluss legt sich dann auch noch seine freie Hand auf meine Klitoris. Ich kann nicht anders: Ich seufze verzückt. Er beugt die Knie noch ein wenig, und dann fängt er an: Seine Stöße sind lang und fest. Der ganze Waschtisch wackelt. Oh Gott, er tut mir weh, und trotzdem will ich nicht, dass er aufhört.

Dann lässt er wieder von mir ab. Zack, bin ich vom Waschtisch runter und umgedreht. Ich werfe den obligatorischen Blick in den Spiegel. Er guckt mit lustverhangenem Blick auf meinen Hintern, in seiner Lendengegend prangt ein riesiger Penis. Ich schließe wieder die Augen. Er zieht mich etwas hoch, und ich balanciere auf den Zehenspitzen. Ich spüre ihn an meinen Schamlippen. Dann dringt er in mich ein. Wieder und wieder, während er sich über meinen Rücken beugt und seine Hand erneut zu meiner Klitoris findet. Mein Becken stößt an den Waschtisch, er ist ganz über mir, ich spüre seinen Atem in meinem Rücken. Ich könnte mich nicht bewegen, selbst wenn ich wollte. Seine Finger massieren meinen Lustpunkt, und ich stöhne ein gedehntes »Oh«, worauf er mich noch fester unter sich drückt. Bald kann ich nicht mehr. Ich merke, wie die Welle der Lust mich zu überrollen droht. Ich versuche, mein Becken zu bewegen, doch er duldet keinerlei Initiative. Stattdessen holt er noch weiter aus. Gleich werde ich kommen, ich atme nur noch, wenn ich unbedingt muss. Der Druck auf meine Klitoris verstärkt sich. Er hat mich sozusagen voll im Griff. Dann keucht er, und ich glaube, er kann auch nicht mehr lange.

»Komm jetzt«, flüstert er, und mein Körper gehorcht ihm. Ich stöhne und seufze, und in mir ist alles heiß und wund zugleich.

Verdammt, war das gut. Sein Höhepunkt folgt kurz darauf, und er kommt ohne einen Mucks. Als er etwas später wieder aus mir herausgleitet und mich umdreht, stehe ich ein wenig o-beinig vor ihm. Er lacht leise und küsst mich zart auf den Mund.

»Sexy«, sagt er, und ich grinse, weil ich eben genau dasselbe gedacht habe.

»Wollen wir Nummern tauschen?«, fragt er höflicherweise, weil ich es nicht tue. Er rückt gerade seine Hose wieder zurecht, und ich kämpfe mit meinem störrischen Reißverschluss. Ich schüttle den Kopf.

»Okay.« Er wartet noch kurz, bis ich wieder angezogen bin, salutiert dann spielerisch, entriegelt die Tür und verschwindet. Ich bleibe den Rest der Fahrt lieber stehen. Autsch. Das war echt krass.

*

Zwei Stunden später sitze ich in Unterhose auf einer lauwarmen Wärmflasche auf meiner geliebten Couch, und mir tut alles weh. Ich habe die betreffenden Stellen sogar eingecremt. Das bringt wahrscheinlich gar nichts, aber es hat sich angenehm angefühlt.

Ich will nicht mehr an ihn denken. Klar, der Typ war echt mal was anderes, aber ich habe mich seltsam leer danach gefühlt, irgendwie ernüchtert. Es war aufregend, aber es erinnert an eine Seifenblase, die platzt, und danach bleibt nichts zurück. Es fehlt das Drumherum, das, was davor und danach kommt. Die Zeit, die man zusammen verbringt, einfach nur, weil man sich gern hat.

Ich muss wieder an David denken. Aber David hat ja jetzt wieder Miriam. Jedenfalls hat er erfolgreich so getan. Na ja, so richtig wollte ich ihn ja eh nicht, oder etwa doch? Vielleicht sollte ich doch noch auf Lukas' SMS antworten.

Julchen ruft an, und wir sprechen uns aus: Sie sagt, dass sie sich nicht mehr über meine Einstellung aufregen wird. Ich antworte ihr, dass ich es schrecklich finde, wenn wir uns nicht vertragen. Und dann erzähle ich von dem Typen im Zug. Ich glaube, so richtig kann sie mich trotz ihres guten Vorsatzes nicht verstehen. Sie empfiehlt mir ein Kamillensitzbad, ein altes Hausmittel. Leider habe ich keine passende Wanne dafür im Haus, aber vielleicht sollte ich mein Paket Kamillentee opfern und die Mischung in der Duschwanne anrühren.

Schließlich lädt mich Jule noch zu der Party eines Bekannten von Tobias ein, und ich sage sofort zu. Dann kann ich mich heute und morgen noch pflegen, und am Samstag wird Lilly wieder erfolgreich vor sich selbst weglaufen und sich unverbindlich amüsieren. Was für ein guter Plan.

15. Kapitel

Bahnhofskind

Es ist drei Uhr morgens, und ich kämpfe mich durch das vorwiegend studentische Publikum einer WG-Party. Jule und Tobi sind schon nach Hause gefahren. Mit meinem Auto, wohlbemerkt, weil Julchen plötzlich Migräne bekam und nur noch ins Bett wollte. Der nächste Zug fährt um fünf, und ich habe mir zur Zeitüberbrückung ein undefinierbares Mixgetränk geholt, das hauptsächlich nach billigem Wodka schmeckt. Ich nehme einen Schluck und stelle es dann angewidert auf einen der überquellenden Tische.

Die WG ist das ganze Haus, beziehungsweise das ganze Haus ist die WG. Und zudem der dreckigste Siffladen, den ich jemals betreten habe. Ein WG-Zimmer ist zur Bar umfunktioniert, im Türrahmen klemmt ein ausrangierter kleiner Küchentisch und versperrt so den Eingang. Der Raum selbst ist mit Spirituosen jeglicher Art, Bierkästen und zwei Kühlschränken vollgepackt. Zwei Mädchen mit Rastas spielen Barfrauen und kassieren Minipreise für die Getränke. Vorhin hat in der Küche eine Band gespielt, die eigentlich ganz cool war. Aber wenn ich mir vorstelle, dass dort jemals wieder jemand etwas kochen will, wird mir schlecht.

Ich schiebe mich an Massen von Menschen vorbei, das Haus hat drei Etagen und ist trotzdem zum Bersten gefüllt. Neben einem Regal im Flur der zweiten Etage hat jemand hingekotzt. Ich vermeide einen Blick in diese Richtung und suche weiter nach Bekannten, die ich zuletzt in einem dunkelgrün gestrichenen Zimmer mit Hochbett gesehen habe, doch ich bin mir nicht mehr ganz sicher, ob das auf dieser Etage war.

Die ganze Bude stinkt nach verbranntem Brot, Gras und ungewaschenen Menschen. Ich beschließe, nur noch durch den Mund zu atmen. Die meisten hier sind in irgendeiner Form in künstlerischer Ausbildung, das sieht man sofort. Jemand bohrt mir im Gewühl seinen Ellbogen unsanft in die Seite, und ich schnappe erschrocken nach Luft.

Eigentlich muss ich schon seit einer Stunde dringend mal in das gekachelte Zimmer, aber mir graust es vor dem Gedanken daran. Ich kämpfe mich von Etage zu Etage und muss verzweifelt feststellen, dass keines der Badezimmer abzuschließen ist. Na, ganz super. Gerade stehe ich deprimiert im obersten Stockwerk und betrachte eine WC-Tür, in der sogar das komplette Schloss fehlt. Das darf ja wohl nicht wahr sein! Sind die hier alle im FKK-Club, oder hab ich etwas verpasst? Meine Laune sinkt ins Bodenlose. Ich muss mal, verdammt! Hmpf. Und zwar ohne Publikum.

Dann bemerke ich ihn, weil er mich neugierig anguckt. Retro-Oberhemd, ungebügelt und zu weit aufgeknöpft, der Ansatz einer dunkelblonden Brustbehaarung. Die Rosenranken auf seinem Hemd erkenne ich trotz der dicken Luft. Tiefsitzende, helle Jeans mit leichtem Schlag. Dunkelblonde, wüste Haare mit leichten Wellen, große Nase. Er ist dünn, fast mager und geschätzte 1,90 m groß. Hui, wo hat der sich denn den ganzen Abend versteckt? Ich schaue zurück, behalte aber meinen angenervten Gesichtsausdruck. Ein gewisses anderes Thema hat im Moment eindeutig Priorität. Er lächelt mitleidig, ich gucke arrogant zurück. Ist ja schön, dass er sich so gut über mich amüsiert. Er nimmt das als Aufforderung, zu mir herüberzuschlendern.

»Brauchst du Hilfe?« Er hat einen leicht amüsierten Blick drauf.

»Schaffst du es, dich vor eine Tür zu stellen?«, frage ich, obwohl wir ja beide wissen, worum es geht. Er nickt und grinst. Dann drehe ich ihm erleichtert den Rücken zu. Endlich! Das Bad muss ehemals weiß gekachelt gewesen sein, jetzt haben die Fliesen einen klebrigen Grauschleier und unschöne Risse. Der

Toilettendeckel ist mit einem grünen Frotteebezug geschmückt, der aussieht, als wäre er seit den Fünfzigern da drauf und seitdem auch nicht mehr gewaschen worden. Fast erwarte ich, dass mir bei genauerem Hinsehen statt der vormals flauschigen Fasern fadendünne Pilze entgegensehen. Die Badewanne mit Duschvorhang hat Ränder in unterschiedlichen Braungrautönen, fast wie Jahresringe an einem Baum. Der Vorhang war wohl mal durchsichtig, jetzt ist er gelblich verfärbt und brüchig. Duschutensilien jeden Verfallsdatums schmücken die Wannenränder.

Ich rupfe ein Stück Toilettenpapier von der Rolle. Es ist schiefergrau und so hart wie eine Tageszeitung. Damit klappe ich den Deckel hoch und rechne mit dem Schlimmsten, doch von innen ist das Ding auffallend sauber. Ich garniere die Brille mit mehr Papier, ziehe mir Hose und String herunter und setze mich vorsichtig hin. Dieses Papiermanöver ist eine rutschige Angelegenheit: Passt man nicht auf oder ist angeschickert, rutscht man leicht runter vom Rand oder direkt in die Kloschüssel rein. Peinliche Sache, macht Krach und blaue Flecken und ist mir alles schon passiert.

Eine Minute später betätige ich eine ohrenbetäubende Wasserspülung, die Niagarafälle sind ein Rinnsal dagegen. Hielte man die Hand in die Schüssel, würde sie einem glatt abgerissen. Und plötzlich habe ich eine Erklärung, warum das Ding von innen so blitzblank ist. Weiter zum Händewaschen: Das Stück Seife ist cremefarben, aber in den aufgesprungenen Ritzen schwarz. Ich mache die Augen zu und drehe das Wasser auf. Als ich die Badezimmertür wieder aufziehe, steht der Typ tatsächlich noch davor.

»Besser?«, will er wissen, und plötzlich finde ich sein Lächeln ganz charmant. Ich nicke.

»Paul«, sagt er.

»Lilly«, sage ich und greife nach seiner ausgestreckten Hand. Große Hände, große Nase, hm. Ich sehe ihn mir genauer an. Er sieht zwar ungebügelt, aber nicht unbedingt ungewaschen aus.

»Bist du ganz alleine hier?«, will er dann wissen.

»Nee, eigentlich nicht. Freunde von mir sind schon nach Hause, und den Rest habe ich im Gewühl verloren.«

»Ist ja auch leicht voll hier.«

»Und du?«

Er guckt sich um und lächelt: »Ich glaube, mein ganzes Semester ist hier.«

»Was studierst du?«

»Regie. Ich drehe Splatter-Filme.«

Ja, klar doch, ein Blumenhemd tragender Horror-Regisseur. Ich gucke in sein Gesicht, um herauszufinden, ob er mich gerade verarscht. Er scheint es ernst zu meinen.

»Ähm, cool«, sage ich.

»Und du?«

»Ich mache Architektur.«

»Klingt auch gut!«

Ich denke mir gerade noch, dass er doch ziemlich gut aussieht, als sich eine Dunkelhaarige neben ihn stellt und seinen Arm nimmt.

»Hi!«, sagt sie zu mir, und ihre Augen ergänzen: »Fass ihn nicht an, das ist meiner.«

»Hi!«, sage ich und lächle. Na toll, er ist vergeben.

»Kommst du mit runter?«, fragt sie ihn. Paul nickt.

»Man sieht sich!«, sagt er zu mir, dann lässt er sich von ihr wegziehen. Ich werfe einen Blick auf meine Uhr. Gerade mal drei, kurz vor fünf fährt der erste Zug nach Hause. Also, zum Bahnhof muss ich bestimmt zwanzig Minuten laufen, dann ist es schon fast halb vier, dann nur noch etwas über eine Stunde warten, dann kommt der Zug. Was soll's. Ich hole meinen Mantel und verlasse die Party. Der Weg zum Bahnhof ist gut beleuchtet und kürzer, als ich gedacht habe. Am Bahnsteig weht ein eisiger Wind. Ich fühle meine Nasenspitze bald nicht mehr. Vielleicht ist es klüger, so lange zurück in die Bahnhofshalle zu gehen. Und tatsächlich, ich habe Glück: Gerade öffnet ein kleiner Frühstücks-Imbiss. Es riecht verlockend nach frischen Croissants und Kaffee. Ich erstehe ein Schokohörnchen und eine heiße Schokolade und lasse mich als einziger Gast auf einem der Hocker vor den hohen Stehtischen nieder.

In dem Fernseher an der Wand läuft das Nachtprogramm eines Musiksenders. Ich sehe nur mit einem Auge hin, als mir plötzlich das Herz stehen bleibt. Da ist Lukas mit seiner Band! Gerade betreten sie das Studio und lassen sich neben dem Moderator auf der Couch nieder.

»Entschuldigen Sie!«, rufe ich dem Typen hinter der Theke zu. »Könnten Sie das kurz mal lauter stellen?«

Er nickt und drückt auf der Fernbedienung herum. Als der Ton lauter wird, erzählen die Jungs soeben, dass sie vor Kurzem einen Plattenvertrag unterschrieben haben. Ich gucke mir Lukas an und meine, dass er irgendwie traurig aussieht. Plötzlich habe ich keinen Hunger mehr. Ich bedanke mich bei dem Verkäufer, verlasse das Café und ziehe mit meinem Kakao doch wieder auf den Bahnsteig um. Dort ist es menschenleer. Die Planken der Holzbank sind eiskalt.

Ein Plattenvertrag. Sie haben es echt geschafft, und das in so kurzer Zeit. Ich freue mich für ihn. Was hatte Debo noch gesagt? »Ein Musiker, wie cool!« Er wird jetzt an seiner Karriere basteln, er bekommt die Chance, seinen Traum zu leben. Er wird viel unterwegs sein, viele Leute kennenlernen und wahrscheinlich noch mehr Frauen.

Ich sage mir, dass ich es so gewollt habe. Und schon kommt mir David in den Sinn. Vielleicht stehe ich mir wirklich manchmal selbst im Weg?

Ein kalter Windstoß greift in meine Haare, und ich warte allein auf meinen Zug, wie ich es schon so oft getan habe.

*Bitte beachten Sie auch die Hinweise
auf den folgenden Seiten.*

SPIELER UNTER SICH

DAS SPIEL GEHT WEITER –
GEWAGTE LUST, MEISTERHAFT ERZÄHLT

SPIELER UNTER SICH
ROMAN. ANAIS BAND 16
Von Cornelia Jönsson
256 Seiten, Paperback
ISBN 978-3-89602-563-0 | Preis 9,90 €

Nach »Spieler wie wir« ein neuer fesselnder Roman der Autorin Cornelia Jönsson

Franzi lebt glücklich und dominant mit Marius und Katharina. Doch als Letztere beide verlässt, stößt sie einen komplizierten Reigen an. Franzi widmet sich einer neuen Freundin und beginnt, statt Gefängnistheater erotisches Theater zu machen. Sie sehnt sich nach mehr Sex mit Marius, der sich gerade mit Kelly tröstet. Das geht so lange gut, bis Kelly Franzi eröffnet, dass sie nicht vorhabe, Marius auf ewig mit ihr zu teilen ...

Pauline wurde von ihrer großen Liebe, einer dominanten Professorin, verlassen und weiß nicht, was sie mit sich anfangen soll. Sie beobachtet, was um sie herum geschieht, bis sie erneut in aufwühlenden Kontakt zu einer Frau gerät.

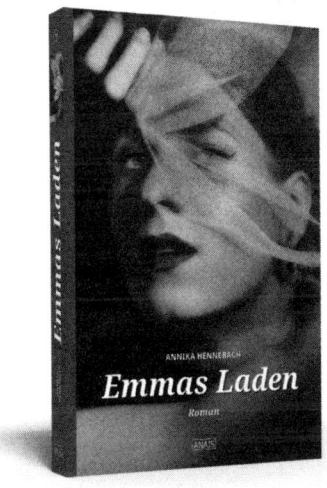

Die Autorin

Kira Licht wurde 1980 in Bochum geboren. Aufgewachsen ist sie in Japan und Deutschland. In Japan besuchte sie eine internationale Schule, überlebte ein Erdbeben und machte ein deutsches Abitur. Danach studierte sie Biologie und Humanmedizin.

Mit 15 Jahren fing sie an, für sich selbst ein Buch zu schreiben – mangels deutschsprachiger Literatur in Japan. Nachdem sie mit ihrer Familie nach Deutschland zurückgekehrt war, begann sie, erotische Kurzgeschichten zu verfassen. »One Night Wonder« ist ihr erster Roman.

Kira Licht
ONE NIGHT WONDER
Roman

ANAIS Band 14
ISBN 978-3-89602-561-6

Lektorat: Maren Konrad
Titelbild: © Mia U / shutterstock.com

Katalog
Wir senden Ihnen gern kostenlos unseren Katalog
Schwarzkopf & Schwarzkopf Verlag GmbH | Leserservice ANAIS
Kastanienallee 32 | 10435 Berlin
Telefon: 030 – 44 33 63 00 | Fax: 030 – 44 33 63 044

Internet | E-Mail
www.anais.de | info@anais.de